本書爲浙江省越文化研究中心課題（編號2010YWHN02）
本書由浙江省越文化研究中心資助出版

浙江省越文化研究中心越地文獻叢刊編委會

越地文獻叢刊

中峰集

〔明〕董玘 撰
〔清〕董金鑑 重編
錢汝平 輯校

中華書局

圖書在版編目(CIP)數據

中峰集/(明)董玘撰;(清)董金鑑重編;錢汝平輯校.
—北京:中華書局,2016.7
(越地文獻叢刊)
ISBN 978-7-101-11741-7

Ⅰ.中… Ⅱ.①董…②董…③錢… Ⅲ.中國文學-古典文學-作品綜合集-明代 Ⅳ.I214.82

中國版本圖書館 CIP 數據核字(2016)第 091447 號

責任編輯:李碧玉

越地文獻叢刊

中 峰 集

〔明〕董 玘 撰

〔清〕董金鑑 重編

錢汝平 輯校

*

中 華 書 局 出 版 發 行

(北京市豐臺區太平橋西里 38 號 100073)

http://www.zhbc.com.cn

E-mail:zhbc@zhbc.com.cn

北京市白帆印務有限公司印刷

*

850×1168 毫米 1/32 · 10⅝印張 · 2 插頁 · 220 千字

2016 年 7 月北京第 1 版 2016 年 7 月北京第 1 次印刷

印數:1-1500 册 定價:58.00 元

ISBN 978-7-101-11741-7

前言

董玘(一四八三—一五四六),字文玉,號中峰,浙江會稽漁渡(現屬上虞區)人,明代中期著名理學家、文學家。董玘自幼聰穎絶人,讀書過目成誦,有神童之譽。七歲時,隨父董復至雲南任所,總兵黔國公沐琮雅聞其名,求見之,因出古畫《龍》《松》,令玘題詩,玘揮筆立就。其《題畫龍》詩云:「萬里騰空性異常,生成頭角自軒昂。乘時力卷滄溟水,化作甘霖溥四方。」《題畫松》詩云:「根盤太華峰頭石,直上雲霄倚天力。蓋世長材十萬丈,一枝倒挂三千尺。」這兩首詩氣格豪邁,出語誇張,充分展示了董玘的遠大志向和不俗才華。他還在巡撫張誥座間作《題新胡桃》詩一首,云:「形象如太極,剛柔内外分。劈開混沌殼,渾是一團仁。」明代學者張元忭云:「予觀史傳所稱神童子多矣,大都所賦詠率風雲月露之狀耳,今公是詩曰太極,曰剛柔,曰混沌中渾是仁,則非見理之奥者不能道也。詩賦云乎哉!」(《不二齋稿》卷八《跋董神童新胡桃詩》)給予了極高的評價。

弘治十八年(一五〇五)董玘中會元,廷試一甲第二,授翰林院編修,從此進入仕途。從弘治十八年(一五〇五)到嘉靖九年(一五三〇)被誣回鄉結束仕途,共二十五年,其間回家侍親五年,實際在位只二十年。在這二十年中,董玘的仕宦生涯基本上是在京城度過的。歷任刑部福建司主事、吏部考功司主事、經筵講官、左春坊左諭德兼侍讀、詹事府詹事兼翰林院學士等職,終至吏部左侍郎。

董玘一生扮演的主要是講官、太史、文學侍從的角色。他生性峭直耿介，敢於指斥權貴。剛踏入仕途，就上疏揭露劉瑾罪惡，趨炎附勢的朝廷大臣紛紛上疏彈劾他，於是被謫爲直隸成安縣令。翰林出爲縣令，自董玘始。在刑部主事任上，他不徇私情，「引法裁議，棘棘不阿」（汪應軫《明通議大夫吏部左侍郎兼翰林院學士中峰董公行略》），一切以法律爲準繩。當時刑部官員辦案用刑慘酷，而董玘卻將劉瑾所欲枉法置於死地的人多所平反。在吏部考功司主事任上，他敢於阻止上司的倒行逆施，當時吏部尚書張綵依附劉瑾，欲將各司的案卷盡焚以恣變亂，董玘極力勸止，最終考功司案卷得以幸免於火。在講官任上，他也竭誠正色，辨析經義務期啓發上心，有時犯顔直諫，竟惹得皇帝發怒。「世廟諭内閣曰：『侍郎董玘經筵内行禮先後俱無遜讓之體，其心可知。』玘聞之懼，自是見上屏息如儀。上復謂内閣曰：『玘承諭後似加恭謹，已知省改，其令安心供職。』」（李紹文《皇明世説新語》卷五）此處「無遜讓之體」，當指犯顔直諫。在史官任上，他也能侃侃持正，筆削嚴而有體，他在參與修纂《孝宗實録》時，就對總裁、大學士焦芳依附劉瑾篡改史實之舉十分不滿，到修《武宗實録》時，就立即上疏要求重新校正《孝宗實録》。在吏部侍郎任上，他也不受請托，黜陟一秉至公，尤嚴於君子小人之辨。「有當道爲其弟監生請題作卷以代部考者，公曰：『來考則得官，不來考則不得官，朝廷法度何可廢也？』」（汪應軫《行略》）董玘律己也甚嚴，從不爲子弟親舊請托，革職回鄉閑居後，其門生徐階督學浙江，多次拜見董玘，而董玘從不以子弟親舊請托徐階。退居十餘年，足迹不至官府，布政使、按察使之類的地方大員也難得一見其面。由於深得皇帝信任，董玘晋升很快，到嘉靖六年（一五二七）已升任吏部左侍郎，並署印。皇帝的破格恩寵引來了同僚的嫉恨，於是謡諑紛紛起矣。嘉靖九年（一五三〇）十月，董玘父親去世，得知消息的董玘立即上書請求恤典，但是剛好碰上皇帝郊天，有司不敢上報，等到皇帝批復下來，距離董玘聞喪已逾一月，御史胡明善、都御史汪鋐以此爲據，公報私仇，誣陷董玘，説他戀棧官位，聞父喪而遲遲不行，當别有所圖，而以前請托被拒的同僚也乘機紛紛落井下石，以附和胡、汪的誣陷。在封建社會以忠孝治國的背景下，這樣的誣陷對一個人來説是致命的，就是説此人是大逆不道，無復人理了，等於宣判了一個人政治生命的終結。最後，董玘被革職還鄉，仕途生涯就此劃上句號。不過，董玘並未因此頹廢不振，回鄉後，他講學東山，培育人材，又建中峰書院，四方從學者甚多，學者都尊其爲中峰先生。多年後，其冤終於大白天下。隆慶元年（一五六七），追贈禮部尚書，謚文簡，這等於在其死後給他平了反，雖然這個平反遲到了二十多年。

董氏是明代嘉靖時期有影響的理學家。其治學以四書五經入手，在精研朱熹傳注基礎上闡述自己的主張，其爲學雖然未能開拓新境，但平實妥貼，不出矩矱之外。他的外甥汪應軫對他的學術思想知之甚深，評價也最爲合理：「爲學以精思實踐爲主，尤多所自得。公雖博極群書，而以輕自著述爲非，故論學多本先儒，不爲異説以惑世。」這個評價最能揭示董氏治學的個中三昧。總之，董氏爲學重在述而不在作，雖然無多發明，但平實穩健，也頗能得學者的認同。董氏的這種治學路子，可能來自其師章懋的影響。弘治十五年（一五〇二），董氏求學於南京國子監，師事國子祭酒章懋，達四年之久。現存《中峰集》中有董氏與章懋書信數通，均是論學之語。黄宗羲評價章氏治學有云：「其學墨守宋儒，本之自得，非有傳授，故表裏洞澈，望之龐樸，即之和厚，聽其言，開心見誠，初若不甚深切，久之燭照數計，無不驗也。以方之涑水，雖功業不及，其誠實則無間然矣。」（《明儒學案》卷四十五《諸儒學案上三》）其實，這個評價移來説明董玘的儒學思想，也是很恰當的。

正是這種一本先儒之説，力求平實穩健，而不爲異説以欺世的爲學主張，使得董氏與其同時代且是同鄉的王陽明的力求新異的心學主張格格不入。明沈束《董中峰先生文集序》云：「而與陽明子議論又多微密，非常人所得與聞。」可見董氏與王守仁頗有論辯，但現存集中卻没留下多少兩人論學之語，或編刻者因其兩人論學主張格格不入而故爲刊落歟？董學和王學有根本不同，董氏是恪守師承，規行矩步，而王氏卻獨闢蹊徑，自創新説。

董氏十分强調君子、小人之辨，這是他一貫的主張。嘉靖五年（一五二六）他主考會試時，就以之作爲選拔舉子的標準。他在《會試録後序》中説：

> 宋儒朱熹嘗推《易》之理以觀人，謂凡陽之類必明，明則易知，凡陰之類必暗，暗則難測。故其人之光明正大疏暢洞達無纖芥可疑者，必君子也；淟涊詭怪閃倏狡獪不可方物者，必小人也。觀人之法，固無要於此者。愚以爲考之於言也，亦然。嘗試觀古人之文，凡所謂君子

者，其爲言也，有弗明白正大而暢達者乎？其或反是，則澳涊詭怪閃倏狡獪之情狀，形之乎文，亦自有不可掩者。使司考校者執是説而求之，其於因言以知人也，亦何難之有？

他認爲，從一個人的言論和文章中，可以看出此人是君子還是小人。因爲根據《易》理，凡陽之類，必正大光明，而正大光明就易於爲人了解；而凡陰之類，就污濁詭怪，而污濁詭怪就機心難測。君子、小人於此一目了然。而言爲心聲，此理施之於一個人的言論和文章，亦然。所謂君子之言之文明白正大，暢達自然，而小人之言之文則奸詐百出，情詞閃爍，這兩者之間的本質差别是無論如何都無法掩飾的。如果考官能以此原理來舉拔人才，那麽人才怎麽會從你手中漏走？因此他在文章中極力强調君子、小人之間的區别。蓋董氏立身剛直，廉介自持，對小人、僞君子之流深惡痛絶，故一篇之中三致意焉。

在歷史上，董玘更多的是以文學家的身份出現的。其門生唐順之編選《中峰文選》時，側重的也是他的詩文，故其《廷試策》《經筵講章》《日講直解》之類的應用文字多被擯落。董玘深於經學，其爲學也一本先儒，不爲異説，故其詩文與其經學一脉相承，法度森嚴，規行矩步，帶有明顯的經學意味。董玘的文章從本質上講是一種經師之文。明代學者沈束評價其文「雖不務奇麗鏗激之聲，而雅飭浩蕩委曲精緻則一時文人少有出於其右者」(《董中峰先生文集序》)，可謂知言。

董玘的文章雖然總體上樸淡深奥、雍容紆徐，但他的詩歌卻有一些抒發性靈之作，尤其是五絶寫得頗好。比如《湖山春曉圖》：

湖上見碧山，曉來净如澡。不因唤起鳴，未知春意早。

這首詩意境明净，詩意生動盎然。詩人清晨被鳥鳴叫醒，看到湖邊群山披緑，如同洗過一樣明净，詩人的心境之好可想而知。又比如《梅窗讀易圖》：

兀坐四山静，柴扉曉半開。梅花忽横户，獨識一陽回。

這首詩的寫作手法與上一首如出一轍，都是從第三句横生枝節，出其不意，給人驚喜。詩人在山中的陋室讀《易》入迷，四周寂静，柴扉半開，一派閑静瀟灑的風貌。驀然之間，一枝梅花伸入窗户，山中不知年的詩人這才發現快要春回大地了。

現將董玘文集《中峰集》的版本情况介紹一下。據筆者所知《中峰集》現存七個版本：一、《中峰文選》六卷應制稿一卷，唐順之選，明刻本，現藏廣東省立中山圖書館。此本是現存董玘文集的最早刊本，現存各本大致均從此本出（簡稱六卷本）。二、《董中峰文選》十一卷，明王國楨閩刻本。國家圖書館、台北「中央圖書館」均有藏，此本刊刻晚於六卷本，是在六卷本的基礎上考訂訛誤重新編排而成的（簡稱十一卷本）。三、《中峰文選》三卷應制稿一卷附録一卷，明刊本。此本極爲罕見，據筆者所知，惟台北史語所藏有一本（簡稱三卷本）。四、《董中峰先生文選》十二卷，清康、雍之際抄本。現藏美國國會圖書館（簡稱十二卷本）。五、《董中峰公文選》三卷，清嘉慶稿本。此本殘，現藏紹興圖書館（簡稱稿本）。六、《董中峰先生文選》，清抄本。此本亦殘，現藏紹興圖書館（簡稱抄本）。七、《中峰集》十一卷首一卷附録三卷，清光緒三十二年（一九〇六）董金鑑刻取斯家塾本。此本傳本較多，國内圖書館多有收藏，是比較易得的本子（簡稱董氏叢書本）。董氏叢書本亦有初印、後印之分，後印本文字有所校改，附録内容更爲豐富。總而言之，關於《中峰集》的版本，唐順之編選的明刊六卷本是諸本的母本，現存各本均從此出。而王國楨校勘的明刊十一卷本是流傳過程中的重要刊本，現在通行的董氏叢書本承襲了其分卷編排的遺軌。而董氏叢書後印本内容最爲充實，校勘亦精，今即以紹興圖書館所藏董氏叢書後印本爲底本，參校上述各本，擇善而從。在整理過程中，也發現董氏的一些佚文和資料，故在書末以《佚文補遺》《資料補遺》爲名將其補録，讀者鑒之。

筆者無意於過分拔高董氏的成就，但是無庸否認，董玘是明代嘉靖時期著名的理學家和文學家。用現在的標準來看，他也許算不上是明代第一流的人物，但是其在明代中期的理學界和文學界有較大的影響，這是不容否認的事實。因此，整理《中峰集》、研究董玘，也不可謂毫無意義。筆者於明代理學和文學素無修養，對其歷史背景也知之甚少，只是由於近期整理《中峰集》，洛誦其文集數過，遂將一點粗淺體會述之於上。謬誤在所難免，敬請學者方家不吝教正，將拜百朋之賜焉。

整理凡例

一、本書的整理工作，重點在於標點，并儘量改正訛誤，輯補佚文，兼及版本的考訂。

二、本書以紹興圖書館藏董氏叢書後印本爲底本，參校以中山圖書館、中國國家圖書館、美國國會圖書館等所藏諸本（詳見前言）。凡底本有訛、脱、衍、倒者，據他本校改。

三、本書一般不考證史實，但他書所載本事有助於考訂者，間就見聞所及，附注於後。

四、對避諱字徑予回改，不再出校。

五、本書用通行繁體字排印，但對容易引起歧義的異體字則予以保留。

目録

鑑案：此卷中舊鈔本有目者，皆唐選本所有，排印本補目者，皆唐選本所無，後各卷亦皆如是。疑舊鈔本分卷編目之時，以唐選本爲底本，後於唐選本之外，采録增益，尚皆未列於目，此排印本所由補目耳。今雖重刻，凡排印時所注「補目」二字仍皆照録，以存舊式。光緒丙午七月重刻謹識。

鑑案：此卷各篇，凡篇首「謹題」、「謹奏」等字皆原闕，而以爲某某事爲題，今檢唐選本，皆篇首之正文也，殆因原本奏疏各篇皆不寫題，而誤割正文爲題耳。謹據唐選本皆增入正文，而另補各題，並仿各家文集奏疏題之式，悉加疏字於題尾，謹附識於此。

中峰集卷三

中峰集卷十

中峰集卷十一

中峰集附録卷一

佚文補遺

中峰先生文選序《荊川集》題「董中峰侍郎文集序」，今改從唐選本標題。

喉中以轉氣，管中以轉聲，氣有湮而復暢，聲有歇而復宣，闔之以助開，尾之以引首，此皆發於天機之自然，而凡爲樂者，莫不能然也。最善爲樂者則不然，其妙常在於喉管之交，而其用常潛乎聲氣之表。氣轉於氣之未湮，是以湮暢百變而常若一氣；聲轉於聲之未歇，是以歇宣萬殊而常若一聲。使喉管聲氣融而爲一而莫可以窺，蓋其機微矣。然而其聲與氣之必有所轉，而所謂開闔首尾之節，凡爲樂莫不皆然者，則不容異也。使不轉氣與聲，則何以爲樂？使其轉氣與聲而可以窺也，則樂何以爲神？有賤工者，見夫善爲樂者之若無所轉而以爲果無所轉也，於是直其氣與聲而出之，戛戛然一往而不復，是擊腐木濕鼓之音也。言文者何以異此？漢以前之文未嘗無法而未嘗有法，法寓於無法之中，故其爲法也，密而不可窺。唐與近代之文不能無法而能毫釐不失乎法，以有法爲法，故其爲法也，嚴而不可犯。密則疑於無所謂法，嚴則疑於有法而可窺。然而文之必有法出乎自然而不可易者，則不容異也。且夫不能有法而何以議於無法？有人焉，見夫漢以前之文，疑於無法而以爲果無法也，於是率然而出之，決裂以爲體，餖飣以爲詞，盡去自古以來開闔首尾經緯錯綜之法，而別爲〔一〕一

〔一〕別爲，六卷本二字無。

種臃腫佶〔一〕澀浮蕩之文，其氣離而不屬，其聲雜〔二〕而不節，其意卑，其語澀〔三〕，以爲秦與漢之文如是也，豈不猶腐木濕鼓之音而且詫曰：「吾之樂合乎神。」嗚呼，今之言秦與漢者，紛紛是矣，知其果秦乎漢乎否也？中峰先生之文未嘗言秦與漢，而能盡其才之所近，其守繩墨，謹而不肆，時出新意於繩墨之餘，蓋其所自得而未嘗離乎法。其記與序，文章家所謂法之甚嚴者，先生尤長。先生在翰林三十餘年，嘗有聞於弘治以前諸先輩老儒，而潛思以至之，故其所爲若此。然今之爲先生之文者蓋少，其知先生之文而好之者又少矣。先生之子思近將刻集以傳，而請序於余。思近豈亦以爲世之言秦與漢者，未必能知先生之文，而余之愚陋稍〔四〕知之也？晉江王道思、平涼趙景仁，其文在一時文人中最有法，皆先生丙戌爲考官時所取士，思近試以先生之文與吾言質之，其必有合乎否也。

嘉靖壬子仲春望日武進唐順之應德序。以上十六字據唐選本增。

〔一〕佶，十二卷本作「窘」。

〔二〕雜，其他各本均作「離」。

〔三〕澀，十二卷本作「屈」。

〔四〕陋，十二卷本作「樸」。稍，十二卷本作「能」。

董中峰先生文集序

依《家譜》校。

吾邦之達者，何下數百輩，而以陽明子、中峰子爲稱首。若中峰子者，蓋不在甘泉湛氏下，衆所知也。而與陽明子議論又多微密，非常人所得與聞。故中峰子獨以文稱，而道學之詣人或未之知也。然文以鳴道也，因其文可以知其道，而寓聖道於千載之下者，未嘗有外於文也。中峰子，束之通家也，祖父與公考太守公爲莫逆交，以兄弟稱也，故知公穎悟之至，好學之篤，有超於常類者，莫有過於束者也。公自幼温純，寡言笑，十六七時，箴以自警，以聖賢自期待。及冠，字以文玉甫，而夷考其行，實無愧於命名定字者也。故其爲文雖不務爲奇麗鏗激之聲，而雅飭浩蕩委曲精緻《譜》作微則一時文人少有出於其右者矣，自非有得於素養而能然乎？斯集中散失頗多，未窺其全者，荆川唐先生嘗彙之，束復叙以申其意，實皆親炙公之教者也。公實知束之素，而束蓋知公之晚，每懷自愧《譜》有於字心。若夫邃然古雅，鏗《譜》作卓然勁節，有公行狀在，不列於序内。附詩一首以見志：

會稽山色稱奇絶，漫《譜》作湧翠千重敷《譜》作犇海涯。五雪參天寒透骨，孤峰獨出凝霜姿。江湖浴日浮清漢，丹花緑葉紛參差。飛毫動色何足數？千歲文章今可睹。霞光遥挂碧空長，倒映湖山誰作伍？萬丈東南擎玉柱，分明彩筆懸今古。東流時吐洗墨紋，一揮直壓天下雄。

含輝不與當時競，坐月傾杯怡吾衷。花爛石門深鎖處，星河疏影寒鏡《譜》作魄中。慨然微諸寄知己，流漸無《譜》作澌欲盡情難止。幾經《譜》作尺枯桐鳴古調，修篁露落空階尾。山川不改當年舊，鎖盡雲霞歸汗史。

嘉靖丙寅六月初十日晚學沈束頓首拜書。

董中峰先生文選後序

予入閩之明年，予友守尋甸董君約山貽書曰：「先大夫集舊刻舛謬已甚，閩善梓者，謹謀君改圖之，傳諸家塾，幸甚，吾將乞徐少傅公序之矣。」無何，君忽辭世，痛貽言之在耳，忍舊諾之可宿。於是躬事讎閱，釐爲卷凡若干，畀之梓人。先生平生所爲文詞甚富，是編出唐太史公荆川選。兹惟詮次倫類，考訂訛謬，仍其名曰《中峰文選》。刻成，上書乞少傅公文，成君志也。乃僭言於末簡曰：予自結髮從長者遊，即知鄉先達大夫中峰董先生矣。比通籍，遊先生之門，且納交約山君，於是益信爲直方有道君子，因得盡睹其平生所爲文詞，於是又識其胸次渾涵渟澈，曠視達觀，又如此云。夫先生以夙成之學，洞究本始，樹望時髦，結知聖主，其所自持立毅然卓然，不渝不撓，真殊絶一時，師表當代，乃行方多窒，弗究厥施，而疇昔藴抱大端僅存區區於語言文字之間，何哉？雖然，是乃所以爲先生也。先生出處大節之詳，有鉅公言之，兹不著，著所以刻是編云。乃爲文告諸約山君，并畀梓人。

嘉靖辛酉春三月既望後學山陰王國楨謹書於閩藩忠愛堂。

後記

昔御書樓遭燬，先大父未庵公諸物俱無所取，惟抱書數卷，而《中峰公文集》在焉。雖遇大難，竊心幸也。嗣後先君子珍藏於家者，已數十載。暨毛西河先生應宏詞科入翰苑操史政，隨寓書於先君子曰：「必得《中峰全集》備録昔日在朝種種事業。」斯時族祖元庵公力勸齎送，乃藏於家者則入於朝矣。嗟哉！公之天下而家無其集也。不意又有可幸者。比鄰世好田子濱遇爲瀚心交久，適有貧士持《中峰文集》急欲其售，田子乃慨然曰：「惟董子子幹中峰嫡裔，投之必售。」還向瀚曰：「有《文選》一部，盍得諸？」是歲弟龍、志洲俱受業於予，予即謂龍曰：「此集甚重，所難得者，急發金購之。」踰數載，萬壽恩科主考汪諱隆進表曰：「文體以中峰爲準則。」後又特簡學使按臨紹郡，檄取名賢文選，而於《中峰集》尤所注意，故又將田子所來者呈送。瀚急欲再得，適於次兒講恩篋中檢得二本，其中篇章不無淪落，又幸靡涯弟藏有全稿，志洲亦有鈔本。瀚於寢苦中，摘其所缺者補之，所遺者拾之，隻字不漏，考訂無訛，亦所以承先之志而啓後之私也歟。倘後之作者克光祖烈，再壽梨棗，公諸同好，所厚望云。時康熙乙未子月之二日裔孫志瀚記於文選樓後偏。

嘉慶間重刻序〔一〕

天下惟無意於文章而文章爲獨至，亦無意於文章而文章爲倍奇。非真無意也，意衆人之所共意而不爲襲，亦復意衆之所不意而不爲孤。浩浩落落，行乎其所不得不行，止乎其所不得不止。順斯理之自然而不以私意與其間，謂之無意也可，謂之有意也亦無不可。瑞嘗讀《中峰公文集》而有感焉，曰：「嗚呼，其殆天地之至文，而不可以言擬議者乎？」但檢閱諸篇，破殘缺失遺逸者多，幸先考以實公遺有鈔本，稍存梗概。瑞有志詳加考訂，無魯魚帝虎之訛，刊刻傳世，悉遵舊章，庶足以綿先澤而啓後昆。至於公之魁天下，參逆瑾，侍經筵，正國史，垂教東山，名公鉅卿各有傳贊行世，此固歷千載而彌新，余小子何多贅焉。惟是兹集之垂二百餘年，已懼失墜，矧傳之愈久，後之視今與今之視昔，當復何如？非予後人之責而誰責哉？瑞荷蒙餘蔭，叨沐恩光，於乾隆壬子歲任貴州龍里縣尉，加一級，四載有餘，循分供職，幸免隕越。嘉慶二年春，年已衰邁，致仕回籍，得有餘閒，次第校正，付之剞劂，並作七言詩一章，以述祖德，因録在任所作以及歸田後所詠，非敢竊附前賢，聊以仰承先

〔一〕稿本作「重鐫中峰公文集序」。

志，世之君子，幸鑒其志而賜之教焉。十〔一〕世孫瑞書敬〔二〕撰。〔三〕見《璞亭詩稿》。

〔一〕稿本「十」字上有「後裔」二字。

〔二〕敬，稿本作「拜」。

〔三〕按：稿本序後附有董瑞書撰《讀中峰公文集詩》一首，謹録以備參考：「追慕音容已邈然，典章宛在若生前。因參閣竪爲花縣，旋擢京堂侍講筵。功懋三朝忠致主，望隆一德力回天。銓衡秉直留遺愛，珥筆無私繼昔賢。解組東山研理學，紹薪鹿洞接真傳。名標青史垂今古，踊躍時時誦簡編。」

童跋

前明董文簡公以文章理學光昭史册，歲時祠鄉賢，迄數百年，後人景仰之思久而益深。獨其文集已無刊本，日就殘缺，後生小子不克睹先正之遺文以私淑艾，嘗以爲憾焉。公之九世孫玉章先生守其家學，傳有鈔本，慨然有志重刊以垂久遠，訂訛補闕，積數十年。後由儒士任貴州龍里縣尉，居官勤慎，秩滿解組歸里，優遊林泉，復取文簡公集而手校之。於是人所未見之書燦然大備矣。夫入世家而見其彝器，猶摩挲不忍釋手，以爲古人之澤存焉，況文以載道，尤足生人玩味者乎？昌黎韓子曰：「莫爲之後，雖盛不傳。」先生能繼文簡公之志，原本忠孝，嘉惠來兹，豈獨爲家乘之光，俾後之人徵文考獻，如遊中峰書院，日聞文簡公之謦欬，何幸如之。其末一卷，即先生平日吟風弄月，怡然有得，遂成篇什，附之集後，以表承先之意，非徒爲辭章之學者也。文簡公集向有唐荆川先生選本，兹刻悉還其舊，名曰《中峰公文選》云。時嘉慶八年歲次癸亥仲春之月同里後學童震謹跋。見《璞亭詩稿》。

傳贊

董中峰公玘，會稽人。弘治乙丑舉會試第一，以榜眼授編修。忤逆瑾，出爲縣令，遷比部。瑾敗復職，官至禮〔一〕部左侍郎。講學東山，從遊甚衆。所著有《中峰文集》，唐荆川選刻行世。

贊曰：文簡科名，木天高第。因忤逆瑾，遂遭廢棄。乃以翰林，出知縣治。速化冰山，復還揆地。養重東山，文章名世。皋比中峰，訓注經義。繁露春秋，仲舒無異。張岱撰。

〔一〕按：「禮」字當作「吏」。董玘官至吏部左侍郎，此處疑是張岱錯記。

中峰集卷首

族孫金鑑重編刊

文林郎敕

奉天承運，皇帝敕曰：翰苑，一代文章之標準，夙號清班；史官，萬世是非之權衡，尤稱要職。故必三長之具美，兼以一節之至公，畀以是官，始稱厥任。爾翰林編修董玘，天賦英資，人稱遠器。紹繼甲第，臚傳高並於大魁；列職朝行，班序首登於法從。詞垣載筆，克效編摩；藝苑掄才，式精藻鑒。矧官箴之克慎，於世業爲有光。屬當慶典之行，預示褒嘉之寵。雖云異數，實按彝章。兹特進爾階文林郎，錫之敕命。於戲，文通乎政，必實用之是資；史出於經，豈浮詞之足尚？益加毖懋，以俟登崇。欽哉。

正德元年八月二十一日

奉直大夫誥

奉天承運，皇帝制曰：德以輔儲，實重宫坊之任；學能致主，尤資殿讀之功。顧惟具美之難，必極英才之選。爾左春坊左諭德兼翰林院侍讀董玘，業本世臣，文魁多士。擢居史職，歷資望以俱隆；位次郎曹，涉風波之莫測。既明大典，旋復舊銜；殿讀晋遷，今官載命。顧其操存純正，涉夷險而莫移；義理精明，式淵源之有自。校文收一時之嘉士，修史立萬世之公言。逮予〔一〕嗣列祖之洪基，希先王之睿學。署諸左右，實惟啓沃是資；念厥謨猷，真有開陳之益。備殫勞勩，不負簡求，可無錫命之恩，以示旌賢之典？兹特進爾階奉直大夫，錫之誥命。於戲，善人與居，式佇前星之耀；昌言是啓，實爲上輔之儲。益究乃庸，用光朕命。欽哉。

嘉靖元年五月十三日

通議大夫誥

奉天承運，皇帝制曰：統百僚，均四海，天官之貳惟難；輔君德，代王言，學士之選尤重。舉兹要職，畀乃真儒。咨爾吏部右侍郎兼翰林院學士董玘，學溯淵源，氣全剛大。清操雅量，足以釋躁而鎮浮；卓識安才，足以匡時而成務。童年膺薦，名動四方；弱冠登科，文魁三試。擢官史局，已擅編纂之長；藏器禁林，允屬鈞台之望。薦更兩署，左右並宜；不調十年，進退有裕。比朕嗣統，值爾告旋。密侍講幃，恒敷論唐、虞之道；總裁録院，迄勒成遷、固之書。載采師言，特遷端尹。南宫校藝，是榜最號得人；中秘傳經，及門庶常吉士。迨領機衡之寄，仍僉供奉之銜。除書具當乎品流，舉筆不忘乎規諫。有嘉乃績，實簡予衷。爰賚新恩，用昭異數。兹特進爾階通議大夫，錫之誥命。

〔一〕予，《會稽漁渡董氏族譜》作「朕」。

於戲，天工人代，序銓勿替於明揚；予欲汝爲，登拜何煩於夢卜。尚加自勵，光弼治朝。欽哉。

嘉靖六年九月初八日

贈禮部尚書謚文簡誥

奉天承運，皇帝制曰：人臣有才而無命，或違用世之心；朝廷因往以勸來，必舉尚賢之典。爰嘉舊德，用霈新恩。爾原任吏部左侍郎兼翰林院學士董玘，宏詞博學，隆望夙重於珪璋；古行貞心，大節獨完於金玉。修史著直筆之譽，校文昭懸鑒之公。侍讀經幃，能沃心而輔德；署篆銓部，克屏私而去邪。顧未陟於孤卿，乃卒困於群小。逮事久而論定，允位下而名高。屬當朝政之維新，式體輿情之久鬱。兹贈爾禮部尚書謚文簡，錫之誥命。於戲，榮華有盡，即衮裳鼎餗何益於生前？令聞無窮，矧奏剡綸音並昭於身後。尚其歆服，永慰幽冥。

隆慶元年十二月初九日

諭祭文

維隆慶五年歲次辛未三月壬戌朔，越十九日庚辰，皇帝遣浙江等處承宣布政使司〔一〕分守寧

〔一〕使司，底本作「司使」，據十二卷本改。

紹台道左參議郭天禄諭祭原任吏部左侍郎兼翰林院學士今贈禮部尚書謚文簡董玘曰：惟爾性資穎特，才識宏深，博學冠於詞林，雅操絶乎流俗。言訥訥不出口，而文則辨以雄；行踽踽無所親，而氣則剛以大。始忤逆瑾，遂致外遷。繼值僉人，克持正論。輔聖，功成於講幄；得賢，績著於秋闈。裁國史之謬訛，義昭直筆；杜權門之請託，政肅秉銓。正色危言，卒交讒於衆口；令名完節，竟不變其平生。爰念名賢，特隆優卹。祭葬並錫，贈謚疊頒。惟爾歆承，永光奕世。

祭文

維隆慶五年歲次辛未三月壬戌朔，越十九日庚辰，台州府同知黄希憲、紹興府通判熊烱林謹以剛鬣柔毛之奠，致祭於明故通議大夫、吏部左侍郎兼翰林院學士贈禮部尚書謚文簡中峰董老先生之神曰：惟公天篤其稟，生而神明。當其童時，爲鄉之英。繼以鄉薦，爰及廷對。文成鳳彩，行超先輩。史館講幄，瀛洲雲躡。學焉而臣，兩朝盤説〔一〕。迨佐銓衡，豈曰袖手？塞幸絶請，含瑜剔垢。盛德大業，爲世表師。至於節行，鴻舉鸞棲。闒焰熱手，靡不向炙。抗阻刺譏，公無不力。既墜而翻，天開日晶。典隆謚徽，三朝定衡。憲生也晚，猶仰末光。從奠愈欽，告此微悰。尚饗。

〔一〕盤説，疑當作「鞶帨」。

祭中峰先生文《世經堂集》。

徐階

嗚呼，公之積學，博極群書。發爲文章，俊偉敷腴。公之禔身，古訓是式。以施於官，廉靖正直。出貳銓綜，入侍講幃。人胥謂公，將遂有爲。力抗群奸，志清王路。曾未及酬，遭讒以仆。及事既白，薦書屢騰。人又謂公，將由是升。歲在龍蛇，身則遘疾。日月幾何，訃音遽及。維天生才，固將用之。胡既生矣，而尼厥施？生非無心，尼必有意。民之窮耶？道之將廢？望既咸屬，悲亦同情。生而弗用，不如無生。天不可知，人不可作。泣銘公幽，遺命是若。嗟某無似，何以報知。書紳不負，皓首爲期。嗚呼哀哉，尚饗。

祭董中峰先生文周氏集刻文。

周沛浮峰山人

於惟先生，睿質夙成，懿德允塞。秉性慧靈，據情典籍。博物約宗，浩無紀極。積盛斯光，厥流炳赫。魁此多士，四方矜式。蘊飫辭林，孚中靡測。總括六經，洞研奧賾。冠秩宮端，帝範時敕。棐迪謀猷，師模旦奭。逮宰天衡，效忠益力。疏榮振幽，百僚奮績。俊乂在官，躁趨者斥。小人勿利，流讒搆厄。皎皎名珪，蠅漬終白。黑首丹邱，同軌安石。養時矯重，東山赤舄。究心則大，不矜細物。鍾期絶音，聰耳靡識。剡曲蕺陵，高風孰匹。眇予寡昧，婚媾自昔。二紀周旋，出處頗值。華國之文，濟時之策。未殫厥施，兆行倏息。翔翺千仞，塵垢逸翮。哲人云萎，伊誰之戚。哀奠絮漿，爲元元惜。此文從《家譜》録出。

祭母舅少冢宰董中峰先生文見《青湖文集》。

汪應軫山陰

於乎，先生以髫年穎悟，日誦萬言，上溯六經，旁通子史，文章大肆，卓然成家，人皆以爲董氏世積之慶，而不知吾浙江山之秀，鍾靈孕奇，曠百年而出者也。既而以弱冠大魁天下，望重朝野，侍經幃，輔聖德，掌邦治，登賢才，正色率下，爲時藎臣，人皆以爲先生得天得君，懋官懋賞，皆由己致，而不知頤菴公澡身植行，忠厚存心，惠政及民，享有未盡之所遺也。惜其名高致忌，浮言不根，心雖白於朝廷，位未進於台鼎，澤〔一〕未洽於天下，志未遂其生平，年纔下壽，與世長辭。於乎，痛哉！某登第之初，與選中秘，先生聞之，喜而不寐，以其可進修也。及以言得罪，調官於外，先生聞之，不以介意，以其可磨練也。故以情，則有甥舅之親；以義，則有師範之益。此吾心之所慟，爲天下者，同乎人，爲吾私者，人不知也。喪事即遠，有進無退，不敢緩事者，孝也。恤典未膺，不敢就窆以竢命下者，忠也。先生以忠孝自盡，而後人以孝忠事先生者，教也。於乎，三綱無愧，生順死安，在先生固無憾矣，特吾人所以爲先生者無已也。

〔一〕澤，底本作「浮」，據《青湖先生文集》卷五改。

祭中峰舅母文

汪應軫

巖巖斯石，維南山兮。毓秀孕祥，馥幽蘭兮。維此中峰，爲民望兮。江流鬱紆，分柔剛兮。珈副翟服，重膺封兮。淑厥閫儀，淳王風兮。鬒髮而逝，蹇元化兮。有昌後人，福斯遐兮。

明通議大夫吏部左侍郎兼翰林院學士中峰董公行略〔一〕

公諱玘，字文玉，號中峰，其先汴人也。宋修撰應申扈宋而南，遂家會稽之東小江。始祖康豪邁尚義，以田三百畝讓其弟，鄉人至今稱之。高祖彥升，洪武初被徵聘，不起。曾祖諫亦以田廬讓其兄。祖敬，博通群籍，以文行名於時，後以僉憲剡溪公、郡守頤齋公貴，贈文林郎、貴州道監察御史。父復，即頤齋公，成化乙未進士，初授黟縣知縣，報最，擢貴州道監察御史，不避權要，屢斥貴倖，爲用事者所忌，出知雲南府，有惠政，今黟及雲南俱有祠崇祀，以公貴，封通議大夫、詹事府詹事兼翰林院學士。祖敬亦加贈如公官。前母章氏贈孺人。母婁氏，侍御屏梅公芳之女，封恭人，加封太淑人。公幼穎異絶倫，讀書過目成誦，七歲屬文。隨頤齋公莅雲南，黔國雅聞公名，求見之，因出古畫松，令公題。公援筆立就。時當道欲以神童薦，頤齋公固辭。乃送歸鄉里，封固小

〔一〕按：十二卷本題作「董中峰先生行略」，下署「甥汪應軫撰」。

樓，讀書十載，寒暑不輟，五經四書俱有注解。弘治辛酉以《易》領浙江鄉薦第二，壬戌下春官〔一〕，卒業南太學，司成楓山章公以天下士奇之。乙丑舉會試第一，廷試賜一甲第二，授翰林院編修，給假歸娶。武宗登極，召修《孝宗實録》，成，擬陞俸一級。時逆瑾擅權，公特疏數其罪惡，幾不免，廷臣交章論奏，謫直隸成安縣知縣。翰林出爲縣令，自公始。直聲振朝野，咸以爲有父風。旋以公論，陞刑部福建司主事。公引法裁議，棘棘不阿，或衆所疑獄，公徐數語以定。時用事者務爲煩慘，意所上下，輒著爲例，諸法曹承望風旨，争爲深文以脱禍。公獨持令甲，逆瑾所欲枉法置人死地者，多所平反。未幾，改吏部考功司主事。冢宰張綵附瑾，欲盡焚各司文卷以滋變亂，公力阻之，惟考功文卷得不毁。瑾兄死，縉紳吊者如市，公獨不往，作《東遊紀異》諷刺之。瑾敗，公始還翰林。辛未充會試同考。隨奉旨授學内侍監。甲戌，九載考績，陞侍讀，以前纂修功，加俸一級。乙亥補經筵講官，五月陞左春坊左諭德，兼本院侍讀，加俸如舊。丁丑二月奉旨給假歸省，以頤齋公及婁淑人年老，不忍去，留侍者五年。會上嗣服，頤齋公以大義促之，復任，補經筵講官。辛巳十月修《武宗毅皇帝實録》，充纂修官。公謂《孝宗敬皇帝實録》當時爲總裁者阿附劉瑾，變亂國是，請改正，疏曰：「臣惟今日之《實録》即後日之史書，所以傳信於天下萬世者也，此豈容以一人之私意參乎其間哉？昔者，武宗毅皇帝即位之初，纂修《孝宗敬皇帝實録》，臣以菲才濫與其末。於時大學士焦芳依附逆瑾，變亂國是，報復恩怨，既

〔一〕按：十二卷本「官」下有「第」字。

毒流天下矣，而猶未足也，又肆其不逞之心於亡者，欲遂欺乎後世。其於叙傳也，即意所比，必曲爲掩互；即夙所嫉，輒過爲醜詆。又時自稱述，甚至矯誣敬皇而不顧。凡此類，皆陰用其私人謄寫圈點，在纂修者，或不及見。惟事之屬臣者，黽勉載筆，不敢有所前卻，而其他則固非所及也。兹者恭遇皇上入繼大統，敕修《武宗毅皇帝實録》，内閣所藏《孝宗實録》副本例發在舘，謄寫人員及合用紙張之類不煩別具，欲加删正，此其時矣。伏望特旨，將内府所藏《孝宗實録》正本一併發出，仍敕總裁大學士楊某等及比時曾與纂修備諳本末者數人，逐一重爲校勘。凡十八年之間，詔令之因革，治體之寬嚴，人才之進退，政事之得失，已據實者，無事紛更，至若出焦芳一人之私者，悉改正之。其或雖出於芳而頗得實狀者，亦自不以人廢。則爲費不多，事亦易集，使敬皇知人之哲無爲所誣，諸臣難明之迹得以自雪，而人皆知公是公非所在，不容少私。如芳者，縱或私行於一時，而竟亦莫掩於身後，庶乎孝宗一代之書藏之中秘而傳於無窮者，必可據以爲信矣。不然，萬世之下，安知此爲芳之私筆也哉？仰惟聖明臨御以來，先朝積敝釐革殆盡，惟此關係於國典者甚大，鬱而未白，臣竊惜之。儻俯察愚言，憫然允納，亦初政用慰輿情之一助也。」奏可舉行。兩朝之實録得以釐正而國史之是非不至顛倒，皆公之力也。少師費宏每舉以語人，曰：「非董某，幾無信史矣。」壬午三月，補經筵講官。八月，主考應天鄉試，取華鑰爲第一，拔徐階於廢卷中。壬〔一〕申五月，陞侍讀學士，掌院事。九月，充副總裁官。乙

〔一〕按：嘉靖無壬申，「壬」應是「甲」之誤。

西六月，《武宗實録》成，敕陞詹事府詹事兼翰林院學士，賜白金綵幣。尋奉旨以日講勤勞，給與應得誥命，封及三代，蓋殊恩也。十二月，奉旨掌詹事府詹事。時纂修《睿宗實録》，仍充副總裁官。丙戌主會試，拔趙時春爲第一。三月，奉旨教習庶吉士。七月，《實録》成，奉敕陞俸一級，仍賜白金綵幣。十二月，以災異乞休，上温旨慰留供職。丁亥，奉旨講《大學衍義》。六月，轉吏部右侍郎兼翰林院學士，公辭免，不允。時尚書李未任，奉旨署印。十一月，轉本部左侍郎。戊子二月，奉旨准蔭子思近入監讀書。己丑，尚書方以疾給假，奉旨署印，公固辭，不允。時有建議許王親陞京官者，公以祖宗成法不可變執奏，遂寢。遇朝審重囚，公當執筆，有犯謀逆重罪者，厚賂當道求釋，公手批曰：「情真罪當。」衆咸服公持法。十二月二十九日聞頤齋公喪，請乞卹典。奉旨准與祭葬，并給驛去，且有御札傳示吏部：「講臣董玘最久，朕每念之，不知他又丁憂，祭葬都與他。該部記著，服滿來説。」時值河凍，公以家屬寄寓民家，即從陸路奔回守制。門人徐階祖道京門，泣謂之曰：「予歸之後，分宜必當國用事，汝適當其時，勉爲社稷臣，毋使縉紳受其荼毒。」故去分宜者，華亭也；豫授其方略者，公也。服闋，上方欲用公，而丙申又丁妻淑人憂，遂止。請乞卹典，復准與開壙之祭。公連遭喪變，哀毁過禮，鬚髮盡白。癸卯十一月偶失足，難於動履，後感脾病，丙午六月二十六日卒於正寢。公生於成化癸卯八月十七日，享年六十有四。配潘氏，太常寺卿理學南山公女。繼娶永康憲副程公女、吴江禮族錢公女，俱先公卒。子一，思近，任宗人府經歷，官雲南尋甸府知府，娶工部侍郎纘石江公女。女二，長適河南提學副使鄞縣陳束，次適太學生新昌何紳，俱潘出。孫男一，曰祖慶，聘大中丞浮峰張公女。孫女三，長適同縣上舍沈君梓子雲霖，次適福建左布政山陰王君國楨子止學，次適南京兵部右侍郎上虞陳君洙子以程。公性耿介，與人寡合，居官廉慎守法，不爲苟同，爲學以精思實踐爲主，尤多所自得。公雖博極群書，而以輕自著述爲非，故論學多本先儒，不爲異説以惑世。詩文典雅，不事斫削而自工。在史局侃侃持正，筆削嚴而有體。侍講經筵，竭誠正色，辯析經義，務爲啓沃上心。屢典文衡，鑒别明當，所得多一時名士。及司銓選，黜陟一秉至公，人不敢干以私。有當道爲其弟監生請題作卷以代部考者，公曰：「來考則得官，不來考則不得官，朝廷法度何可廢也？」公每進講，必開誠而善道，色和而語莊，匡輔宏多，上每得公講章，必誦讀再三不釋。時有所賜，公爲獨厚，必御書公名於上。又御書「誠意」二字以賜公。嘗推衍章聖慈仁皇太后《女訓》詩，上詳覽稱歎久之，其眷顧類如此。公謝事歸，闔門養晦，足跡不至公府。建書院於東山之中峰，以經籍自娱，以道氣親人。登高眺遠，翛然塵表。四方從游者，群奉爲中峰先生。時復對客論事，則上下古今，亹亹不倦。自退居十餘年，未嘗以私事病其鄉人。夫公以宏碩之學，經濟之才，廣聞博識且明習國朝典章故事，固宜入相聖明，以熙元化，沮之以浮言，罹之以痼疾，弗究其施焉。是國失耆舊，士失典刑，非特鄉國之所共悼也。卜以本年十二月某日葬於大善隆祐山之原。應軫先母太孺人，剡溪公女也，於公爲從妹，應軫夙昔受業於公門，謹掇拾耳目所睹記者，以備采録焉。

賜進士出身、奉議大夫、江西提刑按察司僉事、奉敕提督學校、前翰林院庶吉士、户科給事中甥汪應軫謹狀。

明故通議大夫吏部左侍郎兼翰林院學士中峰先生董公誌銘[一]《世經堂集》。

徐階

嘉靖丙午六月二十六日，吏部左侍郎兼翰林院學士中峰先生董公卒於家，其子思近謂階公門生也，奉學憲汪君狀屬銘公墓，而階意有所待，遲之二十年，今年秋其孫祖慶復以請。階因念昔之待者，既未可必副，而身已衰老，一旦溘先朝露，則公之行將遂不克彰顯於世，其何以見公地下？乃叙而銘之。公諱玘，字文玉，其先汴人。宋之南，有諱康者來家會稽之東小江，遂爲會稽人。入國朝，彦昇以薦被徵，而昇子諫，諫子敬，相繼以文行聞浙之東西。敬二子，長某，仕至某處按察僉事。次某，舉進士，歷黟縣知縣，雲南知府，有祠於其民，娶章氏，繼婁氏，實生公。公少以神童稱，然凝重静默，至終日不出一言。年十九，領浙江鄉薦第二，游於太學，祭酒楓山章公奇之，指示諸生曰：「此天下士也。」弘治乙丑舉會試第一，廷試第一甲第二，授翰林院編修，予假歸娶。召修《孝宗實録》，及成，陞俸一級。當是時，逆瑾欲摧抑天下士，使必己屈，出公知成安，稍遷刑部主事。人意公於法律，非所習，且有所不屑爲。乃公治獄，獨不少厭倦，其所爲

[一] 按：十二卷本題作「董中峰先生墓誌銘」，下署「華亭門人徐階撰」。

獄詞，即老吏自謂不能及。又時用事者，諸所按劾，務爲刻深，公數抱律以争，曰：「法固止是。」用事者往往屈而從焉。改吏部考功主事，張寀附瑾，欲盡更故事，命取諸司故牘焚之，公持不可，乃止。瑾兄死，朝貴咸走吊，公作《東遊紀異》以刺，人咸爲公危。會瑾誅，還公翰林，同考辛未會試，甲戌滿九載，遷侍讀。乙亥充經筵講官，尋遷左春坊左諭德兼侍讀。丁丑乞歸省，色養者五年。今皇帝登極，雲南公以大義促公行。至則與修《武宗實録》，充日講官，賜衣帶。嘉靖壬午主考南畿，階時以諸生試，爲同考所黜落，公閲而改品題焉，且將以爲第一，屬有沮者，乃以爲第七，凡階所以有今日，皆公賜也。甲寅〔一〕陞侍讀學士，尋充副總裁官。先是，《孝宗實録》焦芳多以意毁譽其間，而武宗朝大奸相繼亂政，其事龐雜，諸史官相顧不能書。公於紀載詳而不冗，簡而能盡，又因以正前録之訛謬，歸之至公，其有功於國史甚大，少師費公每舉以語人。遷詹事府詹事兼翰林院學士，而忌者謂故事：書成，遷轉不越二級。公獨得五級，於是謗始作矣。其冬以日講勞賜誥命，贈祖及封雲南公皆詹事，贈祖妣及前母封母皆淑人。會修《睿宗實録》，仍充副總裁。丙戌主考會試，尋奉命教庶吉士。秋，《實録》成，陞俸一級。丁亥遷吏部右侍郎，仍兼學士，轉左侍郎，戊子滿三載，詔廕子入監讀書。冬十一月聞雲南公喪，詔賜祭葬，給驛以歸。初，公在吏部，拒絶請託，尤嚴於君子小人之辨。御史胡明善所爲多不法，公疏出之，草已具而訃至，不果上。公

〔一〕按：甲寅爲嘉靖三十六年，董氏已死十一年，「寅」當爲「申」字之誤。

又薄都御史汪鋐，鋐、明善胥怨公。公之請卹典也，值方郊，有司不敢覆請，及命下，則去聞喪已踰月。鋐、明善因誣公，謂有他覬，不肯行，而昔之以請託見拒者，咸相與搆之，詔落公職。公方在疚，不敢自明。其後三年，誣始白，奉詔與致仕。南北臺諫及御史之按浙者交章薦公，而公猶以前持法爲群小所不悦，不果用。最後有知公者，則公以遭婁淑人喪積毁成疾，繼以卒聞矣。嗚呼惜哉！公爲文精於理而深於思，每命階屬草，塗竄損益，存者不能十二三。階督學於浙，數謁公，公留語竟日，未嘗以子弟親舊爲託，而諸藩臬之吏至不得一識公面，其廉介自重如此。元配潘氏，繼程氏。子一，即思近，以公廕爲〔一〕知府。後公□□年卒。女二，長適河南提學副使陳束，次適國子生何紳。孫男一，即祖慶，今爲紹興府學生。孫女三，嫁某某某。公生成化癸卯八月十七日，享年六十四。葬以卒之歲十二月某日，墓在會稽大善山之原。其所著有《中峰稿》，階方序而傳之。銘曰：

巍巍禹穴，會稽之南。鍾靈孕奇，哲人出焉。其人謂誰，仲舒之裔。曰行與文，罔不克似。觀公之外，退然如愚。其中所存，舍命不渝。公與衆處，終日静默。及在朝廷，危言正色。始官翰林，逆閹出之。天開日張，既墜復飛。晚且入相，厄於怨誹。金鑠杼投，竟不召起。猗嗟群小，能

〔一〕按：《世經堂集》卷十八「爲」下有兩空格。

困公身。百千斯年，公名則存。幽有銘文，明有信史。彼讒有知，其顙宜泚。〔一〕

鑑案：華亭徐少師文貞所撰《中峰公墓銘》已載文集鈔本，證之《家譜》，惟一二字小異，既爲訂正付刊矣。讀其文，不載生卒妻子，竊以爲疑，然無從校補也。繼由郡城藏書家購得徐氏《世經堂集》殘本，亟閱之，此文原稿具在，始知《家譜》、文集删改過甚，篇中歧誤處，或於公行事無甚關係，姑置勿論，至如首段百餘字，叙作銘之由，不宜節去。又考《明史》，世宗崇信道教，忌諱尤多，每祭祀齋居，廷臣章奏無敢及死喪事，或誤犯之，輒被重譴。原文稱「公請卹典，值上方郊，有司不敢覆請」，蓋當時實事也。且公因此爲忌者中傷，受誣落職，服闋，誣始白，將進用，終被讒阻，不果召，旋丁母憂，病廢以卒，文中叙述甚詳。銘辭有云「晚且入相，厄於怨誹」以下十餘語，皆指此事。今鈔本所載，删去「初公在吏部」一段數百字，則銘與叙不相應，適足啓後人之惑。意當刻石時，必有以受誣落職爲公諱者，然以小人誣君子，何足諱？始誣而終雪，何必諱？况公論在當時，定論在後世，更有諱無可諱者耶？又原文首尾叙生卒年壽及夫人子孫名氏，今本並删削不存，尤乖志銘之例，幸徐氏原集可證，亟爲補録一通，附刊卷首，庶後之讀公集者有所考焉。

又案：公贈尚書謚文簡在穆宗隆慶初年，徐氏撰銘據公甥汪應軫所作《行略》，皆在嘉靖

〔一〕按：「彼讒有知，其顙宜泚」兩句，十二卷本無。

中，故《行略》及《銘》皆未言贈官賜謚，今本增添，亦爲失實。

《明一統志》人物

董玘，會稽人，弘治乙丑舉禮部第一，登進士及第第二，授翰林編修，歷諭德、詹事。嘉靖初，與修《武宗實録》，官至吏部右〔一〕侍郎兼翰林學士，以憂制歸，不復出。省志。

嘉靖《浙江通志》人物　方山薛應旂輯。

董玘，字文玉，會稽人。弘治十八年舉禮部第一，登進士及第第二，授翰林編修，歷諭德、詹事。嘉靖初，修《武宗實録》，玘上言：「昔武宗即位，纂修《孝宗實録》，時大學士焦芳依附逆瑾，變亂國是，報復恩怨，毒流天下，猶爲未足，又肆其不逞之心，將以欺乎後世。其於叙傳，即意所比，必曲爲掩護；即夙所嫉，輒過爲醜詆。又時自稱述，甚至矯誣敬皇而不顧。凡此類，皆陰用其私人謄寫，同在纂修者或不及見。伏望將《孝宗實録》正本一併發出，逐一重爲校勘，出於焦芳一人之私者，悉改正之。」疏上，士論愜然。官至吏部左侍郎，以憂歸。爲胡明善、汪鋐誣劾，遂不復出。

〔一〕按：「右」當是「左」字之誤。

康熙《浙江通志》人物　張右民、黄宗羲等輯。

董玘，字文玉，會稽人。生而穎絶，以神童稱。乙丑會試第一人，在翰林忤閹瑾，出爲縣，至吏部左侍郎而罷。爲文雅莊，得西漢作者之體，唐順之選行於世。謚文簡。

董思近，字約山，會稽人，以父玘廕官。適同邑沈束下獄，思近抗疏救之，幾不測。華亭徐階爲玘所得士，慨然曰：「吾師止一子，何忍坐視其死。」力爲營解，得出知雲南尋甸府，卒官。子祖慶，字久所，萬里扶櫬，哀毀骨立。當貢，讓之老友。以子貴，贈刑部員外。孫懋史，舉於鄉，與弟懋策俱以文學顯。懋中，癸丑進士，歷官尚寶卿。此傳在第三十二卷中。

乾隆《浙江通志》名臣　乾隆元年修。

明董玘鑑案：文集鈔本附《通志》傳一首，與今志引《獻徵録》者不同，並採備考。

《獻徵録》：玘字文玉，會稽人，弘治乙丑會試第一，廷試第二，授編修。逆瑾欲摧抑天下士，使必己屈，出玘知成安，稍遷刑部主事。時用事者，諸所按劾，務爲深刻，玘數抱律以争，曰：「法固止是。」用事者往往屈而從焉。瑾誅，還翰林，歷陞吏部左侍郎，拒絶請託，尤嚴君子小人之辨，致仕歸，卒。隆慶初，贈禮部尚書，謚文簡。

《通志》傳

董玘，字文玉，會稽人，生而穎異。隨任雲南，六歲時，於黔國座間有題核桃、畫龍、畫松詩。弘治辛酉鄉薦第二人，乙丑會試第一人，廷對第二人，授翰林編修。以忤閹瑾，出爲成安令。及還，又苦以刑曹。瑾誅，還舊職。其後轉徙左春坊、詹事中，至吏部左侍郎，攝尚書篆。嘉靖壬午主順天鄉試，拔華鑰爲第一人，録徐階於廢卷中。丙戌主會試，拔趙時春爲第一人。改正兩朝實録。爲文莊雅，得西漢作者之體。居鄉嚴重寡交，即大吏造廬，罕覯其面。建中峰書院於東山兩眺之間，四方從游講學者，群奉爲中峰先生。建宅於郡城蕺山之麓。卒後世宗思之，特贈禮部尚書，謚文簡，特祠諭葬大善隆祐山。著有《中峰文集》，唐順之選；《大易傳稿》，與歸震川並行；《繫辭圖解》，藏於家。祀鄉賢。

《紹興府志》鄉賢　乾隆五十七年重修。

董玘，字文玉。鑑案：文集鈔本卷首載《通志傳》董某字文玉云云，與《府志》鄉賢傳前半篇文句盡同。《通志》既引在前，兹不贅録。《府志》後半篇附載子思近以下諸人，爲《通志》所無，今節録於左。

子思近，字約山，以父玘日講勤勞，廕補宗人府經歷。適同邑沈束下獄，思近抗疏救之，幾不測。華亭徐階爲玘所得士，慨然曰：「吾師止一子，何忍坐視其死。」力爲營解，得出知雲南尋甸府，平定苗難，有辟土功，卒於官。撫臣上其事，爲嚴嵩所抑。楊慎贈詩云：「使君高誼薄塵寰，邀我尋春慰旅顔。不是蟠胸多磊落，那知絶域有江山。玉杯家學曾親炙，瓊樹風流許重攀。畫戟清香延坐久，村孤城遠漏聲閒。」子祖慶，字久所。萬里扶柩歸葬，食餼當貢，讓之老友，人皆義之。以子貴，贈刑部員外。孫懋史，見列傳後。懋策，見《儒林傳》。懋中，癸丑進士，歷官尚寶卿，有直聲。

《會稽縣志》人物　康熙十二年修。

董玘，字文玉。弘治辛酉鄉試第二，乙丑會試第一，廷對第二，授翰林編修。以忤閹瑾，出爲縣。及還，復苦以刑曹。瑾誅，還舊職。其後轉春坊、詹事中，至吏部左侍郎。玘生而穎絶，以神童稱，四書五經俱有注疏，改正國史。爲文莊雅，得西漢作者之髓。居鄉嚴重寡交，即大吏造廬，罕覯其面。建中峰書院於東山兩眺之間，四方從游講學者甚衆，群號爲中峰先生。卒贈禮部尚書，謚文簡，遣官諭葬上虞大善隆祐山。有《中峰文集》，唐順之選。

《兩浙防護録》嘉慶七年巡撫阮元輯咨部。

贈禮部尚書董玘祠墓。玘字文玉，會稽人。弘治乙丑進士第一，廷對第二，授編修。以忤劉瑾，出爲成安令，遷刑曹。瑾誅復職，官至吏部左侍郎。在官拒絶請託，尤嚴君子小人之辨。卒贈禮部尚書，謚文簡。祠在山陰縣東北四里東中坊，墓在上虞縣十二都大善隆祐山。

檄文

日講官、起居注、右春坊右贊善兼翰林院檢討、提督浙江等處學政王掞檄曰：

董文簡公正誠修己，端恪立朝。早擅科名，上星辰而曳履；晚研理學，爲濂洛之傳人。望重藝林，勳高史局。豈特一時增光蘋藻，亦且百世尚有典型。仰紹興府遵將「直道儒臣」四字榜置特祠報。

康熙二十六年九月　日

中峰集卷一

明會稽董玘文玉撰　族孫金鑑重校刊

應制類上

弘治乙丑廷試策

臣對：臣聞聖人之御天下也，有致治之本，有輔治之具。蓋道者，治之本也，而輔之必有其具；法者，治之具也，而出之必有其本。二者可相有而不可相無者也。創業者必兼得之而後可以裕後昆，守成者必克全之而後可以光前業。然是二端又皆原於心焉，心存則自身而推者皆爲道，因事而制者皆爲法，而二者兼盡矣。心不存則道有未純，法有未備，而二者胥失。道法兼盡，此唐虞三代之盛治所以不可及也。得其一而有未純未備焉，此漢唐宋之治所以不古若也。然則今日欲治效之臻其極，固不出於道法二者之間，又可不先存其心以爲之主哉？欽惟皇帝陛下以聖人之德居聖人之位，仁育義正而道成於上，綱舉目張而法布於下，治化之盛固已不愧於古矣。兹復廷集多士，以道與法爲問，顧臣愚陋，何足以仰副淵衷。雖然，陛下之設此舉，蓋將采而行之，非虛循故事而已也。蘇軾有言：「君以名求之，臣以實應之。」矧今陛下以實求之，臣敢無辭以對乎？臣惟古昔帝王膺天命之重，御天下之廣，以成己成物之責萃於一身而不可虚居也，故必盡道以端天下之表，以立斯人之極。道既成矣，猶慮事無定則，人無定守，而斯道之行無以遍天下及後世也，故又立法以盡天下之事，以防天下之情。人君爲治之端，惟此二者而已。何謂道？修身齊家至治國平天下皆是也。何謂法？建國立紀綱分正百官順天揆事至於創制立度盡天下之務皆是也。道者，法之體，所謂致治之本；法者，道之用，所謂輔治之具也。其名義之攸存，固有別矣，而行之之序有相須而不可偏廢者。蓋道必先定，然後法有所措而可立；法必大備，則其道有所輔而可久。苟惟致詳於法，而無道以爲之本，則其具徒張，而無益於天下之治；或徒恃其道，而無法以爲之具，則其本雖立，亦何以成極治之功哉？孟軻曰：「堯舜之道，不以仁政不能平治天下。」言道之不可無法也。程顥曰：「必有《關雎》《麟趾》之意，然後可以行《周官》之法度。」言法之不可無道也。臣請證古人之跡。夫帝之聖者，莫過於堯舜；王之聖者，莫過於禹湯文武。其爲道爲法，各極其至。以其道言之，如克明峻德、慎徽五典、肇修人紀、建其有極，道之行於身也；敦叙九族、克諧以孝、時庸展親、刑於寡妻，道之施於家也；平章百姓、庶明勵翼、德降國人、化行江漢，道之形於國也；協和萬邦、教訖四海、克綏厥猷、丕單稱德，道之及於天下也。以其法言之，如曆象授時、璿璣齊政、頒朔授民、順時行令，此順天之法也；百揆四岳統理於内，州牧侯伯分列於外，此命官之法也；六府孔修、庶土交正、鄉遂用貢、都鄙用助，此養民之法也；家有塾、堂有庠、術有序、國有學，此教民之法也。當是時，黎民敏德，萬國咸寧，人人有君子之行，比屋有可封之俗，五刑措而不用，兵革櫜而不試，山川鬼神莫不寧，鳥獸魚鼈罔不若，其治之隆如此，豈無自哉？蓋其所以爲治者，皆本於心，觀夫《詩》《書》之所稱，曰「欽明」，曰「精一」，曰「祗德」，曰「懋敬」，曰「敬止」，曰「執競」，是其心之所存，純乎天理而絶乎人僞，故道由此行，法由此立，二者兼盡而治化自隆也。自是而降，享國久長者莫如漢唐宋，然其爲治也，皆不能兼乎道法之全。以漢言之，創業如高、光，守成如文、景、明、章，皆賢君也。觀其發義帝之喪，戮丁公之叛，尊禮太公，孝養薄后，大封同姓，痛泣同氣，其大綱之正，亦庶乎治之道矣。然庶事草創，禮文多失，語井田則未復，語官名則未定，而於先王爲治之法，皆闕乎其未之講，況其所謂道者，又多出於駁雜，其能如王道之純乎？以唐言之，創業如太宗，守成如玄宗、憲宗，皆賢君也。觀其以尊本任衆，以職事任官，以府衛任兵，以租庸調任民，考課有四善二十七最之詳，致刑有三覆五覆之奏，其萬目之舉，亦庶乎治之法矣。然脅父起兵，戕兄攘位，麀聚瀆倫，牝晨司禍，而於先王爲治之道，則概乎其未之聞，況其所謂法者，又多益以己意，其能如王制之備乎？以宋言之，如太祖、太宗之創業，真宗、仁宗之守成，皆賢君也。觀其分灸艾之痛，守金匱之盟，忠厚以立國，而刑不加於士夫，嚴肅以治内，而事不委於戚畹，其爲道亦有可稱者。然制度之立，頗因五代之舊，官名屢易而違六官分治之典，審官有院而無三考黜陟之嚴，兵雖有三衙四廂之制，而失寓兵於農之意，刑雖有折杖覆訊之法，而失宥過刑故之規，其能如先王經制之善乎？故其制治之效，止於海内殷富、黎民醇厚，而禮義則未興，僅致斗米三錢、外户不閉，而風俗則未美，雖有聲明文物之盛，而國勢常削弱不振，是豈先王之治卒不可復哉？ 蓋自漢以來，心學失傳，或不事《詩》《書》，或學尚黄老，或性多褊察，欲行仁義者或漸不克終，仁厚有餘者或剛斷不足，是皆任其資以爲治，隨其世以就功，而於先王之道法，或得其一而遺其二，或得其似而失其真，治化之不能復古，無足怪也。 洪惟我太祖高皇帝定天下之初，正己以建極，稽古以垂憲，致治之道，輔治之法，真可謂一洗漢唐宋之陋而上繼乎唐虞三代之盛矣。 臣請舉一二，爲陛下陳之。御製《大誥》申明五倫之義，《資世通訓》宏敷禮義之教，《祖訓》所載無非修身齊家之方，《孝慈》有録一皆天理人倫之正。 我聖祖之道，即帝王之道也。 《大明日曆》具載一代之法程，《洪武政記》動契千古之典則，諸司有職掌，得虞廷任官之意，禮義有定式，同《周禮》防僭之嚴。 我聖祖之法，即帝王之法也。 列聖相承，踐修厥猷而聖祖之道行之不息，克篤前烈而聖祖之法守之無弊。 陛下莅阼以來，昧爽丕顯，惟道是由，甲夜視事，惟法是踐，經筵所講，諄諄乎仁義之言，《會典》之修，鑿鑿乎典章之實，是以上有道揆，下有法守，朝廷清明，四方無虞，治平之效誠有非漢唐宋之所能及者。陛下猶謂治效未臻其極，而疑道猶未行、法猶未守，抑行之守之而未盡若古，此固陛下惟日不足之心也。 雖然，臣嘗竊伏草茅，念天下之事，有慨於心久矣，今幸承明詔言及之而不言，負所學，是負吾君也。 臣請言未行未守之端，而後及行之守之之説。 夫京師，諸夏之本，密邇道化，是宜遵道遵路而有時雍之休也。 今臣應試而來，竊見風俗偷薄，習尚浮靡，人民嚚頑，抵冒殊扞，德色誶語尚形於父母，剟簾剽金每肆於白晝，或有如賈誼之所慮者。 京師且然，況四海之遠乎？ 我祖宗卻異味，服澣衣，允迪厥德以先天下，當此之時，五典克從，百姓相親，俗尚純樸，無敢自蹈於匪彝者，校之今日，大有不同，然則祖宗之道未能盡行，亦容或有之矣。內外職司大小之事具有成法，以臣觀之，其名固如舊也，而其實則或已亡矣。如徵斂有則，定差有等，此賦役之法也，今或脱丁以逃役，詭籍以避征；軍必服伍，將必擇才，此兵衛之法也，今或離行伍而受役於私門，竊首級而列職於邊閫；銓選之法，不拘流品，惟功與賢，今亦有無功而進，非賢而授者矣；斷獄之法，必罪與律協，今亦有無辜而戮，有罪而貰者矣。然則祖宗之法，臣亦未敢謂其能盡守也。即此推之，則治效之未臻其極，有由然矣。陛下欲天下之極治，亦豈必他務哉？惟行祖宗之道，守祖宗之法而已。然世之進言於陛下者，不過曰：「道之未行，教訓之未至也，亦申言之而已矣。法之或弊，有司之不能守也，亦戒飭之而已矣。」臣竊以爲此皆其末也，欲行祖宗之道，守祖宗之法，惟在陛下之身焉。蓋道成於己而後及乎人，教訓雖嚴，而身無以率之，則所令反其所好，而民不從矣。故董仲舒「謂一爲元」之意，以爲「視大始而欲正本也」，《春秋》深探其本而反自貴者始〔一〕。臣願陛下章志以示民，貞教以率下。言行，道之發也，必謹之而不苟；威儀，道之顯也，必正之而不忒；宫壼，道之所自始也，必敦刑家之化；朝廷，道之所自出也，必謹守正之規。由是正百官以正萬民，正萬民以正四方，舉而措之，無弗順者，夫何患道有未行乎？法行於上而後遵於下，若徒戒飭所司，而身之所行，或

〔一〕「始」，底本無，據十二卷本補。

有自撓其法者，則臣下將師師無度矣。故傅説之告高宗曰「監於先王成憲，其永無愆」，而後繼之以「惟説式克欽承」。臣願陛下毋忘敬怠之念，益宏篤叙之圖。出一大號也，則曰：「於舊法得無少變乎？」行一細事也，則曰：「於舊法得無有戾乎？」喜有賞，怒有刑，苟違於法則遏之而不行；言有逆耳，事有逆旨，苟當於法則從之而不撓。由是内而百司，外而庶府，罔不翕然承德，而無或敢亂其法者，又何患法之有未守乎？夫能行祖宗之道，則不必別求古帝王之道，而所以爲致治之本者立矣；能守祖宗之法，則不必遠慕古帝王之法，而所以爲輔治之具者備矣。而何一不由於陛下之心耶？且心也者，一身之主宰，萬事之根本也。陛下行道而守法，則古帝王與祖宗之心學其可以不之講乎？蓋道者，心之藴也，法者，心之著也，存心之功一有所間，則雖欲行道而私或得以勝理，雖欲守法而欲或至於敗度，其何以成天下之治哉？臣竊聞我聖祖之諭侍臣，有曰：「人之一心，檢持甚難。朕覺此心如兩敵然，時時防閑尚未能也。」則平日存心之功無一息之間，蓋可見矣。至如親注《周書》之《洪範》，類編聖學之心法，皆所以求正心之方；畫君臣行事於壁間，書《大學衍義》於兩廡，亦所以爲存心之助。蓋帝王相傳之心學，至我祖宗而復續，則聖子神孫之所當取則也。陛下深處法宫，所以用力於心學者，臣固不得而知，然竊見行道守法之間尚有可議者，意或於理欲危微之辨尚有未精，操舍出入之間尚有未定，而忠佞順逆之言尚不能無惑歟？臣願陛下於退朝無事之時，不以爲可忽而居之必敬；念慮方萌之際，不以爲莫覩而察之必嚴；紛華波動之頃，不爲其所引而操之必定。古訓聖謨可以沃此心，必講明而力行之；正人端士可以養此心，必親近而薰炙之；便辟之流、怪誕之術足以惑此心，必深惡而屏斥之。內外交致其力，顯微不間其功，使此心本然之體無時而不存，應用之機無法而不當，則運用於一身者，無非大道而可以爲致治之本，經緯於萬幾者，無非大法而有以爲輔治之具，將見百姓太和，四海永清，諸福之物、可致之祥莫不畢至，而功可以光祖宗，業可以垂後裔，治可以配古帝王之盛矣。伏惟陛下採而行之，天下幸甚。臣干冒天威，無任戰慄之至。臣謹對。

經筵講章《尚書》《孟子》

惟治亂在庶官。官不及私昵，惟其能；爵罔及惡德，惟其賢。

這是《商書·説命篇》傅説告高宗的言語。庶官是衆官，古者有官有爵，六卿百執事，這便是官，公卿大夫士，這便是爵。私昵是私意親愛的人，惡德是包藏凶惡的人，能是有才能，賢是有德行。傅説告高宗説：「人君一日萬幾，豈能獨理？故建立衆官，分理庶務。若衆官得其人，件件事便都有條理，天下人都蒙其福，此就是治之原。若衆官不得其人，件件事便都不得其理，天下人都受其禍，此就是亂之原。天下治亂，全在庶官得人與否，所以人君用人，必當仔細選擇。如六卿百執事，都是管事的官，決不可與私意親愛的人，蓋人於所親愛的，雖有不是處，也見他不出，若不加審察，而輕易用之，未有不壞事者。必須得那有才能足以任事的，然後與之以官。公卿大夫士是國家名爵，決不可與包藏凶惡的人，蓋人之凶惡者，亦必有小才可以動人處，若不加審察，而誤與以爵，其爲害將不可勝言。必須得那有德行足以表民的，然後命之以爵。夫官當其才，爵當其德，則朝廷庶官皆得其人，自然政善民安，此乃長治久安之道也。」臣惟自古聖王未嘗不以簡求賢能爲務，然知人則哲，帝堯猶難，自非秉至公之心，不以一毫私意汩其聰明，則用舍之際，鮮不失矣。故傅説於此，必先以憲天聰明爲言，正所以端用人之本也。仰惟皇上以英睿之資，撫盈成之運，明目達聰，與天無間，尊賢使能，用人惟己，將見百官承式，庶績咸熙，高宗不得專美於前矣，天下不勝慶幸。

孟子曰：「事，孰爲大？事親爲大。守，孰爲大？守身爲大。不失其身而能事其親者，吾聞之矣。失其身而能事其親者，吾未之聞也。孰不爲事？事親，事之本也。孰不爲守？守身，守之本也。」

這是《孟子·離婁篇》中指出事親、守身兩件大道理，教人尤歸重在守身上。事是奉事，守是持守。孟子説：「人所當奉事的，入則有親，出則有君有長。何者爲事之大？惟是事親這件最大。人所當保守的，近之則身與家，遠之則國與天下。何者爲守之大？惟是守身這件爲大。然這兩件又常相因，要事親須是不失其身。蓋身者，親之遺體，若能去持守，言動舉措一一循理，不使陷身非義，以貽父母羞辱，那父母之心自然喜悦，無所違逆，這等纔是能事其親。自古稱爲孝子，莫不率由是道，所以説：『吾聞之矣。』若是縱耳目四肢之欲，自失身於不義，卻要得父母的懽心，天下決無此理。蓋一失其身，則虧體辱親，雖日用三牲之養也，不足爲孝，所以説：

『吾未之聞也。』且事親何以爲大？　蓋事君事長，雖莫非事，然必善事父母了，方纔忠可移於君，順可移於長，是忠君親上都本這事親來。　本既在親，所以見其爲事之大也。　守身何以爲大？　蓋守家守國守天下，雖莫非守，然必吾身既正了，方纔家可齊，國可治，天下可平，是家國天下都本這身上來。　本既在身，所以見其爲守之大也。」臣按：《孟子》此章與《禮記》所載孔子對哀公之問，其言實相表裏。　孔子之言曰：「能敬其身，則能成其親。」其言成親也，則曰：「百姓歸之名，謂之君子之子，是使其親爲〔一〕君子也，是爲成親。」其言成身也，則曰：「仁人不過乎物，孝子不過乎物，仁人事親如事天，事天如事親，是爲成身。」蓋人之生有此身，則有此心，有此心，則有此性，四端萬善，本然全具，莫非親之與我者，所以人子事親，必能踐形盡性，使民胞物與各得其所，乃爲無忝所生，而於父母之遺體弗虧矣。　若人君一身，又爲天地父母之宗子，任大責重，尤須充拓得盡，盛德大業與天地參而後謂之成身，謂之成親。　蓋仁孝合一，其道之大如此，故雖堯舜之聖，猶兢兢日行其道，業業日致其孝。　而孔子於哀公之問，尤深致意於天道貴其不已之言也。　仰惟皇上大德受命，至孝尊親，敬一自持，而所事所守固已各得其本，倫制兼盡，而於親於身固已同底乎成。　伏願與天同運，純亦不已，因心立極，式昭無外之仁，備物博施，益推不匱之孝。　彌綸參贊，舉一世而甄陶之，則孔孟之訓不托諸空言，堯舜之治復見於今日矣。　臣犬馬之

〔一〕爲，底本無，據十二卷本補。

誠，不勝惓惓。

孟子曰：「大人者，不失其赤子之心者也。」

這是《孟子·離婁篇》推本大人所以爲大者示人，其言最爲親切。大人是通乎上下之稱，孟子患當時之人都失其本心，特舉大人來説。那大人才全德備，凡天下的道理無一不曉，天下的事業無一不能，所以造到這般極大處，人不可及者，無他，亦只是不失了赤子之心而已。蓋赤子雖若無甚麽知，甚麽能，然當這時人欲未起，天理完全，這點良心渾然純一，無纖毫巧僞，於此保護持養，逐漸擴充，自少至長，都不爲外物引誘，鑿其本真，則此心全體大用自無不盡，那道德功業都從此出，豈不是箇大人？若失了此心，巧僞與年俱長，所知的不過情欲利害之私，所爲的一皆傾險僥倖之事，便成箇小底人了。是則本心之良，人皆有之，惟大人爲不失其初耳，豈天之降才獨爾殊哉？臣按：《易象》有曰：「蒙以養正，聖功也。」孟子是本諸此。蓋聖無不通，蒙養之初，未便是聖，惟養正於蒙，然後可以作聖。大人心如明鏡止水，赤子之心未便能大，惟充養無失，然後可以致大。是以古者小學，自能食能言，便有所教，以至興《詩》立《禮》成《樂》，節節有箇工夫，無須臾間斷，正得完全這赤子之心耳。况人主以一身而任天下之重，以一心而當衆欲之攻，得失既易，保守尤難，故舜傳曆數，猶致危微之戒，武受丹書，每謹義利之防，蓋爲是也。仰惟皇上聰明天縱，仁孝夙成，自育德潛邸，我獻皇帝以身爲教，已得乎純一之傳，既登大寶，益勤聖學，屏絶嗜好，兢業萬幾，真所謂飛龍之大人也。間嘗御製《敬一箴》，闡明聖學之要，殆三代以下之君所未之聞者。惟願以純一之心推而爲純一之政，如所謂「與天地合其德，日月合其明，四時合其序」者，斯世斯民，將無不與被大人之澤矣。臣愚，何幸身親見之。

日講直解《尚書》《論語》《大學衍義》

荆、河惟豫州。

這是記禹所定豫州的疆界。荆是荆山，河是大河。西南至荆山，北距大河，這便是豫州，乃今河南地方也。臣按：豫州爲天下之中，四面道里適均，古人於此定都，不但形勢之所在，亦朝會貢賦之便。今《書》所叙，止言南北二至，不及東西者，蓋豫東抵徐，西抵雍梁，據鄰近州分，自可見矣。

伊、洛、瀍、澗既入於河，滎、波既豬。導菏澤，被孟豬。

伊、洛、瀍、澗是四箇水名，河即大河。伊水出熊耳山，東北至洛陽縣南，北入於洛。洛水出冢領山，至鞏縣入河。瀍水出穀城縣替亭北，至偃師縣入洛。澗水出澠池，至新安入洛。禹引伊、瀍、澗三水，使各循道入洛，乃與洛水並流，一齊都入於河。滎、波也是二水名。水蓄復流，謂之豬。濟水溢出爲滎，洛水別流爲波。滎受濟溢，波分洛派，皆已蓄而復流，故曰既豬。菏澤、孟豬是澤名。導是順導，被是及。菏澤在古濟陰郡定陶縣東，其地有菏山，故名其澤爲菏澤。孟豬在睢陽縣東北，菏水衍溢，禹導其餘波入於孟豬，蓋溢而後及，不常入也，故曰被。這五句是説豫州之水都已平治了。

厥土惟壤，下土墳壚。

這是辨豫州的土性。壤是土柔，墳是土脈墳起，壚是疏。豫州之土高處柔而無塊，低下處墳起而疏，有這等不同，故別言之。他州土壤，或説白壤，或説黑壤。豫土色雜，故只云惟壤，更不言某色。

厥田惟中上，厥賦錯上中。

這是豫州的田賦。中上是第四等，錯是雜出的意思。賦錯上中，是第二等，又雜出第一等。蓋冀賦第一，或時數少於豫，則降爲第二。豫賦第二，或時數多於冀，則升爲第一。這便見得古人制賦不是科定取民，歲事豐凶，地力上下，必有錯法以通之，即與夏法未嘗不通。

厥貢漆、枲、絺、紵，厥篚纖纊，錫貢磬錯。

這是豫州的貢物。枲是麻，絺是細葛，紵以爲布及練，纖是黑經白緯的繒，纊是細綿。錫貢非常貢，必待上命而後納的。磬錯是治磬之錯。豫州所貢，乃這漆、枲、絺、紵四物。其用竹篚盛以貢者，則有纖纊。待錫命而後貢者，則有磬錯。莫非用物也。

浮於洛，達於河。

這是豫州的貢道。豫州去冀都最近，豫州之東境徑自入河，其西境以舟浮洛，至鞏縣入河。達河則達冀都矣。

華陽、黑水惟梁州。

這是記禹所定梁州的疆界。華是太華山，山南謂之陽。黑水是犍爲郡之黑水。東距華山之南，西據黑水，這乃是梁州，即今四川地方。先儒熊氏謂其地北與秦隴接境，實爲天下要脊，世治則順比後從，世亂則險阻割據，任擇牧守不可不慎者，良是。

岷、嶓既藝，沱、潛既道，蔡、蒙旅平，和夷厎績。

岷、嶓、蔡、蒙是四山名，沱、潛是二水名。藝是種藝，道是順導。祭山曰旅。蓋梁州乃江漢水發源處，岷山在蜀郡，江水所出，嶓山在隴西郡，漢水所出，二山既可種藝，便見江漢之上源已治。水自江出爲沱，自漢出爲潛，二水既皆順道，便見江漢之下流亦治。蔡山在雅州嚴道縣，蒙山在蜀青衣縣，二山水脈漂疾，禹用力最多，治功既畢，故旅祭報成。凡諸州名山莫不有旅，以九州終於梁雍，故獨於梁蔡、蒙及雍荆、岐發之。和夷是地名，厎是致，績是功。方洪水懷山襄陵之時，平地致功爲難，故曰厎績，與冀州「覃懷厎績」同義。這四句是説梁州之水土都已平了。

厥土青黎。

這是定梁州的土色。青、黎是二，青是青，黎是黑，不言質者，質非一種。

厥土惟下上，厥賦下中三錯。

這是梁州的田賦。田下上是第七等，賦下中是第八等，又雜出第七、第九等，故曰三錯。

厥貢璆、鐵、銀、鏤、砮、磬，熊、羆、狐、狸織皮。

這是梁州的貢物。璆是玉磬，鐵是柔鐵，鏤是剛鐵可刻鏤者。梁州之鐵利多於銀，故言鐵在銀先。砮是砮石，磬是石磬，熊、羆、狐、狸是四箇獸名，梁州多山，四獸之皮製之可以爲裘，其毳毛織之可以爲罽，故曰織皮。蓋璆、磬以備樂器，砮中矢鏃，鐵、銀、織皮亦日用所不可缺者，聖人不貴異物每如此。

西傾因桓是來，浮於潛，逾於沔，入於渭，亂於河。

這是梁州的貢道。西傾是山名，在隴西郡。桓、潛、沔、渭、河皆是水名。水自漢出爲潛，漢始出爲漾，東南流爲沔。逾是過，絶河而渡曰亂。梁州之貢因桓水抵西傾山，浮潛過沔入渭，絶河而渡以至冀都，中間水陸所經，世遠難考，酈道元謂自沔歷褒斜之間，絶水百餘里以入於渭，亦與經文矛盾，蔡氏謂未可曉，宜矣。

子貢曰：「鄉人皆好之，何如？」子曰：「未可也。」「鄉人皆惡之，何如？」子曰：「未可也。不如鄉人之善者好之，其不善者惡之。」

子貢每欲方人，一日問夫子説道：「人生長於鄉，知之悉者宜莫鄉人若也。今有人於此，一鄉的人皆愛而好之，這可謂之賢乎？」夫子答他説：「人情不同，焉得人人而好之？人人皆好，或恐這人平日是箇同流合污的，未可遽以爲賢也。」子貢又問説：「有人於此，一鄉之人皆憎而惡之，這可謂之賢乎？」夫子答他説：「人情不同，焉得人人而惡之？人人皆惡，或恐這人平日是箇詭世戾俗的，亦未可遽以爲賢也。汝必欲取信於人之好惡，不如就那人善與不善決之。大凡鄉人之中有那善的人，有那不善的人，若一鄉善的人愛而好之，必是這人真有可好之實而足信矣。一鄉不善的人憎而惡之，必是這人無那苟合之行而可取矣。蓋君子小人爲類不同，好惡之情亦因之而異，君子不可以僞欺，非有真善不能致其好，小人恒懼人異己，自非苟同不能免其惡，故必善者好而不善者惡，斯可謂之賢也。」夫子此言雖爲子貢告，實萬世觀人之法。

子曰：「君子易事而難説也。説之不以道，不説也。及其使人也，器之。小人難事而易説也。説之雖不以道，説也。及其使人也，求備焉。」

器是隨人材器而任使之，求備是責備於一人。孔子説：「君子小人存心不同。君子最易於服事，然要他喜悦卻難。蓋其所處者，一皆義理之正，苟以非道悦之，雖曲意奉承，終不爲動，如何得他喜悦？及至使人之際，則各隨其材器，凡有一善一藝者，皆得見用，用人之仁，便去其貪，用人之智，便去其詐，未嘗求備於一人，此其所以易事也。小人最難於服事，然要他喜悦卻易。蓋其所主者，惟徇一己之欲，若以非道悦之，意向相投，雖理所不可也，一般喜悦。及至使人之際，則必責其全備，少有未至，皆所不取，彼雖善是，乃曰：『其用不足稱。』彼雖能是，又曰：『其人不足稱。』舉其一，不計其十，此其所以難事也。」夫君子之心公而恕，小人之心私而刻，故每每相反如此。在君子，則天下無不可用之人。在小人，則天下幾至無可用之人矣。其得失成敗之相去豈不遠哉？

子曰：「君子泰而不驕，小人驕而不泰。」

泰是安舒，驕是矜肆。孔子説：「君子、小人氣象自是不同。君子循理，仰無所愧，俯無所怍，所以心廣體胖，富貴如是，貧賤如是，常安舒而自得，此乃泰也，而非驕也。小人逞欲，只知有己，不知有人，所以氣象盈滿，或負其才能，或挾其勢位，常傲放自肆，此乃驕也，而非泰也。」蓋泰者出於有所養，驕者成於有所恃，驕與泰相似而不同，這等處極難分辨，故夫子每舉以示人，而君子小人之實不可掩矣。

唐太宗身屬櫜鞬，風灑露沐，然鋭情經術，即王府開文學館，召名儒十八人爲學士，與議天下事。既即位，殿左置弘文館，悉引内學士番宿更休，聽朝之閒，則與討古今，道前王所以成敗，或日昃夜艾，未嘗少怠。

這是《衍義》中叙唐太宗之學。櫜鞬是盛弓矢的器。風灑露沐是説勞苦之狀。王府，太宗初封秦王，别有府第。夜艾是夜已過半。唐太宗身親戰伐以取天下，當那争鬬未息之時，左右弓矢，觸冒風露，這等勞苦，日不暇給，然已留情於經術，就於府第中開文學館，召名儒十八人爲學士，與商議天下的事。及至即帝位，海内已定，處崇高最易宴安，乃置弘文館於内殿之側，引内學士令輪番直宿更休，聽朝之暇，與之討論古今，推究成敗，或至日昃，或至夜半，未嘗少有倦怠。每言及賢君，則企竦思齊；言及逸德，則省懼自戒；言及稼穡艱難，則務遵節儉；言及閭閻疾苦，則議息征徭。此所以致貞觀之治也。真德秀叙此，以爲太宗之好學乃三代以下所無，且謂夜對之益，深於晝訪，儻有志於帝王之事業，則貞觀之規模不可以不復。臣觀唐史官吴兢所撰《貞觀政要》，當時君臣之問對，朝廷之設施，嘉言善行，良法美政，無不具載。先朝儒臣每以此書進講，我憲宗純皇帝嘗命翻刻，親爲製序，蓋三代之治雖非貞觀所可彷佛，爲學之本太宗亦未之聞，而有取於《政要》之書者，固行遠登高之助也。

漢元帝多材藝，善史書，鼓琴瑟，吹洞簫，自度曲，被歌聲，分刌節度，窮極幼眇。少而好儒，及即位，徵用儒生，委之以政，貢、薛、韋、匡迭爲宰相，而上牽制文義，優游不斷，孝宣之業衰焉。

這是《漢書》中班彪贊漢元帝之辭。材藝是指技能説。史書是周宣王時史籀所作的大篆。琴瑟洞簫都是樂器，簫無底的唤作洞簫。刌是截斷的意思。幼眇二字讀做要妙。貢、薛、韋、匡是四箇人姓。優游是柔懦的意思。上是指元帝，孝宣是元帝之父。班彪説元帝爲君多材能技藝，於字書則善作大篆，得那史籀之法，於音樂則能鼓琴瑟吹洞簫，又自隱度作新曲，因以新曲播爲歌，分切句絶，爲之節制，抑揚高下，窮極要妙，這都是稱道元帝多材藝處。彪又説元帝年少時便好儒術，見宣帝崇尚法律，頗以爲非。及即帝位，召致儒生，委任以政事，貢禹、薛廣德、韋元成、匡衡四箇人更迭爲宰相，可謂信用儒學矣。然其性柔懦，爲文義所牽制，每事不能決斷，以致綱〔一〕紀日紊。那

〔一〕綱，底本作「剛」，據十二卷本改。

時繼孝宣之後，吏稱民安，號爲中興，這等基業僅一傳而遂衰，可惜也。真德秀叙此於《衍義》，其言曰：「人君之學不過修己治人而已。元帝斯二者未嘗致意，而所好者筆札音律之事。縱使極其精妙，不過胥吏之小能，工瞽之末技，是豈人君之大道哉？昔顔淵問爲邦，夫子以『放鄭聲』語之。今帝之所好者，吹洞簫，自度曲，正所謂鄭聲也。先儒謂其音悲哀，令人意思流連，怠惰驕淫，皆從此出。元帝之資本非剛明者，又重之以此好，則其志氣頽靡，日以益甚，安有振迅興起之理？宜其牽制文義，優〔一〕游不斷，卒基漢室之禍也。」臣按：德秀之論元帝者，當矣。後之言好儒者，或以元帝爲口實，殊不知元帝所用，如貢、薛、韋、匡輩，皆區區文義間，循默充位，無所補益，豈世所謂真儒哉？

荀子曰：「粹而王，駁而霸。」

粹是純全不雜，駁是間雜不純。真德秀曰：「荀卿以粹駁二字爲王霸之分。」亦可謂知言者。蓋粹然出於仁義者，王也。仁而雜以不仁，義而雜以不義者，霸也。王者純乎道德，而霸者雜以功利，此其所以異也。荀卿之書論王霸非一，德秀獨取此者，蓋卿之學亦駁而未純耳。

董仲舒曰：「夫仁人者，正其誼，不謀其利；明其道，不計其功。是以仲尼之門五尺童子羞稱五霸，爲其先詐力而後仁義也。」

〔一〕優，底本作「擾」，據十二卷本改。

這誼字與義通用。言五尺童子，則成人者可知。德秀曰：「孟子之後，能深闢五霸者，惟仲舒爲然。」蓋仁人者知正義而已，利之有無不論也；知明道而已，功之成否不計也。若霸者，則惟利是謀，而於義有不暇顧，惟功是計，而於道有不暇卹，此所以見黜於孔氏之門也。又引程顥之言謂：「得天理之正、人倫之至者，堯舜之道也。用其私心，依仁義之偏者，霸者之事也。王道如砥，本乎人情，出乎禮義，若履大路而行，無復回曲。霸者崎嶇反側於曲徑之中，而卒不可入堯舜之道。」顯此言與孟子、仲舒實相表裏，蓋帝王之學必先嚴於王霸之辨，故德秀推衍格物致知之要，以是爲明道術之終焉。

鑑案：《廷試策》及《經筵》《日講》等篇，鈔本在卷一前，不列目録，今姑依類編入卷一，并補目於首，因卷帙過繁，析爲上下，以便省覽。時戊子中夏重校謹識。

應制類下

推衍睿訓以裨内治詩并疏

謹奏，爲推衍睿訓以裨内治事。嘉靖九年九月二十三日，該内閣傳奉聖諭：「昨朕諭卿等，令翰林官分撰詩言，成而集之，以助傳訓之布而易爲感發。但卿等三臣，并獻夫、時、玘、縉四臣，俱當撰進，可即轉示知之，欽此。」臣聞古帝王統馭邦家，莫不端本宮闈，化行房闥，然後有以恢宏至治，以隆延長之祚。三代而下，齊家之義廢也久矣。往年纂修恭睿淵仁寬穆純聖獻皇帝實録，臣實叨爲副總裁官，恭睹聖母《女訓》一書，已嘗敬取獻皇帝御製序文纂入寶訓，以昭示萬世。臣方慮金匱石室，藏之天府，閭閻女子未有得見。兹者伏蒙皇上頒之禮部，與高皇后、文皇后傳訓一體刊布，又令臣等撰進詩言，以裨諷詠之末，其於三代哲王修己刑家之意，真異世同符也，臣豈勝欣慶。竊惟詩本言志，歌以永言，言之不足，又歌詠之，俾勿怠也。《女訓》所載女儀、女德、母教，蓋已周悉懇至，義無鑑案：以上三百十九字原闕，今據唐選本補復加，臣不敢别立篇題，無關諷詠，謹即閨訓等一十二篇，篇爲之詩，證諸經書，約以韻語，惟在衍繹慈謨，詠歌睿澤。又復推本聖母所以作訓之旨，與皇上今日刊布之意，各爲一詩，共一十四首。道實始諸家人，義皆闡夫坤德，顧臣詞蕪識劣，不足以仰承明命，臣無任惶悚之至。今將所撰詩章繕寫，隨本上進。敬遵聖諭，推衍章聖慈仁皇太后《女訓》篇目，撰進四言詩，共一十四首鑑案：此二十七字排印本原闕，今據唐選本補。詩曰鑑案：此二字唐選本無：

粤惟聖哲，教始閨房。迪兹内治，御于家邦。姜嫄〔一〕啓稷，有莘佐湯。德純福茂，不顯其光。右閨訓。鑑案：唐選本作閨訓第一，標題在詩前，自爲一行，低二格寫，與此本格式不同，後修德第二、受命第三以至刊布第

〔一〕嫄，六卷本作「原」。

十四皆然。

后德女順，上配宸極。表率六宮，母儀萬國。史昭彤管，風始關雎。曷不肅雍，維德之基。右修德。

維婦之道，以順爲貞。必敬必戒，醮命是〔一〕申。率履不越，夙夜維寅。至哉坤元，承天時行。右受命。

天尊地卑，卑高以陳。爰始夫婦，以及君臣。男正乎外，女正乎内。内言不出，是曰定位。右夫婦。

婦事舅姑，如事父母。鷄鳴盥漱，温清紉補。欽哉二妃，舜孝以光。思齊大任，媚于周姜。右孝舅姑。

天叙有典，夫爲妻綱。無違夫子，矧曰天王？馮媛當熊，班姬避輦。豈躬弗愛，敬存慮遠。右敬夫。

於維哲后，秉德溥施。念彼小星，集爾螽斯。愛均葛藟，寵承貫魚。徽音克嗣，百男是期。右愛妾。

瞻彼太微，群陰攸墍。怒不躬罰，賞不遺細。敬老懷幼，有孚惠心。含弘光大，品物流行。右慈幼。

古有胎教，以培其原。匪禮弗蹈，匪由弗言。克明克類，不坼不副。宜君宜王，子孫千億。右妊子。

聖雖天作，弗念作狂。如玉弗琢，弗爲圭璋。塗山興啓，大任誨昌。蒙以養正，一人元良。右教子。

地道無成，惟安貞吉。貞靜幽閒，曰惟閫德。鷄鳴示儆，脱簪引慝。淑慎厥儀，六宮承式。右慎靜。

天道福謙，人情易盈。慎乃儉德，百辟其刑。綈練是衣，珠玉非寶。豐厥粢盛，以事九廟。右節儉。

在昔簡狄，帝命生商。於烈慈極，誕聖有光。訓時女德，嘉言孔彰。配之内則，立我綱常。右作女訓。

〔一〕是，三卷本作「再」。

明明天子，稽古作教。肇建陰儀，明章母道。化光九重，風行四表。乾坤清寧，日月久照。右刊布。

靈雪詩并序

嘉靖己丑冬仲，無雪，皇上閔念農事，特請於祖考，諏吉躬禱於天地及山川社稷諸神。齋之三日，霽旭如故。祭告甫畢，陰雲聿興，微霰如濺，俄〔一〕而雪大降，踰夕未已，百官萬姓鼓舞懽呼，咸曰：「微我聖天子精禋上通於天，曷能有禱即應，頃刻不爽，若此之異也？」夫天人感通之際，其理甚微，皇上自登大寶，八年於兹，遜志敏學，敬天勤民，不遑暇逸，以至號令政事無一不當天心者。《書》曰：「皇天無親，惟德是輔。」又曰：「鬼神無常享，享於克誠。」人惟見皇上避殿減膳，引咎責躬，齋居凝默，對越如在，以爲斯禱之應若將由之，而不知皇上之德之誠天心昭假克享者久矣。昔周宣王憂旱，自郊徂宫，上下奠瘞而旱滋甚。其辭曰：「靡神不舉，靡愛斯牲。圭璧既卒，寧莫我聽。」夫周宣，中興之令主，側身修行，然且不能取必於天，有《雲漢》之憂。以今徵之，則皇上之感通乎天者，固非周宣王所能彷彿，而天道之眷佑於我國家者，奚啻若周之歷年已哉？聖懷謙沖，乃弗自居，復修告謝之禮，自以勿恃勿怠申飭群工，仁心仁政日漸被於天下，體信達順，諸福畢至，兹雪殆其兆與？臣愚不自揆，僭有所述，將以

〔一〕俄，底本無，據三卷本補。

宣昭聖德，傳示罔極，乃拜手稽首而獻詩曰：

明明天子，奄有萬邦。懋敬厥德，無怠無荒。於赫祖烈，九葉以光。有命既集，式教用昌。粤自龍潛，帝用純佑。靈貺疊甄，亦孔之厚。斤斤三辰，莫或盭之。維時庶徵，曷其備之。冬之仲矣，熯其恒暘。天子曰嗟，胡寧弗臧？咨爾卿士，宗伯太常。咎實在予，無疚爾萬方。載卜載諏，吉日維戊。以類上帝，宜於后土。於維天子，其德淵淵。克自抑畏，疇省若愆。迺命膳夫，無然玉食。迺避齋宫，迺次祝册。迺告祖考，式對在下。既祇既戒，星言夙駕。夙駕伊何，弗輅弗旂。元服來止，穆如厥思。奕奕郊宫，有嚴其躋。維天不言，亦既忱斯。維戊及己，既夕且朝。曰維爲民，我躬匪勞。上帝用格，明德斯馨。遍於六宗，百神殷殷。既格既歆，嘒嘒厥星。望之若遥，有淹其雲。雲之覆之，於壇之中。其霏迅如，倏南以東。雲之冥冥，飛霰斯迭。乘輿甫旋，燔燎未徹。紛紛綏綏，匪降自天。維皇之德，沃彼甫田。雪既降止，既封既積。自我畿甸，施於下國。殲彼田鼠，螟螣蟊賊。登我來牟，以及黍稷。維昔有禱，以屬有司。孰躬孰親，陟降在兹。維昔水旱，乃諉之數。孰曰予儆，是究是附。卿士稽首，曰維休明。自天貺我，豐年之徵。穆穆天子，至誠感神。天子穆穆，粒我烝民。天子曰命，維雪孔時。予裘而寒，咨民無衣。凛予宫居，矧其邊陲？嗟爾卿士，曾是弗思。維俊維乂，夙夜濟濟。入也陳規，出則將美。匪名斯實，總綱於紀。予一人以寧，萬國咸理。卿士稽首，對揚維休。一哉皇心，與天爲謀。覆此下民，澤之油油。自今伊始，萬福來求。福匪自天，厥德維一。不饗亦臨，不顯亦式。惟天靡忒，遹發厥祥。保茲天子，萬壽無疆。鑑案：此詩凡十六章，舊本係直接寫，唐選本每章空一格，今從唐選本之式。

聖節宴章聖皇太后致語

伏以海宴河清，九葉啓中興之運；虹流霓〔一〕繞，萬年開長樂之筵。節近中秋，天地交乃生聖主；星〔二〕移蓬島，帝王家不似人間。蓋孝子莫大乎尊親，惟壽母宜介茲景福。得歡心於萬國，樂斯存焉；來備物於殊方，養之至也。恭惟章聖慈仁皇太后陛下靈源廣厚，德範静專，肇邦土於元姜，媲徽音於太姒。祇承先帝，鷄鳴播雍肅之風；誕育今皇，龍躍應文明之象。功昭嗣服，瑞協貞符。白鹿紫車，本是神仙行地；金螭寶册，更誰福祉齊天？品物攸資，六宫同慶。伏惟皇帝陛下學由敬一，道克繼承，恢大度以保下民，單小心而對上帝。追崇典備，袪千古之浮疑；大祀禮分，定兩間之正位。允矣，綱常之主；盛哉，唐虞之時。萬寶呈歲，功瑞麥嘉禾；繼進八荒，開壽域北辰。南極交輝，捧太乙之霞觴；掌凝玉露，降瑶池之錦宇。袖引金風，喜溢慈顔；澤覃永巷，蒼宫起震。即看少海流光，玄極奠坤，長睹太微當座。敢宣俚語，用繼嵩呼：

〔一〕霓，二卷本作「電」。
〔二〕星，三卷本作「影」。

壽域弘開聖德昌，太平天子慶無疆。九霄[一]絳節迎金母，三殿紅雲捧玉皇。秋入甫田禾六穗，風迴韶曲鳳雙翔。華封願效多男祝，日月重光照萬方。

賀躬耕藉田表

嘉靖元年某月某日，恭遇皇上親耕藉田者。伏以勳華繼體，玄功允協於《思文》；耕助勤民，盛典聿追乎《無逸》。蓋惟上哲之主，能知小人之依。慶洽普天，光召百聖。臣等誠歡誠忭，稽首頓首。竊謂人君以民爲天，王政所重在食，潔粢盛以饗上帝，陳簠簋而奉宗祧。民力普存，明信實昭於祝史；帝命率育，憂勤宜即乎田功。本業用存，仁孝斯在。故《禮》謹三推之節，惟《傳》垂千畝之文。慨弛墜於衰周，空勞納諫；念纘承於炎漢，遥羡傳心。繼此或廢或興，類皆有文有實。晉崇秦始，焉用詞章；唐罷元和，奚關物力。徒尋故事，用侈彌觀。試歷考於前聞，豈有盛於今日。茲蓋伏遇皇帝陛下堯仁成性，禹儉爲師，嗣丕構之豐亨，謀貽八葉；軫萬民之樂利，慶賴一人。惟防匱以圖豐，在貴本而賤末。是用升潛之祀，屬茲獻歲之辰。既告類於上玄，迺躬耕於方澤。齋心便殿，諏日以饗先農；比耦靈壇，負耒而率群后。啓土膏於震位，播穜稑於青箱。貴賤以班，大小從邁。聖能饗帝，諒黍稷之非馨；説以使民，識艱難之乃逸。臣等叨從法駕，獲睹曠儀。材謝安仁，

〔一〕霄，底本作「宵」，據三卷本、十二卷本改。

何敢鋪張於賦詠；忠輸姬旦，尚期顧諟於盤遊。伏望克儉克勤，終始不輕乎民事；多富多壽，靈長自衍於歷年。無任瞻天仰聖激切屏營之至。

謝賜甘露表

謹上言鑑案：此三字原闕，據唐選本補：嘉靖七年正月初一日，福建長泰等縣甘露降，巡撫臣奏獻，欽蒙聖恩分賜者。臣玘等誠歡誠忭，稽首頓首。伏以上及太清，下及太寧，《鶡冠》頌王者之德；天不愛道，地不愛寶，戴《禮》著大順之徵。蓋一德所孚，無遠弗屆，而百順既聚，有感斯通。乃膏露之肇零，實太平之有象。恭惟皇帝陛下允文允武，盡制盡倫，業傳八葉之洪圖，道接千年之正統，早啓明堂而聽政，日御講幄以親賢，禹無間然，湯德至矣。嘉平兆吉，已奏河清；正旦呈祥，復聞露湑。天乳垂耀於氐北，靈液委潤於閩南。嘗之乃甘，未識軒轅之瑞；望若成裔，忽開仁壽之圖。數協洪武之年，增光太祖；地當長泰之邑，垂裕後昆。爲饎吉蠲，薦先宗廟；備物致養，喜動慈宮。爰嘉台鼎之良，匪頒宰輔；曁念旃厦之近，特及講臣。臣玘等拭目睹揭雱之光，稽首遂搖山之願。珠聯星綴，醴泉美矣，而色味不如；玉潤脂凝，卿雲爛兮，而精華弗固。唐祖昔以傳示，賜予未沾；孝宣雖用紀元，政事猶闕。魏承瓊爵，亦徒侈乎虛文；宋降玉清，殆有慚於實德。乃如今日，夐邁前聞。漢賦多夸，覺露英之未貴；堯恩下逮，信豐草之獨優。拜賜颺言，共迓天休之渥；襲藏爲寶，永懷帝澤之濡。伏願極建中和，敬協上下，雨暘燠寒風時無易，庶徵備來；水火金木土穀惟修，萬世永賴。臣等無任感激屏營之至。

内訓序直解

《内訓》序鑑案：此三字唐選本無。

《内訓》這一書是本朝仁孝文皇后做的，訓是教誨，男外女内，這書是教訓女子的，故喚做《内訓》。序是總説所以做這書之意。

吾幼承父母之教，誦《詩》《書》之典，職謹女事。

這是文皇后自叙幼時在父母家爲女的事。吾是我，誦是誦讀，典是常，女事如執麻枲、治絲繭、織紝組紃之屬。文皇后説我幼小時承父母的教訓，誦習那《詩》《書》古典，知婦女自有本等的職業。教令不出閨門，謹修那女事而不敢怠也。今世女子多不去誦習《詩》《書》，文皇后懿德淑範，所以佐成内治者，實本諸此。

蒙先人積善餘慶，夙被妃庭之選，事我孝慈高皇后，朝夕侍朝。高皇后教諸子婦禮法惟謹。吾恭奉儀範，日聆教言，祇敬佩服，不敢有違。

這是文皇后叙高皇后在時爲妃的事。先人謂上世祖考，夙是蚤，朝夕侍朝即是古者晨省昏定之禮，儀是威儀，範是規範，聆是聽，祇字義與敬同，佩服是常常遵守的意思，違是違背。文皇后說：「我賴先世的餘〔一〕慶，蚤年被選入宮爲王妃，奉事我高皇后，朝夕不離左右。我高皇后教誨我諸子婦，動以禮法提撕警覺，亹亹不倦。我那時恭睹這令儀令範，日逐聽教誨的言語，件件敬謹遵守，不敢少有違背。」蓋高皇后內教之嚴如此。

肅事今皇上三十餘年，一遵先志，以行政教。吾思備位中宮，愧德弗似，歉於率下，無以佐皇上內治之美，以忝高皇后之訓。

這是文皇后叙作配文皇、躬修婦道的事。肅是敬慎，今皇上是稱文皇，政教是宮中的政教，弗似是不如的意思，歉是不足的意思，忝亦是愧。文皇后說：「我奉事今皇已三十餘年，夙夜敬慎，遵奉先志，以行宮中的政教，凡事都如高皇后在時不敢有改。又思我備位中宮，乃是四方的風化之原，自愧德薄，弗如那古之賢妃后，不足以表率群下，恐恐然常懼無以佐助今皇內治之盛美，以忝我高皇后之教訓也。」夫德如文皇后，猶以有忝高皇后爲言，則其憂勤惕厲之心可想見矣。

常觀史傳，求古賢婦貞女，雖稱德性之懿，亦未有不由於教而成者。然古者教必有方，男子八歲而鑑案：自「動以禮法」至此三百二十一字，排印本原闕，今據唐選本補入小學，女子十歲而聽姆教。

史傳是記事的書，懿是美，方是法，姆是女師。文皇后又說：「我常觀史傳，考求那古之賢婦

〔一〕餘，六卷本作「積」。

貞女，雖是他天性本來粹美，亦未嘗不因教訓後成德。然教之須有箇方法，古者男子八歲便入小學，女子十歲便聽姆教。」如今這教法都廢了，所以人家那女子資質好的往往漸染習俗，也不能自去向上，甚至有敗禮傷化的。今若要風俗醇美，須是修那古人的教法，此《内訓》所由作也。

女訓序直解

鑑案：《女訓序直解》及《恭和聖製詩》《應制西湖泛舟曲》鈔本在卷二後，不列目録，今依類移編一卷末，并補目。戊子夏日識。

《女訓》序

《女訓》這一書，是我章聖皇太后做的。訓是教誨，這書是教誨女子的，喚做《女訓》。序是總説所以做這書之意，乃我恭睿獻皇帝做的，以表章我章聖皇太后。《女訓》可以傳之萬世，爲子孫治家之法也。

我朝家法，超軼前古。建立后妃，選擇窈窕，授以閨範，導以師氏，動遵禮節，肅雍以將。裨益大化，祇陰教於藩維者，固相踵矣。

家法是治家的法度。超軼是越過之意。前古是我朝以前，如漢唐宋皆是。「窈窕」二字從《詩經·關雎》篇中來，《關雎》篇中所稱『窈窕淑女』是指周文王后妃太姒，太姒有幽閑貞静之德，故詩人以這「窈窕」二字稱之。授是與。範即法度。導是引導。師氏即是姆，乃婦女之師。動是一身的舉動。遵是遵守禮節。師氏所教，婦德、婦容、婦言、婦工之類。肅是敬。雍是和。

將是奉持之意。裨是補助。益是長益。大化是指王者之化。男爲陽，女爲陰，凡關係女子的事，都唤做陰教。藩維是指王國，説天子建立王國以爲輔助，就如人家藩籬維垣一般。恭睿獻皇帝序文中説：「我朝治家的法度極嚴，超越前代漢唐宋而過之。蓋漢以來女后往往干預政事，惟是我朝絶無，所以遠過前代。至於建立后妃，必選擇良家子女，如《詩》所稱『窈窕淑女』者方纔被選入宫，指授以閨壺的法範，開導以師氏之老成，凡百舉動，都要如禮敬謹和順，奉而行之，不敢驕亢，不敢懈惰。宫壺之内這等整肅，所以百餘年來賢妃輩出，都能助成風化，祗修陰教，顯名於藩維之間者相繼不絶，皆由我朝家法之善也。」

弘治庚戌，予受命出府。越明年辛亥，荷蒙孝宗皇帝爲予擇立王妃。先期遣妃入聖慈仁壽太皇太后宫，承誨旨，習禮儀，暨受皇太后皇太妃之明訓。

予即是恭睿獻皇帝自稱。先期是未大婚之先。誨旨是教誨之言。禮儀即閨範及那禮節之屬。恭睿獻皇帝説：「我在弘治庚戌年受命出府，過次年，荷蒙孝宗皇帝爲我擇立王妃。及未成大婚之先，遣妃入聖慈仁壽太皇太后宫中，遵承教誨之言，學習禮儀，又受皇太后皇太妃之明訓。」夫以章聖皇太后天縱聖德，無待教誨，然聖不自聖，猶習禮儀於太皇太后宫中，則今日内教之興以裨益大化者，不可不仰承之矣。

壬子成大婚，甲寅從之封國，恭修順德，相納忠言，凡百外政，一不之預，惟日誦《詩》《書》，求不戾於和敬之懿。

順是和順。忠言是忠直之言。外政是外面的政事，如用人舉賢、軍馬錢糧皆是。預是干預。誦是誦讀。戾是乖戾。和敬即前所謂肅雍。懿是純美之意。恭睿獻皇帝說：「我於弘治壬子年成大婚之禮，次年甲寅，章聖皇太后從於所封之國，恭修順德，常進忠直之言，凡百外面政事，一毫不爲干預，惟終日誦讀那《詩》《書》以知婦人之道，只有箇和敬，便是美德，當體而行，不可使有一毫乖戾之心也。」

閒嘗以所受書傳之語編輯成一書，名曰《女訓》，凡十二篇。

閒是閒時。書即《詩》《書》。傳是列傳。編輯是纂。名即俗喚字。凡是凡例。篇是篇名。恭睿獻皇帝又說：「章聖皇太后於閒時嘗以所受《詩》、《書》、列傳之語有關於女子之道者，纂萃爲句讀，做成一書，喚箇《女訓》，以教誨爲女子者要敬要和爲本，直做得與古人一般。其凡例則有十二篇者，使女子讀之，逐件易得省悟，逐件體之於身。」章聖皇太后裨益大化之心，可謂勤且至矣。

裝潢啓進，予覽之，其辭直而不俚，其指遠而有徵，隱括乎經史，參驗乎古今，矯制乎情質，歆警乎貞悔。

裝潢是《女訓》派定綴齊的意思。覽是觀覽。辭是《女訓》中說的辭話。俚是鄙俗意。指是〔一〕《女訓》中所說的節要。徵有源委之意。隱括是審察之意。經是六經。史是記事的書。矯制是

〔一〕是，底本作「定」，據十二卷本改。

强制意。情是性情。質是資質。歆是興起。警是警戒。貞是正當意。悔是有過的意。恭睿獻皇帝又説：「章聖皇太后將所編的《女訓》裝潢啓進，我觀《訓》中所説的辭話直切而不鄙俗，《訓》中所説的節要高遠而有源委。審察那經史之言，句句得實，考驗那古今的事，歷歷可稽。女子性情資質或有賦稟不同的，則强制之，使不作好不作惡；其事理之正當的，則興起而爲之；有過了的，則警戒以改之。大要使婦人女子去偏執之性，存和敬之懿德而已。」

如曰和敬、曰孝慈、曰節儉、曰貞静、曰胎教、曰祭祀之類，鑿鑿乎如飢之必以菽粟，寒之必以布帛，而不可須臾離於日用者也。

如即俗像字。曰是説道。和敬、孝慈、節儉、貞静、胎教、祭祀是《女訓》十二篇中的題綱也。鑿是著實的意。須臾是不多時候之意。恭睿獻皇帝又説：「《女訓》何以見得其辭直而不俚，其指遠而有徵處？像《女訓》中説婦人女子之道和順而不暴戾，敬謹而不驕慢，孝事君親，慈畜卑幼，用財撙節，服食儉素，操守貞潔，德性閑静，謹於胎教以爲子孫之本，誠於祭祀以盡報本之道，凡此之類，皆婦人女子之不可不盡者，舍一件不盡則就失了婦人女子之職分，著實如人之飢，無菽粟則不得飽，人之寒，無布帛則不得暖，須臾不得衣食，則須臾不得飽暖矣。」夫我章聖皇太后之《女訓》，直婦人女子之衣食也。婦人女子徒知飢寒以求衣食，而不知體求《女訓》，不有負我皇太后之盛心、我恭睿獻皇帝之聖諭乎？

使上自王國公都，下及閭巷之婦人女子，有能舉是書訓而導之，佩而服之，將自身而家而國而天下，無所往而不可。《桃夭》《樛木》之風，《螽斯》《麟趾》之化，有不難致而可徵於今日矣。

國都是京都城。閭巷是各處府州縣所屬鄉村市井。書則《女訓》就是。訓導即前面說的「導以師氏」就是。佩服即前面說的「動遵禮節、肅雍以將」就是。《桃夭》《樛木》《螽斯》《麟趾》皆《周南》之詩，那時周文王的后妃事文王而肅雍，處衆妾而慈惠，貴而能勤，富而能儉，那時内面的嬪妾，外面南國的婦人女子，感后妃之德俱見化了，故《桃夭》之詩說：「那桃樹逢春來纔發，枝幹嬌嫩，其葉茂盛，正像南國婦人女子在閨門中幽閑貞静，以時而成婚姻，及嫁於人，必能和敬以事一家之人也。」《樛木》之詩說：「那樹木委曲，下面的葛藟，皆得繫之於上，正像后妃賢德，無嫉妒衆妾之心，衆妾皆誠心感服，願后妃享福壽於無疆也。」《螽斯》之詩說：「那草蟲群處郊野，彼此和氣，一生就有九十子，正像后妃賢德，無嫉妒衆妾之心，衆妾皆歡訢承奉，和氣交接，故能多生聖子，子又生孫，代代昌大也。」《麟趾》之詩說：「那麟趾之爲物，生得仁慈，不踐生草，不履生蟲，正像后妃有仁慈之德，子孫亦皆仁慈，不肯妄廢一物，不肯妄害一人也。」恭睿獻皇帝又說：「《女訓》如人之衣食，婦人女子不可不學，使上自王公國都、下及閭巷之婦人女子，不要將此《女訓》之書只做一場話說，於一家之中立一箇女師，朝夕訓導這箇《女訓》，朝夕佩服這箇《女訓》，則一身之間，自能和敬，自能孝慈，自能節儉，自能貞静，自能生有聖子，自能格於時享，推之家而家齊，推之國而國治，推之天下而天下平。即如文王之后妃，德被於人，《桃夭》《樛木》之風，《螽斯》《麟趾》之化，可見於今日矣。」夫我章聖皇太后可謂不負天縱之德，不負聖慈仁壽太皇太后之訓，不負恭睿獻皇帝之諭，其裨益今日皇上聖化於無疆者，端有在矣。

恭和聖製詩

賡歌世已遠，盛事復身親。河清歸曆數，台斗麗穹宸。猗歟中興會，有君詎無臣？銀章許密啓，幽隱靡弗伸。初春毖俎豆，廟享通精神。獨迴虞舜目，眷此李泌身。龍箋錫聖製，粲若連城珍。從兹弘化理，擊壤鈞吾民。

應制春日西湖泛舟曲

三月京華，恰纔是三月京華。奉宸遊萬幾多暇，愛西湖景物堪誇。繫牙檣，牽錦纜，泛龍舟東下。鼓吹喧譁，炮聲中棹歌齊發。粉蝶兒

春滿帝皇家，不比尋常遊冶，龍輿鳳輦偏宜。度柳穿花，咿咿啞啞，聽簫韶一派雲中下。蒼靄靄，山擁芙蓉，碧溶溶，水浸蒹葭。好事近

我則見水光山色蕩雲霞，端的是滿目繁華。我則見那鴛鴦戲水占著清沙，垂楊繫馬，弱柳藏鴉。我則見樓臺倒影真難畫，鶯鶯燕燕，來往交加。妝點的望湖亭十里春無價，恰又早碧樹遶天涯。石榴花

皇家福禄總無涯，乾坤日月光華。神孫聖子，供奉著壽母年華。蘭橈桂槳向中流，簫鼓從天下。滿載的御醴宮醪，高捧著玉杯金斝。好事近

花簇簇，玉女仙娥。香馥馥，銀屏繡榻。山色裏紫蓋黄旗，柳蔭中龍駒駿馬。這的是聖主怡親樂事嘉，端的是可誇。晝遲遲，花鳥鮮妍。春靄靄，湖山瀟灑。鬭鵪〔一〕鶉

宮中送喜來，玉樹秀蘭芽。笑欣欣九重春色生，喜重重錦上添花。路迢迢來觀玉湧，望依依翠嶺煙霞。遥遥似回鑾奏凱，鬧咳咳羽林萬馬聽金笳。撲燈蛾

亂紛紛，桃李花。草萋萋，緑水涯。我這裏泛著西湖，對著金山，望著京華。春雨如膏，春花如錦，春山如畫。可正是太平年喜同華夏。上小樓

處處投戈息馬，歲歲田收穲稏。盈盈的芝草長，瀼瀼的甘露嘉，驀地裏鳳凰飛下。看看的紅雲近也，漸依依爛似朝霞。徐徐駐龍舟鳳舸，碧森森九重深處是天家。撲燈蛾

君王聖德安天下，耀祖榮親正國家，萬古流傳歌大雅。尾聲

〔一〕鵪，底本作「鶉」，據十二卷本改。

中峰集卷二

明會稽董玘文玉撰　族孫金鑑重校刊

奏疏類

校勘實録疏

謹題，爲校勘《實録》事。臣惟今日之《實録》即後日之史書，所以傳信於天下萬世者也，此豈容以一人之私意參乎其間哉？昔者，武宗毅皇帝即位之初，纂修《孝宗敬皇帝實録》，臣以菲才濫與其末。於時大學士焦芳依附逆瑾，變亂國是，報復恩怨，既已毒流天下矣，而猶未足也，又肆其不逞之心於亡者，欲遂以欺乎後世。其於叙傳，即意所比，必曲爲掩互，即夙所嫉，輒過爲醜詆。又時有〔一〕稱述，甚至矯誣敬皇而不顧。凡此類，皆陰用其私人謄寫圈點，在纂修者，或不及見。惟事之屬臣者，黽勉載筆，不敢有所前卻，而其他則固非所及也。兹者恭遇皇上入繼大統，敕修

〔一〕有，六卷本作「自」。

《武宗毅皇帝實録》，内閣所藏《孝宗實録》副本例發在館，謄寫人員及合用紙札之類不煩别具，欲加删正，此其時矣。伏望特旨將内府所藏《孝宗實録》正本一併發出，仍敕總裁大學士楊某等及此〔一〕時曾與纂修備諳本末者數人，逐一重爲校勘。凡十八年之間，詔令之因革，治體之寬嚴，人才之進退，政事之得失，已據實者，無事紛更，至若出焦芳一人之私者，悉改正之。其或雖出於芳而頗得實狀者，亦自不以人廢，則爲費不多，事亦易集，使敬皇知人之哲無爲所誣，諸臣難明之迹得以自雪，而人皆知公是公非所在，不容少私，如芳者，縱或肆行於一時，而竟亦莫掩於身後，庶乎孝宗一代之書藏之中秘而傳於無窮者，必可據以爲信矣。不然，萬世之下，安知此爲焦芳之私筆也哉？仰惟聖明臨御以來，先朝積弊釐革殆盡，惟此關係於國典者甚大，鬱而未白，臣竊惜之。儻俯察愚言，惻然允納，亦初政用慰輿情之一助也。

議郊祀疏

謹奏，爲慎重祀典事。本月初十日，欽蒙皇上降制，以郊祀典禮下詢。次日，又領禮部謄黄敕諭。臣伏讀而歎曰：「古禮之不講也，久矣；廟謨之下及也，鮮矣。今乃親發德音，特據禮以復古，而又博謀卿士，必欲求其是焉。臣用是仰見我皇上真聖不世出者也，志將大有爲者也，事必師古，將舉斯世

〔一〕此，六卷本作「比」。

於三代之隆者也。」自惟愚陋，雖不足以仰裨廟謨，顧備員講讀，執經左右，敢不即經義以對。臣謹按《禮記》言祀典者，莫詳於《祭法》，首叙虞夏殷周之郊，繼之曰：「燔柴於泰壇，祭天也；瘞埋於泰折，祭地也。」是祭天祭地之禮不同矣。其曰：「埋少牢於泰昭，祭時也；相近於坎壇，祭寒暑也；王宫，祭日也；夜明，祭月也；幽宗，祭星也；雩宗，祭水旱也；四坎壇，祭四方也。山林川谷丘陵能出雲，爲風雨，見怪物，皆曰神。有天下者，祭百神。」而於社，則有大社、王社、國社、諸侯社之别焉，是其祭各不同矣。又曰：「日月星辰，民所瞻仰也；山林川谷丘陵，民所取財也。」是祀典不可偏廢矣。《郊特牲》曰：「郊之祭也，迎長日之至也。兆於南郊，就陽位也。」是祭天必以冬至，其位必在南郊矣，而不言祭北之所。其在《周禮》，《大宗伯》以「禋祀祀昊天上帝，以實柴祀日月星辰，以槱燎祀司中、司命、飌師、雨師，以血祭祭社稷、五祀、五嶽，以貍沈祭山林川澤」，而亦不言地，惟《大司樂》「冬日至禮天神於地上之圜丘，夏日至禮地祇於澤中之方丘」，以天與地並言，圜丘即所謂泰壇，方丘即所謂泰折，是其時與位皆不同矣，而未有北郊之名也。至漢匡衡請定南北郊，北郊之名始見於此。蓋其説出乎緯書，若不足據。然其説就陽即陰之象，則禮之正也。自是厥後，議者紛然，互有得失。蓋古者祭天地，有正祭，有告祭。冬至一陽始生，天道之始，又生物之始也，故順天道之始而報天焉，必於圜丘，順陽位也。夏至一陰始生，地道之始，又成物之始也，故順地道之始而報地焉，必於方丘，順陰位也。此所謂正祭也。舜之嗣堯位也，類於上帝，望於山川，東巡守則柴，望秩其岱宗。武王之伐商也，告於皇天后土，又柴望大告武成。成王之營洛也，丁巳用牲於郊，翼日戊午乃社於新邑。皆因事並告天地，有同日而舉者，有繼日而舉者，此所謂告祭也。然上帝曰類者，謂倣郊祀之禮而爲之，則非正祭天矣。告地而舉望祭之禮，或社祭之禮，則非正祭地矣。蓋特祭天地，乃報本之正祭也，故辨方正位，順時陰陽，其禮別而專。並祭天地，因事而告祭也，故隨在致虔，不拘時位，其禮合而簡。禮雖不同，義各有當也。此義弗明，於時有以孟春上辛天子親合祭於南郊，而以冬至夏至有司分祭者矣，若元始、建武所行是也。有請於冬至南郊而合祭天地者矣，若顧臨等所言是也。有援虞周告祭之禮，以證天地當合祭者矣，如蘇軾之所言是也。此皆後世之謬誤。我太祖高皇帝有天下之初，即建圜丘於鍾山之陽，以冬至祀天，建方丘於鍾山之陰，以夏至祀地，一如古制。而因山以爲南北，日月、星辰、太歲諸神則從祀圜丘鑑案：以上四十七字排印本原闕，今據唐選本補，嶽鎮、海瀆、山川諸神則從祀方丘，天神地祇各從其類。而又春分朝日，有朝日壇，秋分夕月，有夕月壇，其壇位禮儀具載於《存心録》者，可考見也。至洪武十年，復定合祀之禮，時以大祀殿未成，暫合祀於奉天殿。十二年正月，乃合祀於南郊，群神皆從，而日月星辰之專祭亦罷。今《大祀文》《合祭天地文》及《諭中書敕》載於御製文集者，可考見也。於時儒臣解縉嘗建議請復埽地之規，竟亦未行，豈禮固以時爲大歟？我皇上嗣登大寶，九年於兹，敬天法祖，式嚴祀事，幽明上下，罔不歆格。兹者大祀既畢，聖心猶若未安，欲遵復皇祖始制，以盡事天之誠，且俾人各陳所見。夫上下之分，陰陽之義，淵衷蓋已洞然矣，臣復何辭？然必欲求其是，則分祀者固古禮之正也，分而復合，皇上之獨見神斷，殆亦未易窺測者焉。《記》曰：「惟聖人能饗帝。」我皇祖以不世出之聖，開創於始，皇上以不世出之聖，纘承於後，精神之運，心術之動，庸有潛孚而默契者乎？今之禮樂法度悉由皇祖裁定，誠如聖制所謂，爲子孫者，雖億萬世所當謹守勿違也，况兹重大之典，欲復其初，宜必慎所處矣，顧豈臣愚所能與哉？孔子曰：「誦《詩》三百，不足以一獻；一獻之禮，不足以大饗；大饗之禮，不足以大旅；大旅具矣，不足以饗帝。毋輕議禮。」蓋饗帝之禮，其難也如此，可弗慎歟？伏惟聖明以不愆不忘之心，弘善繼善述之道，信先王之禮而不泥其沿襲之迹，遵皇祖之制而兼思其更定之由，聖心安即人心舉安，而天心得矣。臣無任昧冒惶懼之至。

陳情乞恩給假省親疏

謹奏，爲陳情乞恩給假省親事。竊惟國朝之制，京官離家六年之上者，許令給假省親，所以教人臣之爲孝也。教以孝者，所以教爲忠也。然必以六年爲限，使出而事君，歸而事親，並行而不偏廢，此法意也。臣在先朝，嘗一歸省家居。間恭遇皇上龍飛，民物快睹，臣父促臣北上，以正德十六年六月二十六日到京，過蒙簡拔，日侍講筵，繼録年勞〔一〕，叨秩三品。復蒙聖慈，念臣父母年老，超越常格，錫之誥命，佩戴恩德，以感以慚。顧臣遠去父母數千餘里，禄養弗親，音問鮮至，中夜長懷，淚垂枕下。久欲乞歸，但以聖學方勤，未可先身圖之便，兼且年例未及，不敢傷朝廷之公，黽勉供職，憂思萬端。今年六月，及六年之期，方欲具疏陳情，適遇吏部員缺，廷薦謬及，詔令遂

〔一〕勞，底本作「老」，據十二卷本改。

下，服任伊邇，圖報愈難，正宜在公匪懈，詎敢更及己私？奈臣分薄，福過災生，不幸於八月再喪妻室，一子幼小，呱苦無依，臣父母一旦得此凶問，必加驚悼，意鬱氣衰，可慮尤甚，用是數月之間，隱忍躊躕，尚未敢以喪告。臣之處此，實爲不堪。臣嘗聞李密在晋時，爲祖母劉上表，有云：「盡節於陛下之日長，報劉之日短。」今臣犬馬之齒，纔逾四十，聖明在上，未即棄置，竭其駑鈍，承事左右，尚將有日。臣父年八十有五，臣母七十有七，來日無多，萬一不測，見面無期，臣抱終身之痛，何以自贖？此臣至情，天日可鑒，仰惟皇上大孝，遠邁百王，錫類因心，有感必應，用敢輒瀝誠懇，冒瀆宸聽，伏望特降綸音，容臣照例給假歸省，兼爲妻營葬。事畢之日，倘或親年尚可支持，自當依限前來供職，豈敢久曠歲月，以負陛下知遇之恩哉？臣不勝迫切祈懇之至。〔一〕

循舊典以篤親親疏

謹題，爲循舊典以篤親親事。近該〔二〕少師兼太子太師、吏部尚書、華蓋殿大學士楊一清題。臣玘等會同太子太保、禮部尚書兼翰林院學士方獻夫等查得《大明會典》内一款，凡文職本身并族

〔一〕按：三卷本《中峰文選》附録載此疏，下尚有如下文字：「爲此具本親齎，謹具奏聞，伏候敕旨。嘉靖六年九月初六日奏。奉聖旨：吏部缺官管事，董玘不准給假，便著出部供職，吏部知道，欽此。」

〔二〕近該，六卷本作「内開」。

屬有女爲王妃及夫人、男爲儀賓等項俱各見在及有子孫者，不許陞除京官。又一款，凡京官與王府結親者，改調外任。若王府官，不拘軍民職，但與王同城居住者，皆改調。又一款，凡親王妃父授兵馬副指揮，俱不任事。及查本部歷年卷案，並無開載始自何年，何人倡議，緣由中間雖節經與王府有親等官陳奏，俱未准行，止有正德四年本部等衙門會議，題准分别名號族屬遠近等第回避事例，似爲少寬，隨復改正。又查得《問刑條例》係弘治十三年法司會同各衙門條奏詳定，其間所載各項事例歷年承行已久，亦非始自弘治年間。臣等議得少師兼太子太師、吏部尚書、華蓋殿大學士楊一清所奏，無非惇睦族之恩，開用賢之路，持論甚正，陛下降旨，特令臣等會議，欲廣帝王推誠待物之道，所宜將順，但竊〔一〕詳累朝以來，所以不許王親陞除京職，或除京職不任以事之意，本非以王親之故過爲裁抑，實以别嫌防微，使同姓不相疑貳，戚屬終獲保全，其間寓意深遠，又有難以顯言者，蓋其初亦非爲賢者設。萬一有如近年婁姓之徒，則帝王防閑之道似或未可盡略。且王親雖不許任京職，往往得爲左右布政使，其官階二品，與在内尚書相等，使非區區自懷重内輕外之心，則其生平濟時行道之願，亦不可謂不得盡行矣。伏讀詔旨，所謂推誠防閑二者，淵衷固已洞然，况事干宗室，臣等擅難定擬，伏乞聖裁。

〔一〕竊，六卷本作「切」。

陳情乞恩請給誥命疏

謹奏，爲陳情乞恩請給誥命事。臣以凡庸，誤蒙聖恩擢至今職，感激方深，圖報無地。兹復昧冒，輒干宸聽。臣父某，先任雲南府知府致仕，見年八十有三，臣母婁氏，年七十有五。臣自正德十二年給假歸省，留侍五年。恭遇皇上登極，臣父促臣前來供職，逮今又踰四年。雖平安之報每聞，而喜懼之私日切。欲復歸省，年例未及，况遭遇聖明，方侍講讀，未敢言私。近該吏部右侍郎温仁和以父温壐年及八十，陳情乞封，荷蒙特恩，給與應得誥命。臣爲親之切與仁和之情固同，而臣父之年視仁和之父尤老，倘有不測，自憾無窮。仰惟皇上以孝爲治，恩及萬方，臣忝侍從，日瞻天表，既有至情，安敢不以誠上達？伏望聖慈垂察，特敕吏部查照温仁和近例，頒賜臣父母應得誥命，猶及生存之日與霑曠蕩之恩，庶臣爲子之情少獲自盡，益得悉心供職以圖報稱於萬一矣。臣無任戰兢祈懇之至。鑑案：唐選本此下有：「奉聖旨，董玘日侍講讀，多效勤勞，伊父母并應得誥命都給與他。吏部知道。欽此。」

乞恩請給卹典疏鑑案：鈔本載此疏，失編目録，今已補。

謹奏，爲乞恩請給卹典事。十月二十九日得臣兄書，云臣父於本年九月十九日晨起，命具牲醴於祠堂，乃易新衣，親詣祖考前拜告，畢，回至堂中，令設寢席，至晚瞑坐而終。臣發書驚仆，幾至隕絶。臣父素無疾病，老益康彊，視聽精明，行步輕便。正德年間，臣嘗給假歸省，獲侍家庭六年。恭遇皇上登極，臣父謂聖主不世出，即促臣北上。及叨侍日講，荷蒙特恩，錫臣父母誥命，封臣父爲通議大夫、詹事府詹事兼翰林院學士。臣父初以進士，歷官知縣、御史、知府致仕，暮齡乃得進封三品，榮幸非常，感佩恩宏〔一〕，天高地厚，每每貽書諄切戒諭，令臣勉修職業，以圖報稱於萬一，庶幾忠孝兼盡，勿得言歸。昔年臣妻病故，臣欲給假送幼子，臣父復以大義責臣，臣竊思君恩未報，父命且嚴，遂不敢乞歸。又自以親年雖高，幸各康健，如天之福，冀可遂孝養於他日。不意臣罪戾深重，臣父遽爾見背，言念及此，五内分裂，終天之痛，其何能及！臣查得《大明會典》，凡兩京三品文官并父母曾授本等封者，俱照例祭葬。又查得經筵日講官員父母病故，例得祭葬。嘉靖四年，禮部右侍郎李時母邊氏病故，請給卹典，奉聖旨：「邊氏準照例與祭葬，李時日侍講讀，多效勤勞，著馳驛去，伊父李棨還準與應得贈官誥命，并祭一壇，欽此。」臣備員講幄十年，誠愧淺劣，無所裨補，但比之李時，事體頗同，歲月仍久，而臣父在嘉靖四年已封三品，視未曾授本等封者，於例尤協，伏望聖慈憫臣哀苦，敕下該部照例準與卹典，則臣雖不能致孝養於生前，而臣父猶得沾被寵光於地下，臣與子孫世世仰戴聖恩無窮矣。臣稽顙流涕，不勝昧冒祈懇之至。

〔一〕宏，六卷本作「私」。

謝恩疏

謹奏，爲謝恩事。臣於去冬十月二十九日聞父喪，十一月十四日該禮部題節奉聖旨：「董玘伊父準與祭葬，著本布政司堂上官督造，欽此。」十二月初二日工部覆題奉聖旨：「是，欽此。」該本部移咨到臣，因值河凍，臣從陸路回還，至正月二十二日抵家，二月初四日，該本布政使司遵奉欽依事理，設備祭品，差委堂上官右參政党以平齎奉〔一〕御製諭祭文，督率知府等官洪珠等，至臣家賜祭畢。伏思臣以一介草茅，遭遇聖明，久塵侍從，寵被其身，又及其親，封及其存，又厚其死，不惟臣窮鄉蓬室生輝，而閭閻父老見此稀曠之盛典，亦無不稱歎。第臣受恩深厚，誠莫知所以爲報也。

抱哀陳情申請卹典疏

謹奏，爲抱哀陳情申請卹典事。臣於嘉靖九年十月二十九日聞父喪，具奏請給卹典。荷蒙皇上俯念日講微勞，特命禮部查例來看。續該禮部題奉聖旨：「董玘伊父準與祭葬，著本布政司堂上官督造，不必差官，還照例與他馳驛去，欽此。」竊念臣以一介草茅，遭遇聖明，獲侍旃厦十年，寵被

〔一〕奉，十二卷本作「捧」。

其身，又及其親，封及其存，又厚其死，臣感戴聖恩天高地厚，莫知所以爲報。伏處[一]田野，日惟祝頌聖德聖壽而已。兹復不幸，臣母婁氏於本年六月十三日棄背。查得舊例，父先故已賜祭葬者，母故仍與祭一壇，并給開壙之費。臣叨被恩寵，已踰涯分，且罪廢之餘，安敢復有陳乞？惟念生育之恩，父母則同；劬勞之苦，母氏尤甚。臣父母生前誥封，幸已均霑；身後卹典，例應並及。天恩曠蕩，必不獨靳於臣，但恐以臣身被誣之故，而或沮臣母應得之恩，則臣母死不瞑目，而臣生亦無所容於覆載間矣。伏乞聖慈鑒察，敕下該部查例，准與臣母卹典，不惟臣母有知，當銜感於地下，而臣心跡得白，尤當效死以報稱於異日矣。

辭免恩命疏

鑑案：此以下兩疏鈔本附卷三首，不列目録，今移編本卷末，并補目。

詹事府詹事兼翰林院學士臣董玘謹奏，爲辭免恩命事。該吏部欽奉手敕，陞臣吏部右侍郎兼翰林院學士，謄黄齎送到臣。臣方以足疾在告，聞命惶悚，莫知所措。竊惟恭穆獻皇帝嘉言善行紀述成書，皆賴藩邸舊臣搜訪記憶，臣不過隨時隱括，稍加潤色。至若參酌古今，裁定義例，序述本末，發揚盛美，又皆出内閣諸臣手筆。臣濫與其間，實無所勞。且翰林之官纂述爲職業，借曰有勞，亦其常職，況復無勞，豈敢冒寵文？臣去年因修《武宗皇帝實録》成，已蒙陞秩，今纔踰年，復

[一]伏處，三卷本作「退伏」。

有此擢，恩出不次，分則過盈，臣猶自愧，人其謂何？伏望聖明俯察愚悃，收回新命，容臣以舊銜供職，則陛下用臣以漸而恩不驟，臣亦心安而職易稱矣。爲此具本親齎，謹具奏聞，伏候敕旨。

謝恩疏

原任吏部左侍郎臣董玘謹奏，爲謝恩事。臣於嘉靖十五年十一月二十一日具奏，爲故母封淑人婁氏申請卹典。該禮部題奉聖旨：「准他祭，并開壙合葬，欽此欽遵。」隨該本布政使司遵奉欽依事理，設備祭品，差委右參議周易齎捧御製諭祭文，督率知府湯紹恩等官，於本年二月十一日賜祭畢。伏以陰崖律變，枯卉沾春。暘谷光舒，覆盆蒙照。身雖淪於罪廢，典尚獲於榮親。寵薄山丘，感均存歿。中謝。臣本以草茅，早依日月，始塵講席，復佐銓曹，廩禄虚糜，涓埃無補。中罹讒毁，長伏田園，酷罰未敷，閔凶荐及。臣父亡於當職之日，已沐恩波；臣母隕於退伏之餘，敢希異數？兹蓋伏遇皇帝陛下孝惟錫類，義本因心，念臣侍講之微勞，賜臣厚終之盛典。給以窀穸之費，等越堂封；重以《雲漢》之章，光生野莽。寸草何力，乃報三春之暉；九原有知，已瞑二親之目。銜環猶歉，揣分奚勝？引領日邊，摧肝苫次。臣敢不頌清寧於得一，思報效於在三。父兮瞻，母兮依，既膺洪造；孝於家，移於國，益勵丹衷。除望闕叩頭外，爲此具本，專差侄男董某齎捧赴京謝恩，謹具奏聞。

中峰集卷三

明會稽董玘文玉撰　族孫金鑑重校刊

序類一

送户部員外郎李士達歸養詩序鑑案：舊脱「詩」字，今據唐選本補。

《南陔》廢而孝友闕，其誠然哉。予幼識陳君時周，時周閩産也，棄御史歸養者十餘年矣。後與李君士達偕舉進士，數歲，復棄地官郎歸養。士達，亦閩産，豈《南陔》之廢獨不廢於閩哉？孝友，性也，而至於闕也，夫有所溺也。孟軻氏有言，知好色則慕少艾，有妻子則慕妻子，仕則慕君。凡溺於物者，皆孝之妨也，而仕爲甚。壯出耄歸，絶裾弗顧者多矣。有不溺仕以妨孝者，可不謂賢哉？莊生稱子之愛親不可解於心，臣之事君無所逃於天地之間，是其致一也，豈仕者皆不可與？古之君子或以身殉國，匪曰忘親，或爲親終身不仕，匪曰忘君，亦揆諸重者而已矣。薄於親而厚於君，世未之有也。二君之於仕，嘗卓犖著殊績，顯庸有日矣，而皆以親故去，可謂能揆其所重而無所溺焉者也。説《南陔》者曰：「孝子鑑案：以上十九字排印本原闕，今據唐選本補相戒以養也。」夫待於戒而養，已不得爲純孝，矧溺焉而弗顧者乎？若二君者，豈惟無所溺，蓋亦無待於戒者也，可不謂尤賢哉？然吾聞時周之歸，甘貧守志，其事母，所謂啜菽飲水盡其歡者。士達家素豐〔一〕，能備物致養，非時周比。雖所以爲孝者，不繫於物，然推人子之心，時周視士達何如哉？得爲而不爲，與不得爲而爲之者，皆非也。士達之歸，縉紳多歎息稱其爲賢者，侈諸歌詩，總若干篇，蓋皆取於《南陔》之義云。

贈易欽之序

太史易君欽之以親老請告歸攸，朝士王明遇而下五人以古者贈言之義役予。蓋君於五人者爲同鄉，於予爲同官，又皆同年也。予在同年中最爲蹇劣，且寧親予告之榮，館閣諸先生既有述矣，其何以爲贈？念幼時侍家君遊湖湘，道出攸，熟其山川也，爲君道其素，宜樂聞焉。攸，長沙南鄙也，其山皆嵬〔二〕嵬施靡，涣若不相屬，深林翳木，嶄巖參差，溪流濡濡走山下，漂疾而清淺，不任大舟。然其地幽且沃，宅於是者，固以爲它土莫之若也。使出而觀於湖湘，歷九疑，浮洞庭，極瀟、霍，爲都會者八九，有不憮然自失者乎？夫觀於湖湘者，固不知有天下也，使出而究觀於天

〔一〕豐，六卷本作「饒」。
〔二〕嵬，六卷本作「崀」。

下，循金陵，涉汶泗，歷燕趙齊魯之墟，登泰山以臨滄海，必又且憮然自失矣。《傳》曰：「登〔一〕東嶽而知衆山之峛崺也，浮滄海而知江河之惡沱也。」故不觀於湖湘，則知有攸而已矣；不觀於天下，則知有湖湘而已矣。夫士之於學，亦若是。君固攸産，發解湖藩，北遊於京師，遂成進士，讀書中秘，官侍從，又嘗出主錢穀於南，山川之勝，都邑之富，所遊歷廣矣，其亦有所感乎！夫曲藝小技，皆可名也，致用則末矣；智效一官，行比一國，皆善也，舉大則偏矣。其居以實，其容以虚，其往如登，其益如下，察古今之全寡，能備於大地之美，斯學也已。彼安於技藝而已者，是知有攸者也，效一官、比一國而已者，是知有湖湘者也，惡足以語海嶽之大哉？君力學而師古，將志乎其大者。兹之歸也，吾恐攸之山川不能充其目矣。

送少參彭君之福建序

今天下藩鎮有兵寇之警者，且半焉。其無事稱寧地者，兩浙廣閩山西及陝而已，爲吏者争樂趨之。然廣雜徭獠，陝備胡，且深山長谷，有狙伏焉，未可謂無事。山西則寇嘗一窺之矣。兩浙固晏然而爲財賦自出之區，程督繁委，緣姦逋滯，至不可勝詰，吏於是者，亦難且勞矣。惟閩處僻遠，而物産之富、服食之華爲東南一都會，其寧且逸，諸路不如也。今年秋，安福彭君師舜以祠部郎中

〔一〕登，三卷本作「升」。

擢福建左參議。其地寧且逸，既人所樂趨，而參議守一道，階崇而事約，宜意得甚，而君蹴然獨若有憂者。或怪其故，曰：「往時天下承平，雖窮邊遠徼，與中土無異，不獨諸路爲寧地也。今近畿之民至去而從盜，山東河南，皆襟喉地，蕩爲寇衝，豈一朝夕之積哉？朘削之政釀之也。而諸路以險僻適幸無事，然其民之疲病亦甚矣。而今多警之地，一切蠲貸之恩，勢不得有所計吝。其無事者，國用且仰給焉，則一切經入之征，勢不得無所偏急，以疲病之民而應偏急之求，其不堪也，審矣。夫民，猶水也，疏其淤，防其溢，則水患絶矣。待其奔決而後治之，其爲力難易，奚啻千萬哉？今山東河南之事是已。而世之職理民者，幸其未決也，則曰是寧且逸，而弗之圖，不已過歟？且前事不遠，正統末，閩中之寇嘗劇矣，而獷頑間出爲梗者，自昔猶然，疏而防之，此非其時乎？語曰：『不蹶於山而蹶於垤。』參議者獨何得而不憂也？」時閩之人士既喜得君，及聞其言若是，又益喜，相率屬予文贈之。君家世多顯者，簪笏之盛，著於江右，而君起名進士，歷官皆有聲。如其言，兹之往也，其爲政可知已，然則閩中得新參，諸路乃不如也。

湛氏新譜序

此增城沙堤湛氏譜也。湛氏舊無譜，譜而存之，自翰林君始也。翰林君而上六世爲治中君，始遷沙堤，是爲高祖。以世圖而系之，更五世則別爲圖。圖於譜者，凡九世，治中而上，不載焉，非略也，不可得而詳也。隋唐以前，圖譜有局郎、令史，有員知撰譜事。有官，故言姓氏者詳焉。自譜法壞，族衍而世遠，固有蒙其上世所自出者矣。雖世稱顯姓巨族者，猶然不可得而詳也。不可得而詳，詳之，乃誣也。自吾謹其世，圖其可詳者而存之，後之人又謹其世，圖其可詳者而存之，則譜不廢矣。若曰蒙其上世所自出也，沮而弗爲，數世之後，必且併吾之所可詳者而忘之矣。後之人又曰蒙其上世所自出也，沮而弗爲，又數世必又且併後之人之可詳者而忘之矣，是終無譜也。昔人稱歐陽氏譜法最善，亦存其可詳者而已。是譜也，蓋效而爲之，參以已意，斷自治中而下，其名迹卒葬，或存或亡，或備或略，謹而誌之，以附圖後，而其祀之等數及家世遺文之足徵者，亦録附焉，而湛氏乃今有譜矣。然譜者將以重本睦族教其世者也，若振其先德以永於聞者，不專在譜也。湛氏世多陰德，自遷沙堤，未有顯者，久而大發，翰林君以文學行懿著名史局，今天下皆知有沙堤湛氏者，自翰林君始也。而近世之爲譜者，往往求附於古聞人，而忘所以自振其世者，陷於誣而不已也，亦惑甚矣。然則使天下皆知有沙堤湛氏譜而效爲之者，亦且自翰林君始乎！故爲之序，因以風焉。

送鵝湖費閣老序

正德九年夏五月，太子太保户部尚書兼武英殿大學士費公去位，朝士大夫聞而疑之，或曰：「公遭遇最早，相天子未久，不宜去。」或曰：「今四方多故，如公者不宜舍之去。」夫謂公不宜去者，以年；謂不宜舍公去者，以才。予獨以爲以年以才，殆天所以蓄公之用於方來者乎！雖去可也。

古之君子，其志未嘗不在乎天下，而於去就之際毅然有不可奪，是以進難而退易，而况大臣之進退關乎生民之休戚、氣運之隆替，又有非己之所能與者。昔司馬公退居洛十五年，一旦復起，遂成元祐之治。蓋其身雖退而其所以繫天下之望者愈重。居閑既久，閱歷天下之事益熟，其成元祐之功者，以熙寧之退也。公抱經濟之才，甫弱冠，狀元及第，及拜相也，年財〔一〕四十五。在位多所匡正，卒以不合去。自國初至今，以狀元位宰相者有矣，有年如公者乎？《禮》：「七十而致事。」或年已及，猶未謝去，有去如公者乎？去如公者有矣，其年與才有可待如公者乎？夫事之異於常，必有不偶然者。盈虚消息，乃天之道，安知公之去將不如司馬之事乎？此固天下之所望於公者，而公亦宜以自處也。予在館閣，辱公之知爲深，既不能留公之去，故於贈言也，不敢先其私，而獨以天下所望於公者告之，且以釋朝士大夫之疑云。

壽幸君序

予同年沈君景明，以治寧州有聲，召拜駕部員外。既至，予往勞之，且問其獨以何術理也。景明笑曰：「吾非有異也，始吾之往也，人皆慼之，曰：『艱哉，子之爲是州乎！其民黠而辯，冒而懻，少弗當其欲，往往獢虔翼姦以與守角，蓋近始易縣爲州，而無救於頑，是不可以恒理理也。』吾雖未

〔一〕財，十二卷本作「纔」。

以爲信，而不能無疑於其言。及莅州之數月，見有幸泰者博衣而龐眉，其言若不出口，曰：『謂州之民黠而辯也，何以有是人也？』又見其雅質不斲，給賦税外，足不一至公庭，曰：『謂州之民冒而懞也，何以有是人也？』其行於家也，家之人宜之；行於鄉，鄉之人宜之。有所利於人，未嘗與之爭；有所弗平於己，未嘗直之訟。曰：『謂州之民皆矯虔翼姦以與守角也，何以有是人也？』因自念曰：『彼其黠而辯也，是析之不當其情也；其冒而懞也，是使之不以其道也；其矯虔翼姦以與守角也，是行之上者誠有拂其心、害其生也，安知夫人之不可爲幸君乎？』於是釋然無疑於前之言，而一以吾意理之，卒亦不見有所謂黠辯冒懞如前之言者，是雖若無與於幸君，而所爲充類揣俗資於吾者多矣，故亦以稱理。吾豈有異哉？」予於是歎景明之善爲政，又因以識幸君之爲賢。久之，景明偕一士來，曰：「是幸君之子元壽者也，卒業成均，以其父年屆六十未能歸爲壽也，願一言以慰其思。」予曰：「景明曏昔爲予言幸君者可以爲若壽矣。率履厥素，百順攸崇，獨壽也哉！」乃遂書以遺之，且以爲寧州之人之勸也。

送翰林修撰唐君守之使朝鮮詩序

今天子嗣統，改元嘉靖，將頒詔令於朝鮮，故事率以文學侍從之臣爲正使。於是翰林修撰唐君守之被簡命，仍賜一品服以行。館閣元老而下，申以歌詩，俾玘爲之序。惟昔漢文帝起自代邸，欲鎮撫諸侯四夷，而尉佗乘吕氏之詩，據南粵與中國抗。於時舉可使粵者，得陸賈以往。賈名有口辨，且嘗使其地，爲佗所敬禮，遂令去黄屋稱臣，奉貢職，皆如意指。後佗居國雖詭竊如故，而賈自是名聲在漢廷籍甚，班史傳其事，特侈言之。後之奉使遠外者，争慕賈以爲賢。天子龍飛藩邸，無異漢文之於代，君被使命殆與賈類，而較其時與事，則有大相遠者。朝鮮自箕子啓封，衣冠禮義非南粤比，世修臣職，遵正朔，非若尉佗之驁僭。聖神更化，不旬月而巨姦宿蠹翦剔亡遺，四方黎獻訢然，如夜而復旦，盲而復明，鴻休遠業，方將視法三五，超漢文而上之。而君以狀元及第，擢官侍從，老成重厚，富於文學，非必如賈之嘗使其地而遠夷聞其名者已蹶然矣。兹之往也，宣布天子之威德，使知今代有聖人者出，奔走效順，益輸畏天之悃，其所以稱上旨，尊國體，揚文采於殊方者，又豈若賈之僅能以貌屈佗而詭竊如故也哉？然則賈之事未足慕也。夫與鼓瑟者游而語操刀，是失言矣。故玘於君之行，不敢指異事以贈，而獨借賈爲諭云。

崇德縣志序

正德丁丑冬十有二月，《崇德縣志》成。縣令洪君異以提學劉公命來請序。縣故有《語溪志》，志以地名，宋淳祐間所修也。顧其事止於宋，歷元迄今已三〔一〕百年，洪君始續爲之志。名不以地而以縣者，從今制也。夫郡邑之志猶國之史，昔人有是論矣。國不可一日而無史，而邑之志乃至

〔一〕三，底本作「二」，據六卷本改。

曠數百年而或闕，豈爲之令者類弗知志之爲重且急哉？故其心固曰：「以數百年之放軼，吾一人之力何能爲？」而或不然者，則曰：「非吾一人之責也。」以傳舍視官，日惟進取之爲慮，而何有於志？夫使爲令者皆若是，則一邑之文獻其將遂泯歟！若曰吾力雖弗能也，集衆智則力必舉。督責雖不吾及也，職思其居，則將有不能一日以安者，而況數百年乎？夫力弗任之謂弱，慮弗存之謂私，天下之事因仍涣散莫執其咎以寖趨於潰敝而不收者，蓋多類此，豈獨邑之於志哉？夫志一事也，弱且自私，則弗及成，又況其大者乎？予既重斯志之成，因竊識其所爲感者以爲之序。至其義例之分合，事辭之易寘，紀次之先後，不類他志，觀者當自得之，不俟予言也。志凡五卷，任修纂者，前感恩令蘭谿董君遵及庠生數輩，皆請於提學公者。洪君自通州學正遷令崇德，廉平民甚宜之，今以治最徵。提學公，前太史也，以斯文爲任。志之成，洪君蓋有所受云。

送王朝宗擢寧國通判序

樂處内而輕外，凡仕者皆然。畿縣之吏，其品秩加外一等，然而莫或願之，豈固輕於外哉？亦病其難爲而已。夫政令，始乎朝廷，終乎縣，然行之於外，力可爲者，無弗得爲也。若畿縣則異於是，害或庇之，利或操之，絿則令廢，競則禍身。夫以光武之賢明而强項之令猶見詰責，況其他乎？以令且若是，若爲之丞者，其職滋下，其勢易陵，呼而跿跔，問而唁嗒，苟得免於束縛捶楚，則幸矣，又敢守法奉公争利害左右令以從事哉？故言爲縣者，以畿内爲難，才智之士多不樂處之，夫病其難爲而處之者又不以才智，此畿縣之吏所以多不稱也。慈溪王君朝宗，尚書之孫，僉憲之子，幼騰英聲，抱藝不售，卒業成均，戹窮且久，乃從銓曹選得畿内宛平丞，人皆感之，曰：「子淪於卑冗，而又試於難，其遂殆哉。」君不慴不隨，居數年，翕然稱能吏焉。適以憂去，服闋，復爲大興，人又慼〔一〕之，曰：「往幸免於殆，而復試於難，兹其殆哉。」君爲如初政，滋有聲。以一縣之難爲，於人若不能一日以居，君爲之而優裕，再試而益振，非其才智有加於人者能然乎？於是銓曹異之，秩未滿，擢寧國通判，行且有日鑑案：此四字原闕，據唐選本補。司封楊名甫，其戚也鑑案：此三字原闕，據唐選本補，屬予文鑑案：此字原闕，據唐選本補贈之。予曰：「以爲縣，視郡其難易可知也；以爲判，視丞其難易可知也。寧國，固南畿地，以大興、宛平視之，其難易又可知也，爲其難且焯焯如是，何有於彼哉？然吾聞子産示警於成終，安恭致戒於休勢。夫善射者，其始穿札没羽而末之不能當魯縞，御者歷險馳峻疾徐中度而平原乃有銜橛之變，仕之道固亦有然者矣。夫愛其始而欲久其道，君子之心也，是不可無言以規。」

送章騰霄序

予垂髫時，侍家君於滇，則辱與章君遊，迨今二十餘年，雅相知厚。其爲人雄傑而不肆，言論

〔一〕慼，六卷本作「感」。

弘辯而不詭。自爲諸生時，固已才厭流輩。吏於其土者，民隱土俗有所徵問，鄉校之事欲有所白，輒推章君先，其名蒸然於上。顧省試數不利，貢次且及，君雖隱忍以就，察其意甚怏怏〔一〕。及遊太學，從順天鄉試，遂中高選，人乃歎其挾負誠異，卒能奮跡，不苟没也。蓋君自是益自負，剋意力學，縱獵古今書而發之爲文，盡脱去舊習。壬戌歲，予見之京師，觀其所爲文，竊駭異之，謂立可取進士，顧又數不利。己未之試，名在正榜列矣，又以嫌黜。往來淹留京師者十餘年，而君亦垂老矣。今年春，乃就吏部試，得四川中江令。以君所素負，其心蓋深以不得進士爲憾。然如君之才，其所爲自表見者，豈必進士哉？夫自有進士科以來，登選者衆矣，其人不必皆有聞，聞者固不必皆進士。且古之賢令，子康以府史，魯恭以郡吏，衛颯以能案劇，第五訪以功曹，童恢以州辟，此其人皆不出科目，然皆卓然表見於後世。徐淑之孝廉，景莊之及第，固無稱焉。然則人之所以能自表見者，不繫乎進士，繫乎其人也，審矣。今天下之民困窮已極，爲之令者不能布上德以爲民利，反朘削焉，譬之木方槁，斧斤相尋於其上，而不凋盡者，希矣。君之才，爲諸生時已蒸然不可掩，今自爲之，得行其志，其肯循衆皋皋然自利己乎？吾知巴蜀之間有以才能自表見卓然追古賢令者，必章君也。果如是，其亦可無憾耳矣。

〔一〕怏怏，六卷本作「悢悢」。

送少司寇張公致政序代作

予瀕海人也，蓋嘗登吴山而望，下臨海門，見賈舟張帆，自遠而至，俄頃趠數百里抵岸，奇貨山委，市者鱗集，慨焉樂之。乃下從舟子而問焉，曰：「爾獲利不既多乎鑑案：山曉閣《明文選》「多乎」作「捷哉」？」舟子呀然笑曰：「子睹其利，惡知其害之倍也夫？天時適逢，舟楫無害，出無入有，駔儈累貲，豈不誠利也歟？乃若盪泊淺渚，四顧無侶，風撞濤齧，靡月靡日，子知之乎？洪濤瀾汗，上下嶢嵲，蝤涎鰐鬐，存亡瞬息，子知之乎？牟大載盈，馳飃角逐〔一〕，衣袽不戒，爲魚龍獲，子知之乎？自吾同往於海者多矣，蓋有一往而覆焉者矣，有一往而迷其利，再往而覆焉者矣，有再往而迷其利，數往不已，卒覆焉者矣。若此者，利之倍於害耶？害之倍於利耶？吾幸而先登於岸，不覆厥載，子適見之，而謂皆然乎？」予於是憮然，歎曰：「嗟乎！仕宦之道亦若是矣。往而不知止，溺而不知返鑑案：《文選》「返」下有「其亦殆哉」四字。」厥後予入仕途，迨今三十餘年，以所聞見徵之，或滯於一官，偃蹇數十年而不振，遂以淪没；或乘時奮庸而歲九遷，一蹶以仆；或宣力畢知，逢禍不虞；或禄位已極，功成名遂，終陷險難。其遲速得失沉顛糜摧，亦何異於舟子之云，而先登於岸，不覆厥載者，何其鮮也，蓋鑑案：《文選》無「蓋」字，有「哉」字，屬上句吾乃今於張公應祥之去

〔一〕逐，六卷本作「迅」。

見之。公奮自諸生，以擢進士，兩宰大邑，遂拜監察御史，久之擢吾浙按察副使，召入爲大理右少卿，尋進左，轉左僉都御史，再進右副，已復爲大理卿，遷刑部左侍郎，出入中外者二十九年，位秩之崇，聲名之榮，疇能逮之？兹以目眚，年甫六十四，遂乞致仕以去，蕭然長遁，節完而名全，仕宦若此，可不謂誕先登岸，不覆厥載者邪？而或者猶以公位未極爲慊，以公操履堅，綜練久，年未至，而爲大理爲侍郎皆席不暇暖，案事於外，其勤且勞又如此，使其干進務入，何階不陟？然而不自止，則入海迷其利而數往者是也，公何居焉？况兹之歸，葛巾野服，自肆於沮漆之野，孰與夫波濤嶢嵲之危？雲門芒谷荷亭竹榭，孰與夫舟居海宿之愁苦？姻戚故舊聚處而談笑，心怡神愉，孰與夫蝤涎鰐鬣濡衂終日之虞？不迷其利，固無其害，不居其榮，豈有患乎其辱哉？夫居易香山之約，日知臺池之飾，皆昔之同官而能止者也。祖疏傅而歎息，送李尉而盈塗，情之所不容已者也。招賈之文，望海之詩，寓言以達志者也。予與公爲布衣交，再會於蜀而同官於此。念始者傾蓋海濱，後公來爲憲副，實理海道，固熟觀於海者，於其歸，輒以是爲説。

正德己巳七月二日。

附孫執升琮《山曉閣古文評》：

篇意是美司寇之能自止。妙在借海舟説入，將利害來相形，以見宦途之險阻。至理發爲奇文，筆底具有濤翻浪湧、拍岸排空之勢。

送唐虞佐宰郯城序

玘幼時過蘭溪，謁聽菴鄭先生。先生，家君之同年，而虞佐之外祖也，因以識虞佐。别七年而同舉於鄉，再同試於禮部，玘愧先升焉。後三年，虞佐亦成進士，胥處於京師，時時相過從，劇談甚歡也。未幾，虞佐出宰山東之郯城，間過言别。玘既惜其去，察其意，若甚有憂者，竊怪而問之。曰：「吾有所難，思之而不得其説也。夫當官廉慎，吾志也，是所能勉；簿書之煩，綜理之勞，吾職也，是所不辭；進退俯仰於人，亦分也，所不敢恤。吾所謂難而甚憂者，以勢之不可行也。夫受命爲令，政令之下，不成於我乎？民之豐約，不懸於我乎？吾所得爲，吾可爲也，所不得爲，其若之何！然吾雖不得爲，固亦吾之責也。往歲旱災遍四方，山東尤甚，民之相率去而爲盜者衆矣，而税例如故，無名之征日有增焉，吾忍視其凋盡而不言乎？言之且不見聽，寧獨不聽而已，必且以爲罪，以令之微，臨其上者皆達官也，吾能抗乎？順之，吾不忍民之重困也。且吾詢郯之遊寓於此者，謂邑久廢敝，民又健訟。兹之往也，舊一弗更，大事殆乎弛，小事殆乎遂；將更焉，民未吾信，必鬨然以爲厲己，吾其何從乎？嘻，吾家食時，縣之吏厲民者、怠若職者，心竊非之，謂使吾當其任，雖不敢望古之循吏，亦能使一邑之蒙其澤也。今自爲之，其難又如是，竊憂將負其平生而慚令之名也，故就若籌之。」玘曰：「子第往，吾知郯之民其有瘳矣。玘居京師數歲，見出而爲令者多矣，其所憧憧於慮者，非趨走承奉之事，則旌獎求薦之圖也，有憂及於民者乎？子乃不然，郯之民其有瘳矣。夫旱乾苗槁，桔槔必有所濟，浮乎江湖，一壺有力焉。今之於民，豈特桔槔一壺比哉？且子不見夫御者乎！馳驟不已，銜橛脱，馬力盡矣，如是而易以造父，猶不免於敗，必休馬更轡而後進。嗟乎，今之民其亦銜橛脱之時也。子往，篤其忱悃，申其辭諭。有所征於上，必思所以争之，争之而不從，將不以爲罪，知其固爲民也；有所需於下，必思所以寬之，寬之而不免，將不以爲厲，知其非爲己也。事事而争之，雖不必皆從，然而從焉者有矣；事事而寬之，不必皆免，然而免焉者有矣。夫陽城因而部使去，今在上者豈無若人哉？夫兒寬免而輸租者繦屬不絶，今在下者豈無若人哉？惟奉公之意不勝其進取之心，則懼有所拂乎上；豈弟之心不勝其自營之私，則病無以濟乎民。子既無是也，而何憂難行也哉？夫以己因乎時者，中人皆然也，惟不以時易己如陽城、兒寬者，斯見稱耳。彼二子之所處，夫亦豈易歟？吾子勉之。張弛之道，因革之宜，是則在子，微子無以瘳若民而任令矣。」虞佐起謝曰：「君言得之矣，吾將行焉，且將以質於外祖。」遂呼筆書之而去。正德四年春三月庚子。

送雲南守劉君景晦序

吾鄉劉君景晦，磊落士也，少挾奇負，年幾四十始成進士，益底厲檢押，欲自表見。及官刑曹，曰：「吾寧不能析律觚令采譽稱毋害哉？顧吾心不可，故折獄獨不爲奇請他比，一視法上下。」自爲主事、爲員外郎、爲郎中皆然。今年秋，擢守雲南郡。或私謂君：「得無難遠道與？」則笑曰：「受命爲守，敢憚遠爲？」「然則易遠方歟？」曰：「僰爨，亦吾民也，吾何敢易？」或以語予，予曰：「君言固當。且不見夫爲車者乎，輢軹轛軫式較，木皆可爲也，至於爲輪，其材必以檀，非是，不甀則折矣，豈非以其材堅其行遠完久也哉？用君於遠，殆類是矣。且家君嘗爲是郡，其政與俗，吾知之。凡郡之所轄爲州者四，爲縣者九，而地之所出，民之所食者，不能當中土一縣。環十里而爲州及三四里而爲縣，其始特爲控制夷民之慮，故以吏多而安，而其久也，民亦以吏多而病，矧郡居藩省下，徵役視他郡恒倍焉，而皆取之披氈椎髻之民，役有更而歲無休，嘻，亦病甚矣。然而其民擔負茹莪忍死以趨事而不能自達者，遠故也。而吏於其土者，水涉山行萬里，戒朝奔夜，變更寒暑而後至，道塗之險，凌冒之虞，接於其形而動於其慮，其不私便其身圖而修百姓之急者，小吏百一，長吏十一，而黜陟之典又常不當於幽明，亦惟其遠也。民以其遠，既病而不能自達，故盜恒多；吏以其遠，既至而惟身之圖，故政恒廢。蓋家君之始至也，幾不可理，咨弊而鏤，攔强而決，逆罅而慨，籍侵漁，蠲逋負，倉庾出納，賦役下上，凡有司之政，一更其舊，而民少息。兹家君去郡又十餘年，其所規立存與否，予不能知。然民告病如予所知者，必益以甚矣。蓋其勢非得賢守制力堅而幹局完者無以宣上德而懷遠民，宜君之往也。夫古之立功名者，固多奮迹於遠。君不難遠道，豈爲私便之圖；不易遠民，必有惠綏之政。吾知其宣力致遠卓然自表見而起任大車以載之功者於是乎在。中土樂郡，夫孰不能之也邪？」劉君聞予言而獨喜，固邀書以爲贈，蓋君之弟嘗受學於家君，雅相善也，而又踵家君之故郡，故遂次第其語以贈之，且以詢滇之耆老道家君之事於今何如也。

送何君廷綸守永平序

何君廷綸初以進士爲南京工部主事，遭憂去，既而改北部，進員外郎、郎中，在職八年，不矯矯以異，不皋皋以隨，自其長以及其僚，同聲賢之。今年秋，擢守畿内之永平，則又曰：「是且必爲賢守。」蓋其信乎人者如此，而況予親且舊者乎！然而親且舊也，有愛助之道焉。夫司空，六卿之一也，君所職者，又其一曹耳，職剸而事約，故其聲易起。若一郡之事，凡六卿之所統者皆委焉，一事之弗集，則守之責也。司空之事，君能之矣，其它者，雖君不自謂其必能也，然人皆曰是且必爲賢守者，豈已弗自信人顧信之耶？夫今天下之民，貧困極矣，而年屢大殺，爲之上者，非惟莫之恤也，又從而朘削之，此豈其心獨不仁哉？身謀之是便，視時上下而易其素也，是曲隨之過也。其有反乎此者，則矜其智，好煩其令，嗜欲之不同，風俗之不宜，一弗察焉，囂囂而號召曰：「吾以利民也。」而民愈病，是立異之過也。夫君之不矯矯以異也，人曰是必且有豈弟之心、近民之政也；不皋皋以隨也，人曰是必且有廉特之節、迄康之望也。逆而信之，曰是且必爲賢守也，豈人逆信之而顧弗自信耶？夫事不患其難集，民樂從其令而已矣；民不患其難理，事順其情而已矣。君無變其初而思其復，六事罔弗能，民罔弗戢，其聲益起，安知人之逆而信之也，又不曰是且必爲賢卿乎？昔人有言，任者小而責之近，則人見其有餘，作而任其大者，或上下〔一〕失

〔一〕「下」字下六卷本有「一」字。

望。若此者，則人之信乎君也，亦皆曰殆不其然，而况予親且舊者乎？

新編古表序

鑑案：唐選本有此篇，在《湛氏新譜序》後，今補附此卷之末。

舉業非古也，使因是而求諸古，亦足少變今之習矣。古義古論，近有梓行者，獨古表未之及。吾鄉徐君良節始爲此編，而謝君汝容刻之。於乎，士誠志乎古，則從事於舉業者，孰非吾精義致用之資？不然，則先王之四術亦假仁之具耳，奚取夫古爲？

中峰集卷四

明會稽董玘文玉撰　族孫金鑑重校刊

序類二

送高延平序

高君用明初以進士尹盱眙，舉能治劇，更嘉定，能聲益起，徵拜武選主事，進員外郎。會建議者以中外吏怠於政，惟執法者非其人，例舉部署之有能聲者改御史以糾不振，乃改君御史。未幾，時議以四方寇盜充斥，惟守令之牧民者非人，於是又舉君爲延平守。夫世非乏才也，君以部僚奪之爲御史，未究其用，又出爲守，殆若非君不可者，則時之急於用才可知也。夫以才見需於時，而不自盡以效其才者，非夫也。延平，巖郡也，昔人所謂以崇山爲郭郛，激流爲溝池者是已。君往，將恃其險無盜之患耶？今天下之民，力盡於役，財盡於征，變生於窮蹙，可憂者不獨湘蜀青兖之間也。譬如人之身，百骸皆受病，而瘇惱先形於一肢，徒知一肢之爲病，而以百骸爲無足憂，可不可也？正統己巳之釁，閩中列郡多殘破者，獨延平得完，固以其險也。然試觀於今，其民之豐約休戚於昔時何如也？爲守若令者，其政之仁暴於昔時何如也？不惟其本，惟其險，保地利而忽人和，吾未見險之可恃也。凡人之情，樂則安居，安居而驕，則亦難御；窮則思變，思變而戚，則亦易懷。今日之窮民，誠順其情節其力與財而休息之，其爲欲易稱，其爲心易維，雖有奸宄，可不教而弭。日恬以蘇，豐給如昔時，可復也。是故無盡其力，賴其力者亡窮矣；無盡其財，資其財者亡窮矣。然則其爲郭郛溝池也大矣，雖無險可也，奚盜之患？夫善醫者或以鑱石，或以醴灑案杌，要於去疾；善理者或隄其外，或紀其内，要於救患。不然，延平今固無盜也，而何急於用君爲？

五馬送行圖叙引

此水部正郎吴君出守於夔而同官圖以爲贈者也。曰五馬者，漢制：太守加秩則右驂而五，以爲榮貴。今其制亡矣，猶蒙其稱也。作圖者五人，人系以詩。五人者，與君皆江右之英而同官也。董玘曰：「《詩》不云乎！『人之好我，示我周行。』諸同官之意，豈徒蒙其稱以爲君榮貴也已哉？夫醜類以比物，規事而獻藝，其道則然，其諸所以御民者示君歟？且民之服役於守，譬則馬也，守之加於民上，譬則御馬者也。雖有天下之善御者，不得車馬，則無所見其能，是故有位與民之爲貴也。然車馬備矣，御之不得其道，或敗績焉，矧御民者歟？爲服爲驂，馬之性不齊而其力亦異，均而調之，使各中度者，在御而已矣；柔强豐約，民之情不齊而其力亦異，度而平之使各得其所者，在守而已矣。使馬而失其道，則曰御者之過也，必擇其良者而更之；使民而失其道，非守之過歟？

然而民不得擇焉更焉，忍死而服役焉，豈民固輕於馬歟？昔者顔淵觀東野畢之御也，曰：『舜巧於使民，造父巧於使馬，皆不窮其力也。東野畢之爲御，馬力盡矣，而求進不已，其馬將必佚。』嗟乎，今之守之使民也，其有異於東野畢之御乎？幸而民不爲東野氏之馬，乃漠然不加䘏焉。《書》曰：『民可近，不可下。』言御民之難也，其弗之思歟？夫諸同官之意，其謂君曰：轡銜者，禮教也，鞭策者，刑罰也，無轡銜而用策，欲馬之中度，弗能也；芻秣者，惠政也，馬體必安於車，人心必調於馬，德化也，芻秣不時，人馬之不相得，雖執轡而策馬鑑案：「而策馬」三字原誤作「焉」，據唐選本改，欲馬之從御，弗能也。造父之御，達乎此者也；東野畢之御，反乎此者也。夔，遠道也，車固馬選，此良御見其能之日也，其將爲夔民之造父乎？」

送葉中孚序

予少學《易》，左右采而無獲。侍家君歸自滇，聞外兄葉中孚名，乃操業就質焉。於是時，中孚已舉於鄉，不予鄙，遂與定交。中孚居上虞，與予雖異縣，而兩家介一山，相去僅五里許。會則往麐茂林，坐溪石，相與講論，薰浸礲錯，暮而忘歸，以爲常。壬戌之歲，與中孚偕試於春官，中孚登進士第，拜大理評事。越三年，進署右寺副，而予幸亦繼官於朝。退公時時互過從，取醪茗解羈寂，相笑語吟咏爲娱。蓋自獲交中孚，於今十年，居相比，業相資，志相得，仕相規，久而不厭也。兹中孚以職事及同官者例左遷，將棄予而去，其何能無介然於懷耶？君識卓而氣豪，秉剛而趨正，潔己而寡合，未嘗求知於人，故人亦鮮知之者。是命之下，有謂予者曰：「中孚，固高士，鬱鬱佐一州，與庸流俯仰上下，又安得獨自高？將戚且不釋矣。」或又曰：「中孚素違俗不渝，且重得罪，玆其少自貶乎？」之二言者，皆非知君者也。夫所貴乎士者内而已，不覩於外而前卻，不待於外而卑高也。苟内不屈於物，嶄然而獨立，則雖處卑位，混乎庸流，其所爲高者固在也。中孚深於《易》，《易》爲憂患而作，其處之之道，尤微且密焉。當其知識所到，真能齊得喪，輕去就，等貴賤，蟬蛻污濁，而立於群物之表者也，顧以是而動其心喪其守哉？吾觀中孚之未遇也，值家中落，聚徒教授，以給父母。有云〔一〕不堪其貧〔二〕，宜以進取爲急，然戰藝再北，而漠然不以爲憂。及第進士，而中孚得三甲，三甲例補外，凡同年之在是選者，率嘖嘖弗悦，而中孚恬然不以爲慊。既而適當選首，拜官棘寺，於人得之，則矜喜出望外，與時浮沈，而中孚澹然不以爲喜，視其自處，與未遇時無異，此其於得喪之間何如也。夫失志鑑案：「志」字原闕，據唐選本補而戚以悲，一摧而沮以渝，皆昧於得喪之道，遺内而希外者也。中孚不爲是也，養其正，履其素，蓋無往而不全其高也。予於中孚，知之獨深，别而索言，懷不能已。夫古之君子罹遷謫處拂鬱者多矣，然而德業愈光，聞譽彌流，不惟不混乎庸庸，而卒任重道遠傑然出於天下者，蹇而自修，折而不挫也。且平

〔一〕云，六卷本作「人」。
〔二〕六卷本「貧」字下有「者」字。

陂往復，屈伸相感，《易》理則然，豈以中孚之才而久於下位哉？予蓋無以爲贈，往而念兹，益自樹立而已矣。

送葉泉州序

人之相知，豈不難哉？自古稱知己不數，況今之世乎？予山居時，無它友，獨知葉君中孚之爲奇也。及待罪考功，嘗爲司封，黄君應期、道之二君，進士同年也，以予故而加親，於是三人者互稱爲知己。既而黄君爲文選，遂薦葉君守泉州。泉州，黄君鄉郡也，爲鄉郡擇守，宜無不至者，豈故以私葉君哉？葉君官大理五年，與人寡合，竟坐謫，前後判二州。及爲工部，而合者益寡，踽踽然動爲人所非笑，而予顧知之。予之知之，猶曰生同里也，少相資也，布衣之交也。而黄君顧亦知之，不徒知之，又以鄉郡屬之。夫以鄉郡私所愛，非人情也，而況黄君無私者乎？然則葉君之始見知於黄君者，雖以予故，而其所以知葉君者，非以予故也。蓋葉君少有文學名，又性喜静僻，偃卧一室，寤寐古人，揣摩事變，往往奇中，此予所爲奇葉君而知之者，而黄君皆未之許。至其醉酒歌呼，俯視一世，若亡足當其意者，或激爲危論，雖觸禁忌犯衆怒而不顧，予方以爲病，而黄君乃有取焉，豈《語》所謂「和而不同」者耶？葉君行矣，感知己之難，無忘其所挾負，使泉之人蒙其休澤者，皆曰：「黄君爲鄉郡擇守而必以葉君者，誠以厚吾鄉郡也。」則其爲知己之報多矣。别酒既傾，序以送之。

送劉正郎克立知西安府序鑑案：「正郎」二字原闕，據唐選本補。

皇上御天下之元年，敬修憲典〔一〕，慮刑罰之不中也，迺遣廷臣出讞西方獄事，而刑部郎中劉〔二〕克立拜命之山東。至則禁抵讕，理冤抑，決疑滯，多所平反，一時人心快之。未返命，擢知西安府事。朝之士或疑曰：「劉君方將命在外，曷不俾終事而遽遷之？且今臺史之良，郎署之長，積日累功，非無人也，豈乏一西安守而必待於劉君哉？」夫朝廷爲官擇人，舍夫近而取於外者，固非得已也。西安，古三輔之地，稱曰天府，今之守，蓋漢之京兆之任也。其民勁悍而尚力，惇朴而勤稼，兼雜五方之俗，非善導而心懷之，則未易以使。而又當三邊之襟喉，軍旅之費，轉輸之宜，皆出於府。征數則民病，餉不繼則師疲。而扶風諸郡，雖守各司其事，民均任其勞，其所調度而徵發者，西安常先之，而鎮巡諸司之統於上，州若縣之承於下，皆於守乎責成焉，非他郡職專養民者比也。蓋天下百四十餘郡，言難治者，此其爲第一乎？而近者歲比不登，貧民嗷嗷待哺，而上不之省，至於〔三〕去而爲盜者，群聚山谷間，日以益熾，則守之選，誠難其人矣。然世之爲守者，往往急於獲上，重且大者之弗憂，而趨走承

〔一〕憲典，十二卷本作「省憲」。
〔二〕三卷本「劉」下有「君」字。
〔三〕於，三卷本作「有」。

奉以爲務，具簿書，謹僂俯，苟應文以免責焉耳，而附城者尤甚。噫，守之設，誠如是而已，夫人皆可任也。必欲事集而民安，即它郡猶不易也，而况西安之難治，非智足以造謀，廉足以律己，惠足以任下，而才足以濟務者，其何以勝厥任哉？劉君自知屯留縣徵入，主祠部事，改刑部，所居有迹，播宣於上下者久矣。昔漢之時，潁川名難治，常爲選良二千石，及韓延壽爲守，遂以大治。南郡多盜，選用蕭育，至郡而盜賊静。薛宣自宛句令入補執法而知名，復出之爲臨淮守，誠以集事而安民必有待乎其人也。聖天子亟用劉君之意，不在於此乎？夫歷險致遠而不蹶，乃見驥之良，遇盤根錯節而不頓，乃别器之利，此正劉君黽勉而奮庸之所也。若乃趨走承奉求以獲乎上，而從衆應文以免責，則非今日所以亟用之意，而亦何待於劉君也哉？《易》不云乎，「告公從，以益志也」，蓋有獲乎上不獲乎下者矣，獲乎下而不獲乎上者，未之有也。於是寮友周正郎輩咸爲四韻詩，將寓以贈，而屬予爲序，故推所待於君者告之，尚知所懋以究於成。

壽王隱君吴孺人夫婦序鑑案：唐選本作「慶王隱君及吴孺人壽序」。

家君嘗尹徽之黟邑，數言徽之山川峭厲清激，其人皆淳樸彊遂，不自琱琢〔一〕，蓋行天下博，觀其獨爲近質。予心異之，意其間必猶有履方砥節如古之遺民者。及讀朱子《新安道院記》，謂其賢

〔一〕琢，六卷本作「瑑」。

者務爲高行奇節，以不義爲羞，迺益信今之有其人，恨不及一遊其地而訪之。玆來京師，問詢諸〔一〕大夫，聞歙〔二〕有王隱君號一舫齋者。已而其子寵舉進士，其鄉戚鑑案：「戚」字原闕，據唐選本補禮部郎中王君輩以隱君春秋幾六十，而吳孺人已盈其數，壽而有子，可慶也，以文屬予，於是獲聞隱君之行益詳。蓋隱君雅行躬耕，有鹿門之操；撫二幼弟，有劉紆之誼；指千〔三〕合爨無異言，猶有獻公之家法。少喜爲子長，遊覽天下名山水，形諸歌詠，晚乃築室巖溪，不復出，日訓子弟以義，宗黨化焉。噫，豈吾所謂古之遺民者耶！然則其伉儷偕壽，克有令子，非幸致也。予素不喜爲壽序，感隱君之義，故直抒其所懷者。然吾聞有德有鄰，隱君之所與游，當尚有爲高行奇節而人不及知者，申以問之。

贈侍御黄君希武督學南畿序〔四〕

國家重育材之職，部使董學政於外者，咸慎簡以充，而兩畿以御史銓曹諏諸總臺〔五〕，拔諸群

〔一〕三卷本「諸」下有「士」字。
〔二〕三卷本「歙」下有「之巖鎮」三字。
〔三〕指千，六卷本作「千指」。
〔四〕此題六卷本作「贈侍御黄君希武提督南畿學政序」。
〔五〕十一卷本疊兩「總臺」。

屬而請命焉，非文行卓絶者弗得與，以畿甸王化之本，尤重也。莆田黄君希武，宋狀元公度之後，入國朝爲翰林爲侍御者，世有其人。從祖編修公、嚴父〔一〕大行公，名迹尤偉，而君以解元進士入翰林爲庶吉士，擢居侍御，於是有南畿之命，授簡於予。其鄉戚進士陳君士英輩，謀所以贈其行者鑑案：以上二十一字排印本原闕，據唐選本補。蓋家君於大行公爲同年，而君及予又同年也，世契固厚，乃不辭而私於君曰：「夫士未遇時，惟志弗行之患，既有位矣，處或非其地，行或撓於時，抱志卒弗伸者多矣。君以育材爲職，職專且重，如是可不謂得行其志乎！古之諸儒，以經學相授受，其材之所就，有爲國數世之用者。彼在下者且然，矧得位以是爲職者哉？吾固知君樂其志之行也，然嘗聞之，世之董學政者，大抵詳於考校而忘教化之實，嚴於科條而無勸沮之道，竊願君之勉之也。夫今學校之教與三代之法，固不可得而同矣，然而其意豈亡也？蓋使之誦習古聖賢之遺訓，而察言以識諸心，庶幾乎智仁聖義中和之德；考求古聖賢之善行，而循迹以律諸己，庶幾乎孝友睦婣任卹之行；博觀前古之制度名物，而因事以盡其變，庶幾乎禮樂射御書數之藝。校之以詞藝，所以驗其淺深；取之以詞藝，所以考其進退，而非專責以是也。今則不然，講誦猶夫始也，掇〔二〕獵淺近，苟資校取已耳；考校猶夫始也，亦苟以是高下之已耳。故其教弛久而益壞，其習非久而忘返，華與實

〔一〕六卷本「父」下有「君」字。

〔二〕掇，六卷本作「綴」。

違，行與言戾，亦豈獨士之過與？　夫考校之法，古之人弗廢也，自一年視離經辨志以至於九年知類通達，其校之也，視〔一〕其成也。　今於教法之所當及者，弗飭弗問，至則以考校爲畢事。　夫所校既唯以是，下非有成焉，上非有視焉，而欲士之自變於習，亦已難矣。　然條教之設，世亦未嘗無也，而不足以爲勸沮者，法有所必不行也。　必不行而以爲教，則令格著之，教而不必行，則法廢，此豈有意於教化之實也哉？　夫庠序之間，有才秀者，有庸劣者，有少有旺者，而科條一施之。　其施之也悖，其求之也拂，非獨旺而庸劣者必不能從，雖少而才異者亦將以爲文具而玩且怠矣。　及其有不行也，夏楚以治之，治之而終不能强也，則吾亦且怠矣，乃并其可以教者而棄之，然則豈惟不足爲勸沮而已。　教法之所以廢，士習之所以固，凡以此也。　舜之命教胄子也，有直温寬栗剛簡之教，其於庶頑也，則曰：『侯以明之，撻以記之，書用識之。　欲其並生而弗格也，然後威之。　其教之之法，固有別矣，而其心未嘗不欲其同進於文，此聖王所以鼓舞群衆而勸沮之者也。《記》曰：『知教之所由興，知教之所由廢，可以爲師。』其弗謂是與？　夫茍有樂育材之心，則無爲而弗成。　昔胡文恭振安定之教，而東南之士皆本經術行義以爲學。　晏元獻始興教南京，而遂倡於天下。　况今南畿爲肇基重地，文學固居天下先，而君職是以興其教，賢材之盛，將有振古而出者。　繼二公之烈而成君之志，其不在兹行乎？　不腆之辭，非所以贈君子也，恃世契之厚，是以敢私言之。

〔一〕視，六卷本作「時」。

送鄠陵尹孫君考績書最還任序鑑案：「書最」二字，據唐選本補。

昔之言治者，先擇令，以其職之近民也。使令無不賢，則民無弗得其所者矣。然嘗觀於民之所遇，其不賢者十五，賢者乃百一焉。夫銓授之法，或取之甲科，或選於常資，非不嚴也，此其故何哉？蓋志廣之士，恒薄令而若不足爲；庸陋之流，恒自薄而不修於職。薄令者曰：「是冗〔一〕且勞，又屈制於人，未足展吾志。」慊然日惟擢取之望，莫幸留焉。自薄者曰：「吾起卑末，縱勤乃事，誰知之者？亦終於此而已矣。」故惟其身圖之便，以爲令者類若是，又何暇於爲民與？故其職雖近民，而其所以使之，恒若遠而不相聞者。水旱厲疫之不期，轉於溝壑者相藉，强者至去而爲盜，猶不知恤焉。夫民之休戚懸乎令，而所遇恒然，其何賴哉？有存心於愛民者，得不惕而思乎？惕而思者，其肯薄令且自薄乎？玘待罪刑曹，聞少司寇鄠陵劉公稱其邑宰孫君之賢，可謂能惕而思，不自薄者也。公之言曰：「君以太學生選府軍衛經歷，豐城、懷寧二侯交章薦其才，銓曹異之，擢尹吾邑。吾邑地瘠民貧，賦役繁重，自君之來，民始獲蘇焉。其莅職勤，其持己廉，其臨政平而果，今吾一邑之民，老者嬉，壯者作，貧者有養，强無弗友，弱無自靡，皆其賜也。監司屢加旌奬，兹三載奏績，得榮書上考還任，其爲我一言以張之。」玘方病天下之令不賢者衆而哀民之窮困也，安

〔一〕冗，底本作「宂」，據六卷本改。

得如君者數十輩布置天下以蘇其民乎！且彼之自薄而不修於職者，謂上之不我知也。如君者，其始人固未之異也，克勤於職，而列侯薦其才，監司獎其績，銓曹最其考，而當路如公者又爲之表而張之，行且復有異擢焉，然則何患乎不己知而自薄也哉？此可以爲世之爲令者規矣，故不辭而爲之書，既以榮其歸，且以諗於爲令者。

送推府毛君序鑑案：唐選本作「送毛推府序」。

近制策名進士之科者，則俾觀政於六曹諸司，率半歲而後叙用之。今兹銓曹以内外多缺員曠職，請先於常格，遂以觀政之三月命官者五十餘人，急用才也。吾郡缺推官久，至是得吉水毛君。凡吾鄉士大夫之在朝者往候之，歸，喜而相語曰：「是必能舉其職者。蓋厥祖守滇之廣南，厥父爲屬浙藩，其爲政風流，雅矣。」而與君同舉進士者又相率來鑑案：此十二字排印本原缺，今據唐選本補請予文贈之。予郡人也，蓋與有其喜者，雖不吾請，固願有告焉。夫郡有守有貳佐，皆獲良焉，則治。然貳佐之職，推鞫尤重，何者？獄貴審冤，而守之所司者繁，或不及詳，重有輕，入有出，則刑之不平者多矣。於是有推鞫之官，其職則佐也，而刑由以平，民賴以無冤，故獨與守埒重。吾鄉俗重犯法，且事之下於理官者亡幾，訟庭常閑，視浙之諸郡，蓋易爲也。昔之能舉其職者固衆，然或因其易而慊且矜者亦有之矣。蓋狹中喜事者則慊其寂，曰：「吾何所爲？」即强出黑白，以與守抗，抉擿細微，鍛鍊文致，以自憒亂，而民以擾。志廣樂縱者則矜其簡，曰：「是何足爲？」日卧齋閣間，召而前，頤指教敕，頃刻獄具，使冤者不得吐其臆，鞫者無以畢其慮，而刑以頗。是二者雖勤怠不同，其失均耳。惟不以慊侵官，不以矜廢事，明而有執，慎而能斷，俶而克終，斯其良也。予家食時，見鄉之父老得其良也，愛之惟恐其去，聞有除命，則預憂之曰：「其良乎〔一〕否也？」今君之去，吾徒知之者固喜矣，安知父老不預以爲憂乎？未孚之先，民之情則然也。君以主上龍飛首舉之秀，先其同進受官服政而又承世家之儒業，其有以協上德、察民情、振家聲者，宜無不至，然則吾父老之喜也有日矣。昔曹參相齊大治，其去也，但以獄市爲寄，而蔡君謨之送〔二〕温州司理也，以與鼓瑟者游而言操刀爲言者之過，況予郡人也，蓋亦與有其憂者，故於其行，不敢指異事以贈。

壽葉氏母八十序 鑑案：此題原闕「八十」兩字，據唐選本補。

事無徵不信，有徵於人者，可盡信乎？予處京師六七年，交游弗知其不文也，猥以文事役之。至介壽之役，恒困焉，雖數辭去，然强而可焉者固多矣。問其素，無弗可稱焉，無弗可壽焉。事既相類，而辭亦相襲，雖予亦不能以皆信也。然而爲之稱者，非其子弟，則其姻黨，非達官貴人，亦章

〔一〕乎，六卷本作「以」。
〔二〕十二卷本「送」下有「桓」字。

縫之士也。其事非目所親，則耳所熟也，可盡疑乎？故稱之以其所稱而壽焉者亦多矣，而未如葉氏母之爲予所信者。蓋徐侍御朝儀於葉氏爲姻家，其言曰：「母顔姓，吾永康巨族，壽八十矣。歸於葉，事夫子如嚴君，訓二子庠者、田者如嚴師，飭分守不踰如烈士，而群於先後也，曹若處子，永康人爲婦爲母者，類則而稱焉。」侍御，信人也，其言固可信。言之信，則其壽也宜矣。夫以予所不能必信者，或耄且期，食久特之報，矧可信如母者耶？荀卿有言：「信信，信也；疑疑，亦信也。」予取而施之，斯其弗可乎？其弗可乎？

壽吴主事父母序

新安吴棟卿舉進士之三月，授工部主事。念父母且老，即日移病歸，歸再期至京，復拜疏求南，得改南户部。於是，棟卿之父存和翁年六十，母鄭六十又六矣。既先後迎致於官所，乃圖所以爲壽者，使以文請予。聞吴氏之先後多以儒顯名者，天衢公在元季尤爲虞、揭二學士所推重，傳六世至翁，皆隱不仕。而翁隱於賈，嘗游齊魯吴越間，以貲雄。有子二人，棟卿其長也，資遣業儒，而獨與其季賈。延禮明師，購異書不靳千金，棟卿又勤於其業，不數年，遂成進士，而吴氏復以儒顯者，以翁故也。新安俗故尚賈，今四方之賈多出新安，蓋其俗然也。微翁，雖棟卿之賢，欲自奮從事於儒，其可得哉？且鄒魯之俗，及其變也，猶多去文學而趨賈，章縫之家，一失其世守，遷爲異業，或遂以不振者，皆是也。而翁獨能自異於俗，以成其子而亢其宗，其亦可謂難矣。今之令甲有南北便養之文，所以廣爲孝也。然役於所事而不獲遂其私者，亦豈少也哉？夫有子而及其成，有親而逮於養，固人情之所甚榮而不可必得者，况成之之難而得之之兼如翁父子者乎！然則翁爲其難而必成，棟卿圖其私而必遂，殆天假之者也。昔太史公述貨殖，命曰「素封」，謂其無秩禄之奉、爵命之加，而樂與之並也。翁固隱於賈，而又身享其子之養，有秩禄之奉，推恩錫類，有爵命之加，其爲樂固非素封比。使遇太史公，其所以歆艷而侈予之者，奚啻如任公師史之流哉！顧予之辭陋，無能爲役，而棟卿之請不可以虚辱也，於是乎言。

送少參謝君之湖廣序

予家食時，雅聞謝官水部有治理聲，未與接也。及遊京師，辱以姻婭故，不予鄙，間獨過從，語古今揣摩事變，意見横出，下至星曆、堪輿、養生之説，類能握其領要，以術名家者或愧之。落筆爲歌詩，又皆蕭散可喜。蓋其挾負之奇且富如此，不獨長於治理也。然君不多爲人言，人亦少知之者，予獨竊異焉。其後君出督漕河，聲譽日與南舟俱至，自是上下交口稱其才。會群盜入淮徐，焚掠運艘，賴君得完者以萬計。盗攻沛，覘知君在，不敢犯。時司馬者即欲假君兵寄以備徐，而君代還矣。一二當路知君且遷，争欲薦致爲其土，銓部持之，乃復留君屯田。居數月，擢湖藩參議，專理邦賦。命始下，諸嘗欲薦致爲其土者，既以不得君爲慊，又以年勞久爲負屈稱。予曰：「是殆司銓者之重於處君也。獨不聞湖湘之事乎？往年湖湘大歉〔一〕，天子惻然，下賑恤之詔，爲遣重臣以往，而任其事者乃更爲暴征以朘削之。民不堪命，始去而爲盜，不數年，群盜遂徧滿於山東江右三川之間，至今爲梗，則湖湘固首禍之地也。蓋其土壤廣衍而瘠，賦繁而多逋，天災流行，轉死失業者相踵，其民固易爲盜，深山長谷，奸宄往往竄伏其間。一夫挺刃，輒蟻聚蜂起，其寖蔓於天下，亦勢然也。而往者之變，實以暴征釀成之。則今之任理賦者，顧可非其人哉？夫驅民爲盜，一人壞之而有餘，弭盜爲民，積歲休之而未復。議者徒以江右川蜀之間方煩軍旅以爲憂，而忘湖湘之首禍。其地多戰争，自古已然。在今日，懲往失，布寬令，尤宜先且急者。然則用君於湖藩，詎非權天下之急，重其才而處之者與？夫欲得君爲其土者，獨爲一隅計耳。先一隅而後天下，豈司銓者之宜哉？以君之聲譽烝然於上下，而天下之任尚有大於理賦者，固唯才之求，階是而起，其孰能禦之？此未足爲君屈也。」予既以語人，而君之同官者來，以贈言爲屬，因書以塞請鑑案：此二十二字排印本原闕，今據唐選本補。若夫瀟、霍、九疑之勝，洞庭波濤之壯，君素好遊者，充其所挾負，當又有出於治理之外者矣。

應天府鄉試録序

今天子嗣大統之元年，百度既貞，乃秋八月，有事於選舉，臣玘臣鑾奉命鑑案：「命」字原闕，據唐選

〔一〕歉，十一卷本作「嗛」。

本補主應天府試事。蓋自國初至今，率三歲一舉，著於令甲。而是舉也，當紀元之始，其事加重矣。臣等拜命，兢惕惟不得士以仰裨維新之治是懼。既至，則與提調臣震、臣天叙，同考臣軾、臣維恭、臣敏、臣一寧、臣思仁、臣璵、臣資、臣宗元、臣兑，監試臣朝鳳、臣儼，更相戒誓，而後即事。將六館諸曹及提學御史蕭鳴鳳所簡諸郡之士就試者二千七百有奇，遵制額取百三十有五人，并刻其文二十篇，彙爲録，凡再旬而試事畢。臣惟天下未嘗無才，而其出也，實與氣數相爲流通。昔孔子稱周道之盛也，曰：「耆欲將至，有開必先，天降時雨，山川出雲。」説者曰：「耆欲，猶福祥也，謂其王天下之期將至也。天之所啓，必先爲之生才，譬若時雨，山川之雲先之矣。」故文王之受命也，思皇多士，生於王國；宣王之中興也，詩人歌之，亦曰「生甫及申」。天人之相感，非偶然者。南畿，我聖祖肇基之地也。維時佐命元勳相與遏亂略致太平者，大率多東南之産，蓋與文之多士生於王國者同焉。皇上龍飛藩邸，握符傳序而海内晏然，六府順序，百嘉鬯遂，惟天實啓之。太號初涣，遐邇奮起，嚮風承德，以後爲羞，休光盛烈，無讓周宣矣。矧兹紀元取士之始，山川出雲之期，其必有異才者應時而出，以佐維新之治，若申甫之於周乎！且氣之感也，必於其類。多士生於王國，佐命産於東南，以是徵之，安知若人者不出南畿之選耶？夫《崧高》《烝民》之詩，所以美宣王也，他日有頌主上治理之成功而及其效忠宣力之士所謂如申如甫者果出於今日南畿之選，豈非主司之所願望？臣愚，獲侍講幄，仰見皇上虚己求賢德意甚至，故於斯録之成也，僭有所述，既以得士爲賀，且爲南畿之士風焉。

會試録後序

我國家設科取士，著爲定式。皇上臨御之五年，會試者再矣。玆試也，臣玘猥以職事被命與考校，大懼弗明，無以仰副聖天子側席求賢之盛意，竊自惟念曰：「今取士之法，必以言者，豈以言固足以知人哉？蓋世變俗澆，以孝廉則失之謬，以辟署則失之詭，限年失之同，九品失之徇，銓授失之雜，其勢不得不一歸之科舉而考之以言。然謂言不足以知人，亦非也。宋儒朱熹嘗推《易》之理以觀人，謂凡陽之類必明，明則易知；凡陰之類必暗，暗則難測。故其人之光明正大疏暢洞達無纖芥可疑者，必君子也；淟涊詭怪閃倏狡獪不可方物者，必小人也。觀人之法，固無要於此者。愚以爲考之於言也，亦然。嘗試觀古人之文，凡所謂君子者，其爲言也，有弗明白正大而暢達者乎？其或反是，則淟涊詭怪閃倏狡獪之情狀，形之乎文，亦自有不可掩者。使司考校者執是説而求之，其於因言以知人也，亦何難之有？既陛辭入院，則以語於諸同事者，初試經書，所命題必傳注顯明可據，再試三試，類不難以隱僻。蓋既以意示之，而於校閲之際，必其辭之根於理切於世故明白正大可以信其人者，然後取之。反是，弗得與焉。以爲一時君子之類，庶由是而進，以副皇上側席之所求，以裨國家實用，而未知其果能因言知人如熹之説否也。雖然，權之不可欺以輕重，度之不可欺以短長者，惟其公也，臣等亦共竭此心，期於公無私而已矣。諸士與斯選者，其尚毋忘乃言，以君子自勵，裒然爲科目光，而主司亦幸獲知言之名哉。」録既成，臣敢附是説於後，若乃試事之詳，大學士臣詠既序之矣，臣可略也。

贈包約之司訓序

約之，楓山先生之門弟子也。先生以道德師表一世，尤慎許可，約之在群弟子中多所領解，先生亟稱焉。顧試於鄉有司，輒不利。約之素愿慤，不事表暴，又偃蹇黌〔一〕校，人以故少知之者，而獨以醫聞。今年春，充貢上京師，居數月，醫名遂滿縉紳間，延請禮致無虚日，而京師之名能醫者幾廢。嗟乎，約之之賢，其可重者不獨醫也，而人顧獨以醫知約之，使知約之之賢者皆如知其醫，豈至老黌校間哉？此世所以多遺才之歎也。約之將分教濟寧，邀予以言贈。予曰：「醫固不足以知約之，然予所以爲約之贈者，雖以醫可也。夫教猶醫也，身病是故賴於醫，心病是故賴於教。醫盲其方，賊人之身；教盲其方，賊人之心。約之之於醫，動準古方，既數以著奇效矣，今之於教也，其獨不然？而忘先王之所爲教者乎？夫先王之所爲教，是即古之方也。試舉而用之，必且著奇效焉。則世之知約之者，其獨醫也乎？其毋亦曰吾固醫焉耳矣。」

送福清夏文韶分教萍鄉序

福清，閩邑也。閩之士邃於談經，而《易》與《詩》尤名爲邃，章鈎字摘，箕揉而珠綴之，灑然可

〔一〕黌，六卷本作「横」，下同。

聽。自四方之業舉子者争據其説以爲真，决科發身，往往由之，而亦或用以取敗。至有深信確守，勤一世以盡心於佔畢間，而不獲一第者，雖閩之士亦然。若夏君文韶之於福清，談經而邃者也，少爲學官弟子，即有英稱，屢試於鄉，不合，年且餘五十矣。正德丙寅，以明經貢於禮部。或惜其才，留再試，圖後效，文韶喟曰：「童而習之，白首紛如也，何更試爲？」意若有所懲者，乃從吏部試，得萍鄉學訓導。於是鄉之大夫士宦遊京師者多爲詩以華其行，而翰林庶吉士黄君希武偕文韶過余，曰：「願一言以規。」予謂敎學無二道，文韶以《詩》筮仕，出其緒餘以傳諸徒可矣，奚以余言爲哉？希武笑云：「彼方懲於舊而新是圖，請勿辭。」乃告之曰：「國朝立學建官，以六經爲教。三歲設科，非通經者弗取。於是六經之説，家授而人習之，如布粟然，可謂盛矣。然而漸染之弊，遂目以爲取利禄之資，故其所習者是也，而所以習之者則非也。《詩》之爲經，其詞微以婉，其聲和以平，其義博以奥，其用使人得夫情性之正，故孔子之解經曰：『温柔敦厚，《詩》教也。』而以從政專對爲誦《詩》之益，豈徒掇其糟粕發爲文辭以取利禄也哉？今既不此之務，又從而割裂傅會之，不求其端，不要其止，巧比逆合，以爲必售之術，師以是爲教，弟子以是爲學，相沿而不已，借使能决科發身，要亦無得於《詩》所謂『亦奚以爲』者，矧時以取敗忒，勤一世而無成？而世之談《詩》者，猶曰不如是不足以爲《詩》，可哀也已。夫困心衡慮而後作，人之情也。己之不淑，而又貽誤於人，仁者不爲也。文韶屢試不合，愓然悟其談經之非，兹其往也，其亦反今之習以爲教乎？」文韶避席曰：「敬聞命矣。」遂書此以贈，并以諗夫今之談經者。

恩遇録序

鑑案：此序鈔本未全，且無目録，今姑附本卷末，并補目。

《恩遇録》者，少師石齋公以一品九載後，又滿三載，維時被恩甚隆，有太傅之特秩，有禮部之燕饗，有璽書之褒諭，公辭太傅不拜，又有温旨之慰答。燕饗之日，兼值公初度，其形諸美頌者，有少傅湘源公之序，有少保東萊、鉛山二公及館閣諸君子之詩歌，總彙爲是録，公命玘贅一言於後。玘讀而歎曰：「於戲，公之遇也，豈惟以一身榮已哉！乃天下之有遇於公也！夫君臣相遇，自古爲難，其間或數百年而一遇，而數百年間有所遇者，亦豈無故而偶然哉？蓋天將佑人國，必爲生若人以預擬之，其感合聚會不相後先而適相遇，有非人力可得而與焉者。若陸宣公之於興元，韓魏公之於嘉祐、治平，司馬温公之於元祐。當是時也，不有若人者出乎其間，以力任天下之重，則唐宋之事殆未可知已。公以神童起西蜀，入官翰林，負台輔之重望久矣。方其未大用也，當我國家泰寧之時，公若無所於見者。至正德末，群奸竊柄，逆藩稱兵，鑾輿外幸，國本未立，天下之勢且岌岌矣，公於其間匡持調護，不懾不隨，卒賴以無虞。及決定大策，奉迎君上，入繼大統，潛折奸萌，剗剔宿蠹，宗社載安，中外底定，論者謂公於改元詔令，似陸危疑不動。

中峰集卷五

明會稽董玘文玉撰　族孫金鑑重校刊

記傳類

雲崖書屋記

茶陵之山有曰雲陽者，秀特爲諸山最。揮使王君天錫爲郡校弟子時，旅遊其下，見層峰崒起，巑巒飛走，奔迅往復，若奮擊狀；盤迴百餘里，綺縮繡錯，聯嵐四帀，若爲境保障然。又時出雲以雨境内之田，有及物功，慨焉樂之，因自號雲崖。復築室於其居之東，與山相值〔一〕，榜曰「雲崖書屋」，日弦誦其間，忘其爲貴胄，有勳廕可恃也。既而重絶世業，乃受父代，服武弁，則又日吟嘯其間，若不屑事事者。或嘲之曰：「子惡取於雲崖哉？夫雲膚寸而合，不崇朝而雨天下，使槁瘁甦，百植遂，子豈有是歟？獨長攝戎伍，以奮擊保障爲職，若將取象於是山者，顧乃泄泄而居，默默而

〔一〕值，十一卷本作「植」。

嬉，曾不知習金鼓爲事，據徼合變，躡附風雲，以大祖業遺後胤圖，方嗚然獵美稱自居，不已惑歟？」天錫逌然而笑曰：「客將索我於形耶？且吾幼而有志，欲階文舉以自見，亦既弗遂已矣。方今天下承平，四夷賓服，兵木無刃，吾雖欲出奇奮智，建斬將搴旗之功，逞志伊吾，效命馬革，何可得哉？夫李廣不遇高帝，終於不侯；衛、霍以遭逢，遠迹羊豕之間。故行不得忘先而自成，功不得背時而獨章，自勞於人之所弗用，取忤於世之所諱聞，智者弗爲也。吾獨愛是山之秀特及雲之變態，仰而遨，俛而哦，雲之烝烝，吾朝〔一〕載興，雲之悠悠，吾暮而休，以此自樂，不亦可乎？」於是州守林君粹夫聞其言而異之，爲賦《雲崖詩》，縉紳能詩者相繼有作。又數歲，其子衮來遊太學，以予世父亦嘗守是州也，具以事語予鑑案：此十一字原闕，今據唐選本補請記。天錫署衛篆，以廉稱，嘗從征南夷，有勞。又著《邊務》及《古今名將優劣》二策，舉切時規。迹其自言，其取於雲崖也，信有志哉。

一樂堂記

一樂堂者，志樂也。作堂者爲都給事中臨汾張君，其稱曰：「世之可樂者，衆矣，吾竊有味乎孟軻氏之言樂也。夫父母兄弟，所性之樂也，而説者以爲繫乎天，謂其不能必有也。天乃幸吾厚焉，吾父壽七十，吾母六十有八，皆亡恙，又以吾故同被封命。而吾諸兄弟又皆有子，歲時舉酒相屬，

〔一〕吾朝，六卷本作「朝吾」。

燕語一堂，謂天不吾厚不可也。始吾之遊鄉校也，吾同業之士幾百人，靡怙若恃者半，終鮮者半，所謂存與無故者，不能什一焉。及吾舉進士，吾同榜者三百人，以録計之，有永感者，有嚴侍若慈侍者，具慶而又有兄弟者，不能什一焉。其後吾出爲令，入官於朝，未數歲也，而昔之侍者或亦不存，慶者或爲感矣，其具慶而有封命之及者，又不能什一焉，而兄若弟之多故，又弗與也。以吾一鄉如是，則天下可類知也，以吾一榜如是，吾前後者又可類知也，故曰天也。夫其不能必有於天也，則吾有之而樂也，可無志乎？請爲我發之。」玘應之曰：「君以人之不能必有於天而樂也，亦知有之而弗樂者乎？夫以所性之樂，宜無不然者，而其樂也，蓋亦不能以什一。孔子之讀《詩》也，至『兄弟既翕，和樂且耽』，曰：『父母其順矣乎！』夫弗順則弗樂矣，世固有貴爲王公而不得於親，禄足以及其朋友故舊而薄於兄弟，玆非戾其性與？夫戾其性者，非天也。或盡性矣，而又有不然者。聖人，盡性之極也，不幸而如舜之父子、周公之兄弟，其樂乎否也？蓋舜之憂如無所歸，而周公不免有過，彼不幸而不遇於父母兄弟也，雖大聖且然，況衆人乎？夫其樂繫乎天也，既不可以必有，有之而戾其性，或弗樂焉。而盡性如聖人，又或弗能有也，然後知君之樂而堂之不可無志也。登斯堂者，其亦有感於斯乎？」

閒菴記

婺源之桃溪有宅一區，亭榭幽閴，林樾蒼潤，山迴水遶，不知出逕者，閒菴潘翁之所居也。翁雅性樸素，與世無争，嘗以子官大理被封命，視冠服若束己者。既扁其居曰「閒菴」，因自號焉。其所如往，坐嘯終日，人莫識其意也。獨從子二人曰散叟、澹叟者時從之遊。客或過而問之曰：「翁獨欲閒乎？士乎？農乎？工若賈乎？夫各有所業也，翁豈不居一於是乎？」曰：「吾猶夫人也，安能逃於四者之外哉？」客曰：「然則翁固士乎？少而不學謀乎？壯而不禄謀乎？老而不子孫謀乎？而獨閒者乎？」曰：「吾本不仕，且以《詩》《書》遺子孫矣。」客曰：「其然也，無門庭之日接乎？無井邑親旅之交、輪鞅之過乎？無官府之飲射乎？」曰：「吾已匿迹而簡出矣。」客曰：「夫信欲閒者乎，則何爲而山乎？水乎？林樾乎？亭榭乎？圃畦乎？松乎？竹乎？泉石之愛乎？此亦有所累也，而非擾擾乎？」曰：「是鑑案：「是」字原闕，據唐選本補誠有之，然吾亦惟適之安耳。」客曰：「雖然，其終能閒乎？夫目能無視乎？耳能無聽乎？口能無嚐、手足能無爲乎？而翁將黜其用乎？」曰：「是吾安能哉？吾視猶夫人也，然而人於錦繡之觀，珠璣金玉之玩，曼冶之容，充其目而不足也，則吾目閒；吾聽猶夫人也，然而人迷於喧鬬之叢，是非毁譽盈其耳而不反也，則吾耳閒；吾足猶夫人也，然而人之奔走公卿之門，履危機而不已也，則吾足閒；吾手猶夫人也，然而人牙籌尺寸簿書刀筆之不離也，則吾手閒；吾口猶夫人也，然而人市言利而朝言名也，則吾口閒。吾耳目閒，手足閒，口閒，則吾心閒，心閒而形不勞，此吾所謂閒也。」客曰：「遠哉，其言之乎！翁信閒矣。使皆閒乎，其誰禹稷？使皆不閒乎，其誰巢許？且吾聞之也，君子有所閒，有所弗閒。有所閒者，人也；有所弗閒者，天也。有事而無事，閒之道也。翁一以無事爲閒乎？」於是散、澹二叟揖翁起，遂去之林間，顧謂客曰：「翁方欲閒，而皤皤然自明也，不已過哉？子姑已。」

荷塘義倉記

荷塘義倉在增城縣之甘泉都，故封太孺人湛母所建者。太孺人有子曰若水，既官太史氏，迎養京師，諸所與交際爲太孺人壽者及禄入之羸，必以歸太孺人，歲久，積凡若干金。其没也，遺命以易穀，爲倉於荷塘之漬，所以濟近都之貧無種本者。太史君既奉命以從事，乃具爲條約，請里中耆艾之雅行者二人主之，而湛氏不得私焉。時耕以貸，時刈以斂，貸以户爲率而籍其數，斂以斛加耗而捐其息，濫冒有稽，惰廢有罰。又慮其久而或墜也，屬予記其事於石，以視來者。予惟近世所謂義倉，皆公家之儲，其設也以州若縣，而不及於鄉。子朱子蓋嘗病之，始倣古法作社倉於崇安，人以爲便，然其粟假之有司，上説下教，更數年而始成。東萊吕伯恭氏嘗欲屬諸鄉人士大夫相與糾合而行之，不以煩於有司，而卒不果爲。其後東萊之門人潘叔度者出家廩，行之於婺，朱子亟嘉歎焉，而當時猶不能不以爲疑，蓋爲義之難如此。若孺人者，所事不踰閫閾，而垂没之命乃猶及乎此，以德其鄉之人，此其賢也，豈獨婦人女子之所少與？今州縣之所藏既不以時發，閭里之雄坐操利權，歲取倍稱之息，而貧民爭趨之者，非是則無所於貸也。使一鄉之間，力能爲者，皆如太孺人之爲，則其法雖不必出於上，而亦豈非王政之助也哉？太史君方以儒嚮用，又慨然以復古爲任者，他日推太孺人之志以廣朱、吕之澤，予知其所濟者不獨都里之近而已也。是倉也，爲屋若干楹，爲穀若干石，其所爲條約，多本崇安社倉之舊，不曰社而曰義者，蓋有餘以予鄰里鄉黨，固仲尼所謂義云。

中峰書屋記

世稱東山之勝者，必曰兩眺，蓋其山外峭而迴隱，自下而望，不知其弘敞可居也。步其上，始見棟宇，即太傅故址今爲寺者。四面阻山，林木蔽掩，又若不知其所出，於瓌〔一〕奇絶特之觀，登覽嘯傲之適，必於兩眺而後得之。而東眺偏左，遊者希至，故西眺又專其勝焉。予家近在山下，客至，未嘗不與遊，然亦止於所謂兩眺者，而未始知中峰之勝。丁丑之夏，蒙恩賜告歸，一日循東眺而下，得隙地，可二畝許，其前皆惡木蒙翳，榛莽塞道，蓋人迹所不至者。仰視其上，有小峰焉，攀援而登，其後諸山左右環列，勢若城郭，而其中峰自遠而來，若斷若續，若飛若舞，盤亘而下於所謂小峰者，又分而爲二，則東西眺也，而兹峰適當兩眺之中，予駭然異之，乃即隙地伐惡木，去榛莽，前指後畫，心舒目行，忽焉若飄浮上騰以臨雲氣，萬山面内，重江束隘，常所未睹，倏然互見，以爲踴躍奮迅而出也。

春暉堂記

予友侍御蘭谿唐君嘗作堂，爲奉母之所，名之曰春暉之堂，而屬記於予，且曰：「吾母之歸，值吾

〔一〕瓌，底本作「環」，據十一卷本改。

家貧甚，事吾大父母，拮据爲養，比其没也，脱簪珥以營喪葬，飲食湯藥不假手於婢。先君治家嗃嗃，曲爲承順，始終無忤色。教吾兄弟，劬勞尤甚，聞有善行則喜，小有過則怒。蓋里中稱婦賢者，必曰先君；稱母賢者，必及吾兄弟。今春秋六十，康强無恙，顧吾無以致吾心者，竊於孟郊東野之言有感焉，此堂之所以名也。願爲我記之。」予觀《小雅・蓼莪》之詩曰：「欲報之德，昊天罔極。」言父母之恩如天也。而其自比，則曰：「匪莪伊蒿。」蒿亦草也。寸草、春暉之喻，東野蓋亦本此。雖其爲辭不同，而皆善言孝子之心者也。夫昊天之所覆，春暉之所煦，其不爲一物明矣，而孝子之心每自託焉，以見親之爲德，其浩大而無窮者如此，蓋雖竭其力以終身，而慊然真若不能自殊於物者。然非從事於此而身允蹈之，亦孰能大有味乎其言哉？君起甲科，官内臺，有禄入之奉，有封典之錫，可謂能榮其親，而其心若不自足，乃退託於窮人之辭以名其堂，於是可以知君之孝矣。顧嘗聞曾子之言孝有三：小用力，中用勞，其大不匱。不匱者，博施之謂也。君之所以爲孝者，豈徒區區力與勞之間哉？夫春，仁也，仁者不私其身，故其事親也如事天，而事天如事親，斷一木，戕一獸，不以其時，謂之非孝與仁，其致一也。以春暉喻母，亦既以天事親，以親事天而與物同其春者，獨非君之任與？夫以事天爲任，則先天下之憂，若以爲親憂；後天下之樂，斯以爲親樂。而所謂力與勞者，曾足以爲孝與？揚子雲曰：「事父母，自知不足者，其舜乎！」舜稱大孝，亦惟不自足而已矣。君清修好學，抱用世之志。初爲郯令，會寇擾山東，能守城捍患，郯之人至欲尸而祝之。及爲内臺，數慷慨論大事，出按於滇，剔伏蠹，抑權幸，公察舉，嚴法令，凡滇之利害，知無不言，言無不盡，其名迹所起，固將有天下之任者。予故推仁孝之説以爲之記，且以相君之志。他日功利博施，如春之無所不被，而人亦因以成其親之名，曰：「幸哉，有子如此。」則所以報其親者，不既多乎？而奚寸草之云？

南山十五勝記

浙多名山，在越者尤雄絶天下，故越之山於浙爲勝。環越治千里，山皆秀拔，然衆奇攢蹙，無與南山者競，故南山在越爲尤勝。南山距越城三舍許，提學潘公於是作藏修息遊之所焉。蓋是山起自天台，奔馳雲矗，亘數十百里，結秀於兹。背接金壘，首枕姚江，萬山來朝，勢若星拱，冬夏蒼翠，悠然可愛。中峰峨峨，登之毛骨竦然，若飄浮上騰而遊廣寒也，故其名曰大寒峰。左右有臺，前淼五湖，萬頃沉碧，良辰偶坐，有助吟適，故名曰詠湖。中有層臺，北臨大海，驚潮突來，峨湧雷迅，一覽可極，故名曰望潮，乃大寒峰之絶頂也。大寒峰之西北有峰，其氣蕭然一也，其形僂然俯也，因名曰小寒峰。小寒峰之下，有地廣數百步，廓然而塏，坦然而夷，南山書堂建焉。南山之西，有谷岈然，名曰靈蓍，昭其産也。谷之東，有井洌然，名曰寒泉，嘉其性也。井之北百步許，有巒岙如，名曰大寒〔一〕岙鑑案：「大寒岙」唐選本作「大雲岙」，氣之自出也。岙之側，有山昂然來、屹然峙者，其名曰鷹山。鷹山之西北有山，伏而復起，雙巒若翼，兩池若目，其名曰鳳山，形之肖也。鳳山之南，有平

〔一〕寒，六卷本作「雲」。

麓，元朱白雲遁世於斯，因名之曰雲麓，表幽躅也。東有茂林，乃先世顯謨公養高之所，因名之曰月林。林之北有峽，顯謨公舊於其下彈琴自適，因名之曰清風峽，存祖武也。林之南有閣，客至款坐，飲以香茗，其名曰浮香。閣之下有溪，夾以桃樹，飛花逐湍，其名曰疊錦閣，言其清溪，取其文也。凡茲十四勝者，皆迴巧獻技以麗於南山書堂，而書堂前有研珠池，後有太極窩，左有牛首山、石蟹澗，右有悠然巖、清斯沼，蓋自足爲一勝，而又衆勝之攸會也，故名其勝者總曰南山。玘嘗從公及諸同遊者步而觀焉，信其尤勝於吾越也。然因公之作，揆公之情，有不獨在於山原林麓木石水泉之勝者。蓋井冽寒泉，其中正之道得之；谷叢靈蓍，其神明之蘊以之；極目湖海，其學識之宏深像之。寒峰天聳，錦溪地麗，其行之獨立、文之經緯法之；鳳山形儀，鷹山勢奮，其出處之時、遇事敢言之勇如之。岙出雲雨，寓仁民育物之心；峽激清風，表廉頑立懦之節；飛閣浮香，入淡而不厭之味。步月林之下，則想霽月之襟懷；立雲麓之上，而追白雲之高尚。然則公之於鑑案：「於」字原闕，據唐選本補南山也，德合焉，志昭焉，情亦以寓焉，固不專以山原林麓木石水泉之勝也。昔永州之山得子厚之文以華之，遂顯於天下，聞諸後世，况公講學著書，唱道東南，而適於茲山寄其仁知之情，則南山之名豈獨稱勝於吾越而已哉？觀洛山而興思，望武夷而仰止者，將於是乎在。諸同遊者皆曰：「若子之言。」遂以志之。

師儉堂記

太子太保、户部尚書、武英殿大學士戒菴靳公作堂於京口之私第，高廣之度，斲雘之觀，咸殺以從朴。既成，名之曰師儉之堂，而命玘爲之記。玘辭不獲，則請曰：「師儉云者，豈有取於漢酇侯之語與？」公曰：「吾因其語，非師其意，《書》之稱禹曰『克勤於邦，克儉於家』，吾以儉之一言，百善之所本也，將以爲吾子孫訓。蓋儉與奢對，奢則其心侈，侈則逸，逸則忘善而不善生焉；儉則其心約，約則思，思則知不善而善生焉。夫子曰：『以約失之〔一〕者鮮矣。』至於《禮》也，亦曰『寧儉』。先王之制，自公卿至於庶人，宮室服御莫不有等，其功大者其饗厚，其功末者其報微，是故分定而教成。及禮之壞也，相尚以侈而不知其非，若世禄之子孫，席寵舊，敗禮度，又有甚焉者。夫防之於始則易，明之以分則安，此吾之志也。」玘退而歎曰：「遠哉，公之名堂，豈惟昭儉德以爲子孫訓，而其所以相天下者從可識已。夫古之正天下者，必自家始。大臣之奉公，未有不忘其私者。禹之勤於邦，亦唯其儉於家也。使宮室之弗卑，飲食衣服之必厚，禹且自爲之不足矣，其何以美黻冕、孝鬼神而盡力於溝洫哉？然則禹之儉，乃其所以成允成功而仲尼所謂無間然者也。公以碩德令聞，爲天子所倚任，屬四方多故，贊襄左右，憂形乎色，孚發乎志，一言之入，有替有獻，而天下陰賴其功。至於燕居之微，所以律其身而訓於家者乃如此，則其夙夜之所事，勳烈之所極，奠社稷而銘鼎彝者，詎可量哉？昔李文靖治第，僅容旋馬，希文且老，不患無居，皆稱宋名相。而其爲言者，則不過以寬隘爲譬、外形骸爲達而已，其意固無以大異於酇侯之云者，豈若公之上取訓於禹，探善

〔一〕之，據十二卷本補。

本，明功分，將以成教乎天下，言近而旨遠，不獨爲公之子孫者所當世守而勿忘也。玘不佞，敢具述公之訓，且推其志之所存者以爲記，使後之考論相業者徵焉。是堂也，爲所居之正寢，其左爲祠堂，又其前爲敦叙堂，其右爲誦抑齋，其後爲光霽樓，其名義皆取諸古，以别有記，兹不著。

龍山石路記

龍山在歙之棠樾東，去徽治十五里，北走寧國、太平三郡之人交會往返道所自出，峻險且隘，霖潦霤，寖爲坎窞，行者咨嗟。居人鮑君倫乃謀除之，鑿隘以寬，砥險以坦，遂爲四達之衢。起舍南慈孝坊，亘山而北，抵沙溪橋，凡千二百丈有奇，匠工傭食之資，鐵石之費，咸以百計。工垂成而君没，其子以濳卒任完之。又作亭山麓，當忠烈廟下，爲憩息之所。以家君嘗宰黟，黟爲歙鄰邑，乃乞書走京師，屬予記之，曰：「庶來者有考焉，以無泯先德。」予讀《周禮》，歎先王爲治之迹寖以廢壞，於是重有感焉。夫道涂，王政之一事耳，有野廬氏掌達國路至於四畿，有司險植之林以爲阻固，有候人以司其方，有合方氏以一其度，有量人以書其數，而時雨將降，則有開通之令，雨畢有除道之教。噫，何其丁寧以急也。蓋所以休養天下於無爲者，既盡其道，而必爲之經制，自城郭墻塹溝澮渠川以至於徑畛涂道杠梁無所不備，而後天下之利盡。而道涂之設，所以致天下之人，同四方之軌，而合其情、宣其政、通其利者，亦必以爲急而不敢後。故道茀若塞，單襄公知陳之無政；以時平易，子産美晋文之宜霸。蓋於此占政令之修廢，考王教之存亡焉。而今世吏者鮮加之意，其所謂能者，簿書刀筆之餘，卒粉飾廨宇，營葺亭池，爲無益之興作，而不及於民。雖溝渠堤防民所依以爲命者，亦以爲不急之務而不暇爲，而況於道路哉！於是時有能以其餘力平其險阻，爲一方之利如鮑君父子者，不亦賢矣乎？然使平易道路之政不出於上而出於下之人，則世之爲吏者可知矣。夫有利物之心，雖以匹夫之賤，行之於一鄉，尚有所濟，矧在上者因其勢之所得爲，凡王政之所急者，一加之意，其爲利豈有量哉？夫樂道人之善，君子之心也，而又可以規吏政焉，故不辭而書之。

玉山縣重建廟學記代作

高皇帝肇造華夏，即詔天下郡縣洗新廟學，更化斯人。當是時，玉山之學已建，而規未及宏也。其後，壞而復修，亦因其舊。今上嗣大寶，惓惓教事，乃至諸道專以是課司牧之殿最。弘治丁巳，吾郡守王公仰承德意及按部諸公之檄，用宏茲學，以縣令朱君某總其事，以民之義而材者十有二人董其役，以帑藏之餘錢給其費，百需庶爲，靡不經度。既而朱君以事去任。庚申之夏，孫君時望代至，稽工責實，越三月而告成。視舊學，擴地蓋四之一，增棟亦幾之。上自禮殿，微至饌房，悉完具美，士俗驚嗟。孫君於是遣使以鄉先生周雲翔書來，屬余爲記，且曰：「庶有告於斯乎！」余惟今天下之學師祀孔子及其徒，而諸生則習舉業，是固以舉業學夫子矣。不然，則進而謁廟，瞻仰巍巍，夫子之道自一道也；退而執經，口耳沾沾，諸生之學又一學也。是豈國家設教之意哉？蓋舉業所務者六經，茲非夫子所述以教其門人與萬世者乎？所兼者子史，茲非六經之裔而後儒所以紹夫子者乎？學不外是，特舉之之際，不得不即言以驗之耳。而遽以文體不類爲病，余謂不足以爲病也。嗚呼，古樂今樂，愛民則同；古學今學，志道則一。苟志於道，雖舉業亦集義之方；苟不志道，雖四術亦假仁之具。故學以立志爲本也。然則今之士必從舉業而學夫子，乃可沈涵於章句之間，撰擇於論述之際，守典常以方其行，積道藝以周其用，夫子之教如是而已。彼規規於詞文之末，未舉則獵經以徇利，既舉則併與其所爲者而棄之，終身無一字可用，是舉業之賊也。

張處士傳

張處士名綸，字用理，杭之仁和人也，以一布衣終於家，而仁和之人識與不識皆曰：「是善人長者，而今亡矣。」其葬也，有銘，有表，有誄，其稱予惋慕，有達官貴勢之所弗及者。嗟乎，處士何以得此於人人哉？處士少即代父事，不及學，其行履率依忠厚，嘗以厚名齋，曰：「此吾所以志也。」治家不爲私蓄，父没，哀毁骨立。及喪母，年過六十矣，毁如初，作永思菴於墓側，歲時祀享，雖疾不以諉諸人。愛諸弟，多所推予。弟被逮，挺身代之。幼侄失恃，保護如己出。平居自奉甚約，慶弔問遺，雖疏遠不廢。見邑中貧病者，輒爲致醫，不幸死，資而葬之，歲常數十人。嗟乎，自先王孝友任卹之教微，而父子兄弟以及鄉黨之際，其稱鮮矣，有如處士者，可不謂難哉？夫挾訾攝柄，其存也，容或游媚取合焉，比其死，是非定矣，而處士獨以布衣著稱。語曰：「修之家，其德乃餘；修之鄉，其德乃長。」處士近之矣。初，處士之從子刑部主事元吉與余游，數爲余道其世父事。及余省覲還，道杭而處士没，其子應祉、應祐衰絰杖跣，泣請余爲傳，曰：「將以藏於家。」余以處士名迹著在人者如是，奚庸傳？辭之五六反而請益堅，既又以主事書來，曰：「吾弟以不得史氏之言爲無以託其父於永久也。昔之圬者、市藥者、業種樹者皆可傳，吾世父顧不得與若人比與？且三人也，誠有所激而傳之者。吾邦之俗，薄亦甚矣，傳處士非亦有所激者類邪？」余感其言，乃爲叙次而論之，至其世系名氏生卒載他文者，皆弗著。

中峰集卷六

明會稽董玘文玉撰　族孫金鑑重校刊

書札類

答大司成章楓山先生書[一]

吏自南雍來，承惠寄《朱子語略》，極知規勉之意。第愧蹇劣，不足以當厚望耳。邇者先生懇求謝事，且極言時政，高風直節，邈乎其不可留。玘忝門下，於先生之志，知之頗真，亟言諸秉國鈞者，請全高尚，皆云不可釋此老成人以虧國體。玘謂崇之以虚禮，不若待之以誠心，道不行，言不用，而徒曰重此老成人，恐於國體尤有損也。聽者終不回。竊意先生膺命而起，不合而止，退進之機，固有在我而不由人者。飄然託疾，去而後請，或亦可行。蓋今之士皆有好德之良心，而無用賢之實意。不如是，斷無以遂先生之高也。玘蒙愛最深，受教最多，故敢妄布區區，然權度之精，又

〔一〕此題十一卷本作「答楓山先生書」。

有非淺陋之所能窺者，惟先生裁之。

答楓山先生書〔一〕

令嗣來辱教帖兼佳貺，拜受無任愧悚。陳情疏上，敬以尊命達諸當道，數公皆知高尚之志不可復屈，奏從所請。進退，儒者大節，先生所處始終無愧矣，而某於此竊有感焉。先生憂世之心，經濟之略，蘊積數十年，曾不得一試，使斯人復睹伊周之盛，而顧比迹於潔身以全其高者，豈天未欲平治天下耶？然而古之人亦有然者矣。其道雖不行於一時，猶可傳諸後世。方今士狃見聞，聖學湮微，隱居之暇，出其所有，書之簡策，繼往聖之墜緒，開來學於無窮，其爲澤不遠且大與？則天意亦或有在也。昔嘗聞先生言，深以輕自著書爲非，先生之心蓋若有慊焉者。然彼無其實而欲竊其名，祇足以供千古之一哂者，誠非也。若道果在是，乃懲於彼而使微言不闡於世，無乃不可乎？伏惟以斯文爲意，無多讓，至願，至願。時下想貴恙已平復，天相哲人，萬無他虞。某曩承誨誘，頗知所向，竊恨其時輕去左右，不獲卒聞精微之論，然亦恨粗淺，不能聞一反三，以爲授教之地也。謹佩來教，勉求其所未至，他日得告歸而就正焉，或不爲醉夢者以忝所生，此夙夜所懷而不忘者也。遥瞻講壇，不勝馳仰，臨楮耿耿，不盡所言。

〔一〕此題十一卷本作「答大司成章老先生書」。

上六伯父書

比收家書，知伯父納福倍常，不勝欣慰。玘抵京踰四月，見諸父同年及年家子間論兄弟仕宦者多不並存，存者又各羈一方，不恒相值，其林下齊壽得相爲樂者，獨吾伯父與吾父耳，咸歎羡以爲難得。蓋氣數有盛衰，人世有離合，自不能齊。吾伯父與吾父，居官不肯負朝廷，惠利及人者多，故獨享天地間之全福，非偶然之故也。追念幼時同學，方懼業之未成，不敢自逸，及同躋膴仕，又各有王事之憂，欲爲樂而不可得。今幸先後解組而歸，同處東山之濱，有山田可以供具，有子孫可以服使，於此不樂，是終無爲樂之時也，人生一世，亦將何爲哉？玘之愚，竊願吾伯父與吾父思齊壽之樂，棄家事於子，付後事於天，凡平生一切不平之氣、未遂之志，盡委之流水，惟日尋樂處，入則同坐，出則同行，雖一魚一肉，亦可爲會。良辰美景，携壺放舟，窮水之厓、山之巔，隨意所適，無所不至，使家居之樂不愧古二疏，而人之歎羡以爲難得者，不爲虛言，添一盛事於東南，豈不快哉！況吾族習染漸薄，骨肉之間反猜忌〔一〕生焉，彼見吾伯父與吾父天倫之厚，老而益篤，如此亦當潛消其乖戾之習，不禁令而自從矣，此固吾伯父重刻《家規》之本意也。玘昔告歸，見吾伯父吾父尚未有山林泉石之樂，兹聞年家子言，竊有感焉，敢直布其愚，惟伯父圖之。

〔一〕忌，十二卷本作「忍」。

與王伯安書

往歲幸邇君子之居，過承教愛，顧以蹇劣，不能有所請益，至今負慊。比從元明所見華札，兩及賤名，尤荷惓惓。所諭責己責人之説，甚公平，且欲守默，若有戒於議論之多者，益見近日所養大異也。南都視滁，雖覺少煩，鴻臚多暇，實育德之地，歸計宜可暫止也。元明此來，遂東去，終月不能再會，思疇昔往返之適，殊不可得。尊聞守知，要有不必同者；善貴相觀，竊不能無所憾耳。便中草草。

答張景川書

領手翰，深以「矜」之一字自責，足見别來學力所得，甚慰慰。昔上蔡欲去「矜」字，事事特地打疊；明道獵心，十二年後復萌。顧吾子更以此警省，古人不難及也。日下想已莅任，凡百不靳教示是望。

與陳嘉定克宅書

執事莅任後，政聲日至京師，竊以鄉邦有人爲喜。來喻乃謂有取於區區「嚴」之一言，此雖執事謙虚樂善之意，要亦有所試而云耳。第僕所謂「嚴」者，謂大小之事悉有紀律，使人自不敢犯，若急於此而弛於彼，不豫禁於平時而操切於有〔一〕事，則刑責雖嚴而人不畏。何者？彼小人固謂吾之明有不盡，且習見吾之常而得爲趨避矣，不識執事更以爲如何？

答羅醴陵汝實書

書至，具悉諸況。多累煎心，凡人固皆有之，老容上面，神仙不宜爾也，意者自瘠以肥民，自勞以逸民與？此則古循吏之所以見稱而親友之所樂聞也。但來使云當路奏留，不遂入覲之行，則會晤無期，令人耿耿耳。不一。

與唐虞佐書

别兄七八月，忽忽如數年，昌黎子所謂「獨行無徒，是非無所與同而心不樂者」，乃今信然。然鑑案：原闕一「然」字，據唐選本補昌黎之於東野，特以詩合耳，猶戀戀如是，況玘之於兄，相觀以善，相規以過，不獨爲文字友者，又當何如邪？顧玘輩隱於文墨，無能爲世輕重，得吾兄澄清攬轡，挺然以功烈見於天下，此乃友朋之光，别離不足道也。來喻噏噏不便者，未審爲何事？持法嚴而待人恕，古人作用皆然，願無爲已甚。老父事極承垂念，銘刻，銘刻。近得老父書，云：「滇中凡事須令黔國與聞，庶

〔一〕有，六卷本作「一」。

可久遠。」不知何如？試裁之。《春暉記》稿爲人取去未得，容後便寄上。欲言種種不盡。

與虞佐書

執事遠按萬里外，而風裁隱然動京師，非才識大過人者不能。而來教猶以識有未到、才有未及爲憂，推此心，見之事功，古人不難及也。吴守來談摘〔一〕發奸伏數事，以爲神，然在高明，特餘事耳。老父政績，幸賴表白，但聞止行本府，所屬州縣查勘似有未盡。蓋老父在滇時，凡地方有難處大事，撫巡多以見委，如辨密樓之冤獄，曲靖之搆患，處西番之讎殺及卻賂金事，皆用成所知者，不知曾采入否？此等土人姓名及事之始末，僕時尚幼，不能悉其詳，及今不爲搜葺，恐遂致泯没，故有望於執事也。僕日下已謁告歸省，執事旋節時，當相候於瀔水之濱也。《試録》已拜貺，文字大見學力。人去值忙，甚草率，不次。

代家君回何司馬定親書

名高八座，更簪笏之相仍；志詘〔二〕一麾，惟箕裘之幸續。頃緣世契，遂締姻盟。伏承令嗣太

〔一〕摘，六卷本作「擿」。
〔二〕詘，六卷本作「絀」。

僕第五令孫十齡，已肄簡諒；而小兒諭德某第二孫女七歲，未事組紃。猥煩匪斧之求，遽委儷皮之聘。德門積厚，諒得壻之必佳；老景情多，喜弱女之有託。欽承嘉命，仰藉謙光。歸必及笄，庶稍閑於姆訓；學惟貴豫，願無忝於祖風。

寄楓山老先生書

同年湛元明行，曾奉狀候問，想已達。玘孤陋，幸承開教，粗知所嚮，近取古聖賢書讀之，疑難紛然，無所從入。向見先生言，義有兩端者，各循其途而思之，到有窒礙處，卻回頭别思，必求其合而後已。玘今思之，意愈雜而理愈窒，竟不能定於一是，何也？論學者居敬在窮理之先，無乃本之未先立乎？抑爲舊見所泥，未能濯去以來新意也？然先儒成説且存，求新恐反害正理，循而索之，則未有合一處，敢問先生平日所以思而必合者鑑案：「者」字原闕，據唐選本補，其道何由？且如《中庸》，首言大本。程子之答吕大臨、蘇季明書，往返折難，竟未嘗言明，其難如此。今以朱子説觀之，昭然明甚，何吕、蘇知不及此，而程子言之之難也？竊恐程子之意或不但如朱子所云，觀朱子集中與南軒論中書，亦未能無疑，豈以是與？抑朱子爲學者疑而未得，故盡發以明示人，而玘於朱子之説未得其深與？此用功第一步，故敢瀆問，伏乞開教，幸甚。堯佐登第，旅中可謂得友矣。餘不悉。

答外父南山先生書鑑案：此書及下二首，鈔本原目失載，今已補。

頃者吏部疏薦，可謂盛舉。先生進退以道，諒必有以處此矣。竊聞一二當道亦不能盡知先生之心，他日何以處先生也？士習日變，公是公非幾於亡矣。於此進退，非壁立千仞大有以警動而羞阻之，其言必不能無異。竊不勝區區之愚，願先生力辭。行藏之義，久已不明，只合守難進易退之家法耳。兩書示及近日著述大意，非玘凡近所能窺及。反覆思維，覺有一二未解者，敢再請益。《太極圖》只上一圈，蓋已盡造化之妙矣，恐昧者未察，故又分陰陽五行男女萬物，或離或合，皆著一圈，以見要不外乎上一圈耳。蓋人囿於大化耳，而不知也，故特圖以明之。蓋參贊之功固有待於聖人，然聖人亦萬物中之一人耳，不待圖也。且聖人亦安可圖乎？舉天地而見聖人矣。夫陰陽五行男女萬物，各得其所而不害不悖者，即聖人之功也，則不待別爲圖而已顯矣。周子《圖説》及之，而圖不與者，蓋謂此也。若欲聖人別爲立圖，則程氏復心輩至舉《四書》而皆圖之，亦何不可？但似贅耳。至謂忘天地而遽〔一〕及陰陽，或者亦未安。天地，一陰陽也，非陰陽之外別有天地也。蓋言陰陽可以該天地，言天地則似專指形體言，故《圖》曰「陽動陰静」，蓋兼之矣。《易》曰「一陰一陽之謂道」，豈可云忘天地而止及陰陽乎？又曰「立天之道曰陰與陽，立地之道曰柔與剛」，若此之疑，則陰陽亦惟天之道

〔一〕遽，底本作「選」，據十二卷本改。

耳，此圖又何以止及陰陽而不言柔剛乎？ 則亦將皆增之乎？ 太極生兩儀，兩儀即陰陽也，若以兩儀爲專指天地之形言，則孔子又何以止言天地而不及陰陽乎？ 竊謂圖可不增，但朱子解則有未必皆周子之意者，願先生任此責而已矣。《西銘》前後似亦不必疑，所謂如棋盤、如下棋，乃朱子發明本文之説，不當以此而訂本文之先後也乎？ 且長長幼幼，乃自然之分，不暇用力處，如見赤子入井，其心皆然。 貧賤富貴，據已成説，如《易》言德業備而不驕不憂也，此可無疑。 又《西銘》大意無非欲人識仁之體，求不違乎仁而已，竊謂文義之間或可略也。《感興》十家之注信有可議者，得通解當無遺憾矣。 凡此皆未獲睹全書，因來諭所及，有未解者，妄意揣度如此。 蓋《太極》《西銘》皆學問源頭，先儒著述之大者，苟有異同，後之君子必將有考焉，不容默默，顧先生精義入神之妙，直有先儒未發處，豈玘之凡近所能窺及，乞恕其愚妄而終教之，幸甚。

與胡静菴書

比者静菴之歸，自謂遂所願矣。 國事方殷，聖心簡在，固有不容終舍者。 希夷有言：「失火之家，方需救火。」静菴自處，當不在乖厓下也。 請無固辭。

答葉中孚

來諭極見善疑。 然以他人言之，似不必疑，於吾輩，則又過疑矣。 夫所謂飲酒茹葷與不能純一警惕者，是今之常也。斬關而責穿窬，兄亦誤矣。若吾輩則應期所謂濫醉猶可祀天地者也，而況於實未嘗飲乎？然所謂作官與此相似者，則深爲有理，似亦不必質於蒙而後解疑也。草草奉答，辭涉於戲，請勿多疑。

與黄應期書

宋人有以百金遺其鄰舍者，鄰舍猶少之，假貸不已，卒致謝絶。僕之責兄抄書也，無乃類是乎？前後貺我者，何啻百金，然猶乃責望不已，勢不至謝絶不止，然兄亦能絶我否乎？故不若慨然終其惠之爲愈也。後所列諸書，幸早爲留意，無若宋人然。呵呵。

代家君回陳氏書

惟女字恒量其才，而壻佳實難其選。舍近即遠，似非人情；得後迷先，或緣天合。自孫女之任織，求者奚但百家。曁兒輩之告旋，遲之又更四載。亦祇異世俗之爲見，夫豈無門地之可當。令侄孫生禀秀靈，動止詳雅。可愛可訓，聞於巨川之書；屢試屢奇，始自東山之謁。無妄語，若張常甫且亟稱以不凡；有姻連，則余子華更敢保其無悔。如所譬者，諒匪懷璞於周；迨其謂之，不啻求珠入海。事誠出格，意豈徒然。顧小子之薄能，曷敢擬韓昌黎之得李漢；以諸公之具眼，尚期如范希文之識富皋。若天性類習於少成，雖上智猶貴於豫教。兹乃嚴父兄之所任，固非愚父子之敢知。重懷謙虚，過辱委重。學焉後壻，惟無忘今日之言；翁以爲師，當不負終身之託。下帷授業，亦迪我先。聚星象賢，載光厥世。

求觀術齋銘書

去會稽百里，有小江者北流，折而東，合於剡溪，當謝安石所隱東山下，家世居焉。溯小江而上數十里，水益駛〔一〕，山益峻，莫知其源所自出，以合於剡溪而差小也，故名剡溪，即王子猷乘雪夜訪安道者也。北下三十里，以曹娥故，復名爲曹娥江。去曹娥十里，爲陡亹〔二〕。陡亹，海口也，故小江之潮汐日至，與大江等。玘竊以小江源遠而通於海也，因扁其讀書之齋曰「觀術」，用附於《易》象之義。敢請銘辭，揭於其上，庶永以爲教焉。

〔一〕駛，六卷本作「駃」。

〔二〕亹，三卷本作「門」，下同。

中峯集卷七

明會稽董玘文玉撰　族孫金鑑重校刊

誌銘類上

中書舍人沈君墓誌銘

玘舉進士時，寓舅氏周之室。舅氏通番譯，爲鴻臚序班，間語及其所業，輒歎曰：「兹吾師之德也。」或及都人有懿行不作苟見者，又曰：「是惟吾師然。」竊怪而問其人，則沈姓，名達，字文通，前中書舍人也。玘曰：「何德之深與？」曰：「吾師爲鴻臚序班時，嘗舉教番譯館弟子。它館師以十數，經吾師指授者，諭言語，協辭令，累譯亡謬，去試輒得官，它師則否。此其處心廣，其爲教强而弗抑。自吾與其子秀同學也，視吾猶子然，微獨吾，視夫人皆然，故多所就。嘻，吾以其業致官，是其爲我德也，吾其可忘？且吾稱其行也，又非以私故。吾師爲人謙退謹飭，雖不甚解文事，蔚然有士風，以善書供事誥敕房，嘗書廣福寺碑稱旨，特賜寶鏹文綺，然未嘗自謂我能書。平居訓子孫，惟曰：『毋惡善，善不善。』或談人短，輒掩耳避去。病俗侈靡，敝裘羸馬以爲常，是其行然也。」

玘時聞之，固已悉其爲賢。後移寓城西，一日舅氏偕秀來，泣曰：「吾師死矣，需爾銘，爾必無辭。」然則玘何敢辭？沈之先，本浙之錢塘人，國朝洪武初徙實金陵，永樂中扈蹕北上，因占大興籍。君生以宣德丁未，年十五選入四夷館。其爲序班，以天順辛巳；其以舍人老也，以弘治甲子；其卒以正德己巳，年八十三。其配曰陳，曰戴，皆執婦道，贈封皆孺人。其子長曰俊，出陳。次即秀也，出戴，今亦爲鴻臚序班。其墓在都南七里，葬以某年月日，其狀云爾。乃冠以舅氏之言而爲之銘，銘曰：有琄琄以壽，人弗爾淑。有慔慔以夭，命則弗篤。爾淑爾篤，媞媞以没，是謂戩穀。令聞其有續。

贈孺人黄母林氏墓誌銘

孺人姓林氏，諱某，莆田上林人。處士仲發之女，太常少卿兼翰林侍讀學士、禮部侍郎文之孫，歸東里黄氏，是爲監察御史深之冢婦，行人司行人贈司副乾亨之配，南畿提學御史、前翰林庶吉士如金之母。孺人早喪母彭，能以禮法自將。御史時從禮部遊，與仲發友善，聞其賢，爲子婚焉。及歸，以不及事其舅，每忌辰輒哀慕不置，事姑林太孺人至孝。司副既舉進士，官行人，念太孺人老，無他兄弟，留孺人居養，獨處京師者數年。會奉命使滿剌加國，取道歸别母，瞻戀泣下，孺人曰：「獨而母乎？而非吾姑乎？且丈夫知君命耳，而泣乎？」司副感而去，舟抵羊嶼，覆乎風。後數月，閩中傳司副罹禍，孺人毁瘠幾不生，已乃曰：「吾夫之母、吾夫之子在，吾即死，無以下白亡者。」乃强食飲，日提抱幼子侍太孺人旁，夜則篝鐙緝紡，以資匱詘。太孺人性素嚴，且多病，病不時作，孺人聞呻嘔聲，雖卧必起視湯藥，稍不如〔一〕意，或遭呵斥，即斂屏，容色愈和，少間復前。一日病幾殆，孺人中夜焚香告天，求以身代，病亦尋愈。太孺人之妹適黄姓者，貧窶無依，孺人爲延而養之。許氏甥少失恃，又呼致恩鞠，過己出，其委曲先意以歡太孺人者類此。子少長，資遣從明師遊，女皆教之業，有少過，輒飭讓未嘗假以色。始朝廷以司副死事海外，録其長子爲國子生，孺人謂曰：「國恩深厚，顧兒以紹乃父者，獨藉此邪？」已而爲國子生者，卒階進士以顯，即提學君也。其季希雍，亦舉鄉進士。三女皆歸仕族，宋元翰、林希範、林道，其壻也。元翰、希範，亦鄉進士。黄氏之不微益烗者，孺人之力也。孺人以弘治庚戌七月某日卒，得年四十有四。越七年丁巳某月日，葬於南厢洪山，實袝司副衣冠之藏。又十三年爲正德庚午，始以提學君貴，敕贈孺人。提學君既痛其父，且悲孺人勞瘁，僅植其家而養不逮也，泣告其友史氏董玘，俾追爲之銘。銘曰：夫終君事，婦終夫事。生輒離而死漠也，如永於世。

鈍菴鮑君墓誌銘

予嘗爲歙人鮑君懋承記龍山斥路事，已而君遺予以所梓《小學旁注》《大學中庸章句或問》及

〔一〕如，鈔本作「加」。

李杜詩集，且請予別爲杜序。君世賈也，賈以孅嗇爲道，君顧割貲斥路，以利其鄉之人，然猶曰蒙大父故志而爲之。《書》若《詩》也，於賈何有而好之若是？予私獨異之。後君病卒，其子太學生學復致遺命，以狀來請銘，予始盡得其行事。嗟乎，君非賈者也。君名松，懋承其字，號鈍菴，世居歙之棠樾。少嘗受《春秋》於同邑汪郎中淵。業既通，以父劬於賈，遂已仕進志，代父服賈。既乃餉邊得賜爵，比武勳四品，笑曰：「此以安吾父也。」君慷慨有心計，懋遷任僮使，未嘗身往而訾息十倍父時。歙固多賈，諸巨賈率薄飲食，節衣服，頮拾卬取，争校尺寸。君所爲不類諸賈，而名常出諸賈右。嘗一遊大梁，唯止杭差久，二州之賢士大夫往往與之遊。酷愛古今書，售者輒厚其直，積至萬餘卷。乃構樓於所居横塘之上，爲藏書之所，延師課子弟其中，四方挾異書者，日走其門，而鮑氏多書遂聞於歙。又取諸書切近者，手校梓行之，其所遺予者，纔數家，皆精覈可傳誦。君事父母孝謹，父卒過毁，治喪如朱子禮，君素彊，自是遂得疾。母來問，懼貽母憂，輒以將愈對。愛異母弟梅尤篤，疾且革，出簿券悉以付之，不私其子。與人交，信而能終，樂振人之急，唯僧道求施弗予，終其身未嘗禳禱。君生於成化丁亥九月二十四日，以正德丁丑七月十二日卒，得年纔五十有一。以卒之年十二月二十八日葬於赤坎之原。大父倫，善鍼砭，嘗欲斥路龍山下者，君卒成其志。父光庭，以善富稱。母方氏，唯生君一子。配鄭氏，無子，以疾廢聽，始終眷遇不衰。側張氏、孫氏。子男三，長即學，亦以餉邊補太學生，次可久、可教。女嬌，適某；淑，許聘詩人鄭作子學，與嬌張氏出也，餘出孫氏。昔宛孔以雍容行賈，有游閒公子之名，而贏得瘉於孅嗇，君以賈知名，殆得其術者與？雖然，君固非賈者也。銘曰：士也賈行，孰謂之士？賈也士行，孰謂之賈？嗟嗟鮑君，儒以緣身，賈以成親。行則不誣，尚考於文。

吏科左給事中毛君用成墓誌銘

嗚呼，予忍銘用成邪？昔家君守雲南時，用成年二十餘，爲郡諸生，從家君受《易》，尋舉於鄉，予時尚垂髫也。後十有八年而與予同舉進士，逮今又二十年，用成容貌類昔時，數過予縱飲道舊故，意氣若少壯者，乃不意其止此也，悲夫！用成姓毛氏，諱玉，初字國珍，後更用成。其先世蓋順天之良鄉人。曾祖諱某，國初從征雲南，遂留戍，今爲雲南人。曾祖母、祖母皆以節著，人稱雙節毛氏。父諱倧，以用成貴，封如其官。母谷，繼母袁，皆孺人。用成自爲諸生，聲譽即起，既舉於鄉，數試禮部，弗利。雲南去京師萬里，道遠且險，同舉之士一再試弗利，輒就他選去。用成奮曰：「吾不成進士，弗歸矣。」蓋旅寓京師者十餘年，卒成進士，其年爲弘治乙丑。會修《孝廟實録》，用成被命諏事實於貴州，得便道歸省，人以爲榮。正德戊辰授行人，使蜀，得再歸焉。庚午擢南京吏科給事中，明年以恩例，遂封其父母於時封君壽九十餘矣，人尤榮之。居封君憂，服闋，改南京兵科。又居繼母憂，今天子紀元嘉靖之歲，服闋，留爲吏科。用成在諫職既久，不數月再遷至左給事中。時六科之長多缺者，用成次且復遷，會諸曹言事者伏闕下，用成與焉，亦被杖，七月庚辰也，後十九日爲八月丁酉，卒，距其生天順甲申，至是得年六十有一。用成既貴，歸省及憂居者皆再，未嘗以私事病其鄉人。所諏孝廟事實，視他省詳而核。在南科，值時多事，用成間獨言其一二大者，率中事會。大臣有朋附逆瑾者鑑案：「瑾者」二字原闕，據唐選本補，瑾敗，僅落職，用成抗疏曰：「致瑾亂天下者，某也，請顯戮以謝天下。」時論韙之。群盜擾山東、河南，用成請預爲備，已而群盜果由大江覘南都，卒不敢犯。歲大估計，多所裁抑，省官錢數十萬。御史林有年諫迎佛烏思藏下獄，莫敢救者，用成疏至，林得薄罰。及留北科，疏凡十一上，類皆人所弗及者。宸濠之變，諸戚屬連逮尚數百人，用成奉命往訊，多所全活，且言：「釀成宸濠之逆者，由左右懷其賂。」又劾守臣之不能死事者，蓋未幾而及於罪矣。用成性樂易，不爲立異。尤篤孝友，嘗分俸爲養，繼母嚴刻，卒得其歡。撫諸弟各處以業。裴氏妹早寡，迎其姑與歸，居以別室。婦翁施無嗣，爲置後，遂完其家。與朋友久而益親，尤善慰諭，人或有憂憤，用成徐數言，往往意釋而去。所接無少長賢愚，必爲傾盡，下至僕隸，姁姁如恐傷之，故聞其卒也，哭之皆哀。配施氏，封孺人，側室俞氏、楊氏。子男三人，沂、汶皆郡庠生，汀尚幼。女四人，武鏜、李伸、白璽、楊湘，其壻也。鏜，左衛指揮；湘亦郡庠生。沂，俞出也，餘皆出其配。君卒之月，其弟太學生鉉與汶以其喪歸，葬於某山之原。其友光禄寺卿崔君世興既經紀其喪，又狀其事行，謂予於用成最故，宜銘，予又忍弗銘用成耶？銘曰：昆明之珠，産彼遐隅。楩楠百尋，弗植於衢。物以遠貴，器以晚成。謂其庸矣，孰履於傾？嗟毀於琢，曷全於璞？命有適然，歸此冥漠。

鄭處士墓誌銘

正德二年五月二十四日，卧雲處士卒於家，年四十有五。其子進士善夫方奉命諏孝廟事實於江南，聞訃，哀毁骨立，乃輿病返命京師。既衰絰，踏余徵銘，曰：「吾親生不享吾一日之養，没而願昭以文。」予不識處士，而於善夫爲早年友，且其辭甚悲，其忍不銘？處士鄭氏，諱元愷，字宏相，卧雲其别號也。世居閩之閩縣，曾祖復，祖鏗，父贄，皆以行義聞。處士少讀儒書，不求選舉。爲人坦易惇樸，無他腸，人以故樂與之遊。嘗偕一二故老升高而望，瞷幽而往，所至徜徉終日，足跡遍於閩山。嘗喜飲，飲少輒醉，醉則擊缶浩歌古詞。或遇景出奇，自爲句，亦皆疎宕可喜。其於世故澹如也，惟勤教子弟，爲致明師，不靳費，曰：「若曹無視吾，吾量能而安焉者也，若曹當以用世爲志。」每夜歸，必躬叩所習業。弘治甲子從弟行及善夫同領鄉薦，既又連舉進士，閩人皆以處士爲善教。善夫之奉命出也，便道歸省，處士以王事有程，趣之去，且曰：「汝筮仕能以古人所樹立自期，吾飲水亦甘矣。」善夫不敢違，既行而處士以疾卒。嗟乎，此善夫所爲憾而悲者也。今之在列者，天子於其父母有寵嘉之典，其封爵一以其子而上下之，用勸天下之爲父母而慰其子之心，以處士之年未艾，而子之材克蚤有成，宜及其身有高爵異數之報焉，而顧莫之遂以没，可不謂命耶？雖然觀處士所以訓子者，其不以必及其身爲榮，而所以望於善夫者遠矣。若繩厥訓，其生也雖不及，其没也詎不卒享也哉？處士娶趙氏，故宋之後，生男四，長即善夫，次逢泰，逢東，逢南。女四，皆幼。以某年月日葬於鳳洋山之原。銘曰：不有於躬，宜後乃豐。夙顯其逢，不及其庸。亦既卑之，胡嗇於終？或勤以啓，而繼以跱。縱其有子，厥聞則烗。

隆慶州知州進階奉直大夫杜君墓誌銘

杜君諱傑，字世英，其先陜西天水人。宋南渡，徙家越之嵊，嵊人因名其所居曰杜家堡。至君之父，贈文林郎、河南夏邑知縣諱真者，當國朝宣德初，以旗籍隸錦衣衛，始家於京師，娶贈孺人宋氏，生君。少穎異，通《尚書》，弟子從受經者甚衆。成化丁酉舉順天鄉試，試禮部，數弗利。念親老，將從吏部選。或止之，謂曰：「吾爲親屈耳。」比選授山東文登知縣，乃奉親之文登。甫八月而不禄，執喪甚哀。服除，補夏邑，滿九載，以課最敕贈其父母。尋判湖廣辰州府，擢知河南陳州，改直隸隆慶州。禦虜有功，當遷，竟謝歸。而子民表舉進士，由鉛山知縣徵入爲雲南道監察御史，得誥及君，進階奉直大夫。未幾，御史以言事獲罪，乃與俱還嵊，貧甚，僦屋以居，無慍色，蓋居嵊六年而終，享年八十有二。君爲人和易坦率，生長京師，不事華靡。莅官所至著績。初爲文登，卻海艘歲例錢，沿海諸營衛軍餉取給於縣，令率苦之，獨憚君不敢犯。夏邑瀕大河，爲築長堤，明年河驟溢，老幼感泣曰：「無此堤，吾屬其魚矣。」邑有徐老人者，素傑黠，與戚氏有怨，夜執而磔之，棄屍於道，三月莫得其蹤，君偵實，竟置於法。在辰州時，永順與保靖交鬨，鎮巡議勦之，君請往諭以禍福，遂皆歸命，省兵糧數十萬。既久，又奉檄之保靖，保靖遺以金貨，一亡所受。在陳州，鎮守中貴横甚，諸所徵索，持弗應，中貴大恚，會改隆慶得免。嵊族有訟，徐數語解之，往往散去。喜施予，見故舊者窘難，輒爲盡力。配包氏，累贈宜人。子民章，例授冠帶，次即民表，前爲御史者，以謇直聞於時。孫男德隆，德明，德潤，德懋，德威，德孚，德馨，德輝，德美，凡九人。德威、德馨，皆儒士；德孚，順天府學生。孫女長適禮部儒士楊鎧，次適進士周臣，今知金州，次適順天府學生趙京，次許聘嵊縣學生胡采，餘尚幼。曾孫男女十一人。君生以景泰辛未六月十二日，終於嘉靖壬辰十二月九日，明年癸巳某月日反葬於都城南魏村夏邑公之墓側。其子乃以狀來請銘，予憂居廢文字久矣，稔君父子之賢，弗容辭。銘曰：仕不擇官，樂親之志。歸不辭貧，成子以義。終老於越，反葬於燕。禮弗忘本，有歸斯阡。

天都老人墓誌銘

歙有隱者曰天都老人，卒之三月，其子佐哭再拜授使者行狀，以幣走京師，乞銘於余，曰：「先人葬有日，不得銘，無以掩諸幽。」余家君嘗尹黟，黟去歙近，且佐時受學焉，聞老人之行素詳，而信其狀之非誣也，乃諾而銘之。老人諱泰，字希止，姓鮑氏。鮑本姒姓，系出夏禹，蕃衍青、齊，晋泰康間，有宦於歙者，遂家歙之棠樾。後七世至壽孫公，仕宋，官至徽州、寶慶兩路教授，以父遇難，求代父死，事載《宋史》。又四世而當國朝，諱尚絅者任翰林修撰，於老人爲曾祖。修撰生諱必成，必成三子，伯諱英，仲諱寧，季諱復。老人，英之子也，出後寧。寧碩德，號謐齋，著《天原發微》二十五篇，行於世。老人自幼穎悟絶人，經書子史過目輒不忘，日侍謐齋側，與聞《河圖》《太極》之旨，遂絶意舉子業，殫心象數，凡天地始終、日星躔次、氣節先後奥不可億者，務窺其極。其發於文，意深詞詭，初學讀之，至不能句。處鄉黨，恂恂和厚，或犯以非禮，未嘗與校。其以忿怨相競者，則與平之。守令若孫公遇、吴君遜，咸造廬請見，有詢以政事者，對曰：「爲政在清心省事愛民而已。」晚愛黄山香溪之勝，其峰最高者曰天都，因以自號，謝絶人事，徜徉其間。迺推本邵子意，著《天心復要書》及《地德歲曆論》，皆述所獨見，不求齊庸聽，然要必有識之者。弘治乙丑二月八日卒，年八十一。娶稠里汪氏。子男二，曰佑，早卒，曰佐，郡學生。女一，曰懿，適羅溪方某。孫男三，曰維庸、維敬、維立。以某年某月日葬於某山之原。銘曰：維寵靡怙，維元孔佽。衍《易》以潛，弗履於阽。曷其不淹，以式庶黔？天都巖巖，鄉閭所瞻。鑑案：鮑壽孫父名宗巖，附見《宋史·孝義傳·鄭綺》後。父子遇盜爭死事，在宋末，考《晉書》，武帝滅吴，改元太康，下距趙宋末年，將及千載，文云「太康後七世至壽孫」，語有譌脱，或所稱晉時宦歙者，本指五代之石晉，而傳寫誤作太康也，俟購得《文集》刊本，當再訂。

封中憲大夫太常寺少卿黄公墓誌銘

封中憲大夫、太常寺少卿黄公諱天錫，字希禹，別號翫槐散人，年五十有九，以疾卒。前卒之歲，其子河清官太常滿考，得賜誥命，於是公自封承德郎、吏部文選清吏司主事，再進今封。太常君諏使具衣帶致誥命於家，公猶亡恙，北向拜受訖。即日爲書遺其子曰：「吾何功再被國恩，齒列卿，汝勉效分寸報國家，無以吾爲念。」時太常君亟圖謁告歸省，故公書云然。未幾訃聞，太常君哀毁幾不能生。將歸，上賜諭祭如例。先是，太常未及三品者，援宗廟恩，自請輒兼予祭葬，有以諷太常君者，泣曰：「不肖敢以非禮處吾親哉？」遂不請。公之被封也，予嘗序其事，至是太常君以葬銘爲屬，曰：「惟所以信先德、侈上恩，永永不朽者，庶其在此。」按黄氏之先，本今順天之大興人，元季有爲泉之南安縣達魯花赤者，與吏民相安若家人，卒留家焉，子姓繁衍，遂爲南安著姓。曾大父體義、大父乾麟、父博皆倜儻好義，不仕，而父行迹尤著，號魯菴鄉人，以魯菴先生稱之。公始遊邑校，治三《禮》有名，提學者皆器異之。顧累舉弗遇，年次且貢，喟曰：「吾少有當世志，乃今無階矣，且一老貢生，假令僅僅有所試，竟何爲哉？」遂謝去不就貢。於時太常君年十二三，操筆爲文，輒驚其長老，公曰：「必此兒也卒吾志者。」乃自號甈槐，蓋陰以王祐事爲況云。已而太常君舉於鄉，遂成進士，歷官吏部，至太常。蓋南安入國朝，以進士起而列卿者，自公之子始。而以列卿封者，合泉數邑及旁郡，惟公一人。自是鄉人之督教其子者，必曰：「曷視甈槐公。」而甈槐之號始寖聞於人。公事魯菴及母李甚孝，庶弟天保愛於魯菴，魯菴屬纊時，數目公，公曰：「豈慮吾薄弟所與耶？」遂以父新構讓其庶弟，而自處其陋湫者，雖器具圖甈之屬，一無所取，論者以公視薛包爲難。先世祠堂壞，出財力爲宗人倡，以及上世墳墓，無弗封識者。喜周貧乏，有負者常毁其券。太常君既貴，益自斂閉，自部使者、郡邑長吏以下有造之者，率强而後見，言不及於官府。或訪以利病，時指白一二，率中事會。如築縣城、復金溪橋、疏萬石陂，公有力焉。歲旱疫賦窘，請緩民輸期兩月，減息錢二萬有奇，邑中德之。性度怡曠，非賓祭吉慶不具命服。常葛巾蒲履，與鄉之耆彥數輩放意山水間，往往竟日忘返。平居未嘗遠遊，而當世之務亡不通解。與人言，善因事爲教，曰：「吾亦欲少裨於鄉耳。」配傅氏，先卒，繼王氏，贈封皆自安人進恭人。子男六，其五出傅氏，長即太常君也，河清其名，才行卓卓，方大用於時，次流清、澄清、瀚清、淑清，皆嚮學有待，而澄清早卒，其季濼清出側某氏。女五，亦傅出，柯儀、洪天銓、蔡潤宗、彭元弼、林洪宇，其壻也，潤宗、元弼，皆邑庠生。孫男五，思慰、思謹、思誠、思謙、思讓。孫女二。公以天順戊寅八月二十九日生，正德丙子六月二十日卒，墓在縣某山之原，以卒之明年某月日，與傅恭人合葬，而恭人世行別有銘。於乎，公有志弗施，而發於其子，生有爵封，没有賜祭，雖不克壽，其可無遺憾也已矣。銘曰：孰處也士，而卿以休？孰馗之屏，而即於艽？猗公之爲，與天者謀。惟其有子，厥志卒酬。如植而林，如稼而秋。如澤也止，亦爲川流。載其令名，終之優優。我銘不亡，有鬱斯丘。

中峰集卷八

明會稽董玘文玉撰　族孫金鑑重校刊

誌銘類下

湖廣布政使司參議謝君墓誌銘

嗟乎，謝君已矣。自湖廣歸，予意其鬱悒不自得。在京師，亟走書慰之。比予得告，數過予笑談，未嘗及進取事。又數狂飲，累日夜弗倦，神若有餘者，乃不意其遽病也。既病，君猶自諱。再逾月，病甚，予往視之，纍然在几席，聲氣僅屬。又數日，遂卒，得年纔五十爾，惜哉！君，越之上虞人，名忠，字汝正，別號桂峰。八歲能屬對。比長，受《易》，多所領悟。舉弘治乙丑鄉薦，己未成進士，拜工部屯田主事，尋榷税於荆州，進員外郎。居父憂，服闋，當北上，會逆瑾扇虐，坐逮，竟得白，遷都水郎中。奉敕督視漕河，群盜焚掠運艘，勢甚熾，獨沛、徐以南在君所部者，不敢犯。代還，當遷。尚書河南李公亢言於廷曰：「吾工部乏舊官，且多事，如謝某者，必留工部。」銓部持之，居數月，卒留君工部，改屯田郎中。時資格郎官十年以上有聲稱者，外遷率予秩三品。君在工部前後幾十二年，李公復亢言曰：「謝某即外遷，必予秩三品。」會湖廣缺督糧參議，銓部即擬君名上，僅秩四品以去。未幾，竟報罷。君多材能，曠闊自負，論議屹屹不下人。吏事尤警敏，投機應猝，亡不立具，在工部諸公貴人多知君者，又交口薦譽之，要非出君意，而卒用得謗。既歸，乃任時治産，曰：「吾亦欲用之家。」去縣後一里許，即山麓爲亭，又引水鑿池，種木可數萬株。以先世舊廬湫隘，卜地令居可十世者，其規圖常寬遠，若有待然，皆弗就而卒。君兄弟四人，二仲早夭，恤其嫠，惠而有辨。與季弟居，迄老不分異。宗族貧者，歲贍以粟，僮僕有負，待之如初。鄉人病涉，爲起石梁，不靳費。或請以事，輒爲盡力。及其喪也，哭之皆哀。高祖某，贈刑部郎中。曾祖琬，仕至肇慶知府。祖麟，隱士。父謙，封主事，贈員外郎，如其官。母許氏，再贈至宜人。配潘氏，能相君志，再封如其母。子一，方也。孫一，曰初生。予與君皆潘氏壻，而方又予兄之子壻，嘗遣從予學，故君視予爲厚。君生於成化辛卯九月十三日，至正德庚辰後其生一日卒，遂以其年十一月晦日，葬西溪先墓之側，君善談地理，此其所自擇云。初君官工部時，顧予歎曰：「他日子必我銘。」予怪其言，不敢答。既又曰：「乞子好辭而已。」予謝曰：「不負，不負。」至是方以治命請銘。嗟乎，予乃卒銘君也耶？銘曰：馳彼修衢，可疾可徐。豈無爾輔，忽摧我車。帆彼中流，以息以休。豈忘厥載，亦完我舟。惟才實難，有巧有拙。金亦可鑠，玉亦可刖。謂人斯能，不能者天。位既詘矣，胡嗇以年？後山之麓，其木孔多。木秋復春，吁其奈何。

又告文

鑑案：唐選本《謝君墓誌銘》之後有此篇，今亦補録於此。

具官某，謹具香燭，以所撰銘文，告於桂峰謝君之靈曰：「君嘗屬我以銘，亦既銘矣，輒録一通，俾君之子方讀於君之柩前，以慰君靈而後鎸諸石。嗚呼，吾銘如是，君尚有知，其以我爲不負矣乎？」

贈承德郎刑部貴州司主事徐君墓誌銘

東陽徐君者，善士也，年四十九，弘治六年正月十三日以疾卒，即以其年之九月葬於白馬山之陽。既葬之十三年，以子廷實貴，贈承德郎、刑部貴州司主事。又六年而廷實遭繼母憂，乃屬大理姜君芳狀其行與世，詣予請銘，予未暇爲也。又三年，廷實再爲刑部，自郎中遷臨江知府，未行而卒，比卒，猶以銘爲言。嗟乎，廷實之爲其親者至矣，不銘，目且不瞑。昔季札繫劍冢樹以成信，又徐氏故事也，予可愧季札哉？乃卒爲之銘。君諱志，字仲學，其先本柏翳之後，封於徐，至偃王失國，走太末，而其族散處於衢、婺之間，以國爲氏，故二郡徐姓最多，東陽其一也。東陽之徐在國朝有爲福建按察僉事者曰隆，爲建寧知府者曰子玉，皆於君爲曾叔祖。君之父曰鳳，母駱氏。君性端靖，讀書略諳大義，而率履多中。居貧，事父母兔藁甘滑必適所欲，執喪不離苦塊。見鄉俗作佛事者，常斥以爲非。與人抑下，雖數侵厲，亡所報，有所推予，未嘗有德色。人就之謀，爲處白利害，歸之情實，往往謝服以去。故鄉黨識與不識，數善人者，必曰徐君，其齒長者皆自歎不及，輩者不敢肩，卑者争附而慕之，聞其疾皆憂，及卒，來弔哭，皆哀有餘，曰：「善人不禄矣。」君娶任氏，先卒，贈安人，繼陳氏。子男五，琥、珂、珙、瓘、碧。珂，縣學生。珙即廷實名也，在刑部有能稱。女壻張乾。孫男七，某某。女二。曾孫二。嗟乎，君爲善宜壽，弗壽矣，宜在其後，而有子如廷實者，又弗壽也，天之於善人，竟何如哉？銘曰：劍繫之樹，徐君亡也。銘掩之石，徐君不亡也。

明故奉訓大夫司經局洗馬尹君舜弼墓誌銘鑑案：此以下三篇，鈔本原目失載，今已補。

嗟乎！舜弼，吉之永新人，蓋國朝翰林文學之臣，吉最盛，其在永新，則呆齋劉文安公，其一也。舜弼少有名，比入翰林，人咸期之，曰：「是且繼文安者。」乃不意其止此也。舜弼姓尹氏，諱襄，舜弼字也。其先鄱陽人，石晋時有諱濯者，以平南將軍封鄱陽侯，來鎮永新，因家焉，故尹於永新最故而衍。曾大父諱某，大父諱某，皆明經勵行。父諱某，博覽能詩，號松陰，以舜弼貴，贈翰林編修。母某氏，贈孺人。舜弼生有異質，日記數千言，年十九爲縣學生，二泉邵公督學江右，獨器重焉。二十舉鄉試第一，時松陰公已没，念母孺人老，久不赴禮部試。正德辛未，予得所試卷，將寘魁列，有抑之者，數争弗能得，爲梓其文以傳。尋被選爲翰林庶吉士，閣試累先群輩。踰年，以母憂歸。丙子服闋，特授編修。明年丁丑，同考禮部。今上登極，奉命祭告南嶽及古帝陵之在湖湘者。比還，預修《武宗毅皇帝實録》，予爲副總裁，日與同事。乙酉秩滿，遷侍講。尋以《實録》

成，進司經局洗馬、經筵直講。丙戌，予主試事，舜弼復爲同考。居無何疾作，醫誤利之，加憒悶。予往視，已不能言矣，猶舉手如揖狀。翼日，遂卒。上念講臣，特命有司諭祭，前此五品非學士不予祭，蓋異數云。舜弼性醇厚端静，言笑不苟，其爲學沈思力詣，多自得者。隨所讀書，有見輒筆之簡端。又病近世異程朱爲説者，嘗著論辨析，曲中其隱。兩爲同考，校閲恒達旦不懈，得名士爲多。在史局，紀述詳確有體，每直講，意寓規諷。一日講《説命》罷，有旨詰問：「講章誰爲者？」人爲危之，應曰：「吾職也。」孝友尤篤，幼時松陰公所口授語，佩服終其身。奔母喪，冒風濤亟發，舟幾覆。事伯兄成都君甚謹，小事必啓而後行。女兄貧，歲分粟遺之，以爲常。有里師嘗從授句讀者，既没，撫視其二子不衰。與人無宿怨，邑豪有綦害者，不與校，既而以事謁，復厚遇之，其人卒愧服。家居與官府不相聞，親故請求殆絶，居常不問有無。疾革，假貸爲棺殮費。爲詩文典質，不事斲削，有《巽峰稿》若干卷。舜弼生成化乙巳，其卒以嘉靖丁亥二月某日，年止四十有三。娶史氏，先十二年卒，繼娶郭氏，贈封皆孺人。子男二，長祖懋，史出，質美嗜學，能世其業；次祖恕，郭出。孫男一，尚幼。祖懋扶柩，將以其年月日葬某山之原，乃奉其同鄉侍讀汪君有所狀，介行人戴汝真、進士尹元夫，詣予請銘，且泣曰：「吾父垂絶之言，惟此而已。」然則予惡忍弗銘？銘曰：茅蕭之莛，桴且航乎。楩楠之植，弗爲梁乎。珪璧既琢，毁於成乎。紛其集萃，嗟獨於枯。理若汒乎，干〔一〕將地下。其光不

〔一〕干，底本作「于」，據十二卷本改。

滅，斯其藏乎？

木菴章君〔一〕墓誌銘

南京禮部侍郎前國子祭酒致仕蘭溪章公以道德文學師表一世，世所稱楓山先生者也。先生仕顯矣，最其在位，前後纔數期，故其道雖信於學士大夫，而澤未下於生民，其施爲之藴不少概見，而其志固將自家善鄉、鄉善國、國善天下者，則於其弟木菴君有考焉。君諱懋，字德敬，木菴其自號也。質直子諒，無他嗜好，貌龐樸〔二〕，不外爲藩飾。平生姓名不縣符牒，足趾不履官府。治生不爲奇術速贏轉化，田桑纔自給，輒以貨其鄰里，力能償者取之，不能即不問。遇人恂恂，或以辭氣加之，未嘗與校。閭里中饕詖渫薄不可意事，輒掩耳避去，其人卒自愧屈，若無所容。至於孝友之行，尤多人所難者，蓋於先生無違志。嗚呼，使一鄉人如君，即人爲三代之民；使天下鄉有君，即鄉皆三代之俗矣。此有識之士所以相與歎先生之道不究施於用而既老也。章氏爲蘭溪著姓，其居之鄉曰純孝，里曰循義。洪武中，有以才行徵至京師不受官者，曰叔良，於君爲曾大父。其後再世曰邦和，曰申甫，申甫號松坡，博學有偉志，累贈朝列大夫、國子祭酒，有子二人，先生及君也。君春秋六十而終，其

〔一〕君，十二卷本爲空格。
〔二〕樸，底本作「僕」，據十二卷本改。

生以正統癸亥，終於弘治壬戌，即以其年八月從葬先塋珠兒墳之左。既葬之十年，始以子拯貴，贈承德郎、南京兵部車駕主事。配同邑方氏，有賢行，先君十年終，贈安人。子男二，曰擇，曰拯。拯起家進士，今爲廣東按察使提學副使，文行能世其家。女一，壻曰諸葛誥。孫男三，曰詡、諧、試。君之葬也，未有銘，至是提學君以屬其友董玘曰：「吾親之存也，不得吾一日之養，已没而其行無傳，滋重吾罪。」玘既悲其語，念嘗從先生遊，竊惟先生之志，因君之行於鄉者乃益明，然則欲銘君之行於不朽者，舍先生其奚稱焉？故具次於篇。銘曰：儒澤久壅，民易厥常。儒用曷徵？始善自鄉。嗟惟木菴，於古而農。夫人而然，比屋可封。其生不遐，没有餘祉。錫光有傳，尚考於此。

明故寧都縣丞贈翰林院編修文林郎徐君墓誌銘

故寧都丞徐君，今翰林院編修子升之父。子升初授官之三月，得賜假歸娶，君趣令北上，子升不敢違，踰濟，忽心動，曰：「吾父寢食安否？」乃復馳還，比至，君已不起矣。會今天子推恩，覃及臣庶父若母之未封者。子升茹哀匍匐，具疏以請，詔特贈君如其官。既乃以參政宋君所爲狀來徵銘。子升，予南畿所舉士，且爲其親者甚懇，銘其何辭？君諱黼，字朝威，别號思復，世爲華亭風涇鄉人，曾祖德成，祖賢，父禮，皆以善聞。君少業舉子，聰穎出群輩右，嘗代父詣郡，郡守見所試字，即强留爲從事，非其志也。時操筆爲公移，諸老吏皆驚，自以爲不及，前後更數守，皆愛禮之。貧民有負販誤傷郵卒者，守欲置之死，君數争，曰：「是無死法。」竟得不死。後試銓部，以高等授浙江宣平丞。邑故難治，且多逋賦，歲往督者輒爲所搆，敝滋甚。藩司乃以委君，君視緩急，與期約，不施箠撲，輸皆如期。邑豪祝某者任俠恣睢，令莫敢誰何，君召至，廷折之，乃稍斂戢。礦賊群聚爲梗，書寸牘諭以禍福，即解去。有疑獄累歲不決，奉府牒往治，具得其狀。由是君聲稱籍甚，部使者數加旌勞，旁邑令缺，即委君署事，歷署青田、龍泉、縉雲三邑，三邑之人頌之，皆如宣平焉。滿九載，當遷，格於例，復授江西寧都丞，君歎曰：「丞固負予。」治之如初。姚源賊猖獗，君繕城練卒，爲守禦計。賊覘知，不敢入寧都城。後破雩都，道出城下，君揚聲將擊之，賊棄輜仗牛馬宵遁。雩都令爲賊所執，畏君襲其後，乃得釋。居三載，遭憂去，民遮道泣留。比服闋，以老遂不復仕。平居課諸子甚嚴，動引古義爲訓。及子升進士及第，官翰林，鄉人皆以君爲善教云。性介直，篤於孝友，甫數歲，侍父飲，執尊罍竟日不懈，醉則扶持抑搔，寢而後退，飲於人，風雨霜雪必往候。再居憂，哀毁骨立，廬於墓側者數年。弟冕早卒，撫諸孤如所出。季弟旒，資遣從學，卒成舉子。女弟歸姚、周二氏，以貧故賙卹之終身。喜吟詠，尤精小楷，浙中梓行《五經》，君在宣平時所手書也，至今稱爲善本。君生於天順丁丑二月十七日，以嘉靖甲申九月三日卒，享年六十有八。卒之三年丙戌正月二日，葬郭西蔣涇之原。配林氏，繼錢氏、顧氏。子男四，曰隆、階、陳、陟。階，子升名也。女三，壻曰葉惠、趙輔、施文治。孫男一，曰瑶君。雖遽没不卒享其子之禄養，然垂老及見其有成，没而與錫命之寵，其亦可無憾也已。銘曰：謂丞負予，頌議乃歸。謂丞不負，鉏頓卒違。猗嗟徐君，式可大受。詘於厥躬，遹發乃後，斯謂不負。

祭文類

祭東白先生文

嗚呼，斯文之籙，代不數賢。猗與我公，牘墜以延。秀挺豫章，氣呑彭蠡。發爲文章，渾噩無涘。摩經竄史，掐擢胃腎。金鼎九練，飛湞革釖。邐迆平麓，矗起崇岡。駕風驅霆，拉獵雷硠。當其無爲，兀坐終日。解斾東杠，愣不可詰。有扣而應，手不停筆。犀燃牛渚，萬怪畢出。天順庚辰，公乃筮仕。翰長宮端，歷事四世。最其立朝，不踰一紀。韜光毓穌，益閎以斐。衣冠如雲，趨拜於門。有得一言，寶若璵璠。國有制作，輒一致之。席不及暖，翩其逝之。蒲輪屢旋，位秩薦至。帝則公眷，公豈是覬？孝王圖治，鑑古纂言。召拜清鄉，實總摩編。有離有合，有繁有殺。庶言相持，公執其概。昭典未就，龍馭已升。今皇御極，少宰是增。萋斐成錦，煩言屢騰。人忿而疑，公屹不移。曰昔易退，豈今之迷？貽謀付我，遑恤予私。報知禈德，庶其在茲。悻悻之介，固所優爲。蓋公之心，纂述是任。畢茲遺編，超然乃遁。此志未白，遽爾云亡。天胡不相，哲人之殃，嗚呼痛哉。鴻漸於逵，斥鷃所嗤。持金於市，衆口鑠之。豈世異好？其勢固宜。汲水於鄰，終世不怒。試讓珠玉，按劍相顧。公之文章，震驚一世。公之聞望，朝列寡二。名高毀來，自昔所忌。謗與身亡，公則奚厲？某等早蒙甄拔，幸奉教育。戴德莫酬，懷情獨鬱。輀車載途，攀號不復。陳辭叙美，曷能髣髴？江漢滔滔，日注於東。我心所懷，曷其有窮？嗚呼哀哉！

祭南峰先生文

嗚呼，天下之生才，是且何爲？有如先生，乃止于斯。豈人忌其能，天亦是疵？胡卑以全，而厄其施？嗚呼痛哉！士之在世，孰爲可貴？學問文章，政事節氣。有一於此，足高倫輩。況如先生，固鮮與類。强學博敏，鼓行無前。旁搜兼采，如海納川。肇自載籍，孔墨百代。太史所録，鄉評野記。下至曲技，星史之奇。山川風俗，九州所宜。故典舊章，在廷或疑。有所徵問，如客得歸。有宋文人，推歐及曾。曰贊其微，非我孰承？力堅嚮往，不蹈故常。奇葩逸發，日斐以昌。驟而覿之，如入九室。夏甗商鼎，見者駭辟。諦而繹之，九奏八佾。金鳴石應，鏘然從律。簡伉自植，雅志經世。每對過客，輒及政事。根柢治亂，慮周識洪。檀車之載，莫邪之鋒。人亦有言，有能不能。左右具宜，曠視八紘。翺翔玉堂，炳然長庚。公輔之望，著於明廷。時有逆閹，侮士如絡。前有豺虎，後有芒鍔。聞先生名，啖以高爵。欲一致之，再請再卻。正色峻辭，屹不可懾。讒釁用生，竟遭譴削。風節凛然，懦夫可作。豈其雀羅，能罔鵬鶚？先生有言，修我成器。使在其位，必有攸濟。如其不然，抱此且逝。託之簡編，希名後世。吾則無求，而可軒輊？孰謂斯言，兩莫之遂。官僅六品，殞於壯歲。夙所挾負，而不一試。所欲論著，竟亦賫志。永聞則有，金薤琳琅。流落人間，特其毫芒。嗚呼痛哉！高才多阨，自古則爾。壽考尊榮，或乃庸鄙。較其失得，豈以彼易此？曾謂祥麟，不若狐鼠。抑又何憾，奪此有美？世方需材，如火救水。天也何尤，物之不齊？百身莫贖，有識同悲。而況吾徒，特被深知？龍亡之慟，伊豈其私？誼同昔人，愧莫爲辭。英神不亡，猶舉我卮。

祭封少保楊公文代作

物有單厚，氣有獨全。禎祥所兆，有開必先。繄公之生，允矣非偶。毓德含章，大發厥後。自公少年，才絶等夷。首倡《易》學，以覺盲迷。策名天府，列職大行。棲遲散地，有斐厥聲。厥膺廷薦，督學湖藩。厥施弗究，遁於丘園。最其平生，求福不回。如玉斯種，如木斯培。施於孫子，伊惟身教。如木斯榮，如玉斯耀。孰不有子？子公且卿。容臺鳳閣，惟弟惟兄。有子則鮮，孰又有孫？賓興臚唱，有魁有元。在昔王氏，三槐是符。其在鄉哲，莫盛者蘇。王不以文，蘇不以勳。勳業文章，萃公一門。耳目所逮，孰與公匹？帝眷是崇，重恩累錫。麟袍玉帶，有赫龍章。曾玄拜舞，四世一堂。優游八齡，考終有俶。身名俱榮，是謂全福。我心孔疚，豈爲公憾？師相在戚，朝野震撼。惟我師相，爲國蓍龜。其留與去，身繫安危。師相不留，有惻帝衷。公曷憖遺，俾孝爲忠？凡此有位，罔不心畫。矧在門牆，朝夕承式。岷山在望，悠悠我思。有涕如雨，匪公之私。嗚呼哀哉！

祭賓竹潘六丈文

嗚呼！翁號賓竹，又以竹名軒，蓋將長與斯竹爲主也，今者竹如故而主人亡矣，顧令人對竹思翁耶！嗚呼傷哉！

祭祖考文

玘無似，仰荷祖宗垂慶，竊禄於朝二十六年，承乏三品，推恩上及祖考，下逮孫子，已逾涯分，曾無寸補。及失怙南歸，三年之間，累累縱縱，不敢以祭，在禮固爾，於心缺然。兹及免喪，敢以潔牲柔毛清酌庶羞祇薦於新構。惟我祖考，種德綿茂，覆庇後人，雖以玘之不肖，進叨厚禄，退免官刑，爲幸已多，實由遺慶。視息尚存，方將操危慮深，期無替於厥世。伏冀尊靈歆鑒，默用敷佑，俾克有終。至若秩遷之次，改題之禮，尚有待而未遑也。

祭外父南山潘公文

嗚呼！昔我來歸，山阿水涘，先生與期。今我來思，山青水白，先生何之？嗚呼！先生已矣，賢哲所貴，世俗所嗤。然而生有令名，没有殊錫，孰與等夷？覸彼九峰，先生所許。斯文在兹，言猶耿耿。今則已矣，莫知我悲。

祭江太夫人文

孰識機杼？鑾坡玉署，學士之女。孰無攸遂？垂紳鳴珮，尚書之配。孰迪厥後？麟魁龍友，京兆之母。匪直京兆，史局儀曹，先躅是紹。匪直先躅，芝蒸蘭茁，諸孫如玉。生既累封，髮鶴顏童。通籍於宫，没有申錫。冶金鍥石，賁於窀穸。或得於天，一之謂難，孰異其全？匪天是私，黄流瑟瓚，百福攸宜。繄我末契，再世同科。重以姻締，昔幾登堂。德容邈矣，薦此一觴。

祭陳甥約之文

嗚呼！吾不遠隔郡歸汝以子，固將望汝如李漢之於昌黎，付以斯文也，汝今乃爲昌黎之李賀乎？嗚呼痛哉！

又祭約之文

嗚呼！約之之柩歸自中州，於時有太恭人之喪在堂，無所於殯。在《禮》，夫子之於賓客也，曰：「生，於我乎館；死，於我乎殯。」況又翁壻之間乎？東闕有敝廬數椽，四明孔道也，今殯汝於此，俟他日卜地而葬汝。汝靈有知，尚其安之。嗚呼慟哉！

中峰集卷九

明會稽董玘文玉撰　族孫金鑑重校刊

雜著類

擬李德裕上丹扆六箴表

伏以世道平康，周武式銘盤之義；帝德廣運，虞益進行舟之規。蓋願治之君，雖無虞而抑畏；故責難之弼，必先事而防閑。恭遇云云〔一〕紹累世之弘圖，嗣無疆之歷服。發強剛毅，徽柔懿恭。法《易》象之健行，不敢暇逸；知《春秋》之正始，厚自矜持。化已運於無爲，德尤貴乎有養。臣身蒙寵渥，世受國恩，臣祖栖筠曾稱直於聖祖，臣父吉甫復〔二〕贊治於憲皇。雖竭肱股之勞，莫效涓埃之報。情徒内激，貌實外慚。身遠龍顔，不能如仲山甫之補職；心在王室，固願學魏文貞之愛君。

〔一〕云云，十二卷本作「皇帝陛下」。
〔二〕復，十二卷本作「實」。

爰撰《六箴》，用罄一得。竊以夏禹勤邦，乃百王之模範；周文卑服，實萬世之儀刑。卻馬還珠，仰賢王之德；去凶舉愷，誦聖主之明。示物脱身，斯亦危矣；識容進飯，惟曰殆哉。比頑喪邦，齊宣之覆轍；從善興國，漢祖之弘規。咸取大端，兼益管見，稽古事而可法可戒，切君身而爲師爲資。勸勵精則曰宵衣，規端表而名正服。罷珍玩之獻，所寶惟賢；納規誨之言，有善必納。辨别邪慝，式嚴兩觀之誅；防杜細微，永絶泠淵之禍。取遠徵近，屬事比辭。顧狂瞽之言，竭心力以奚補？然聖明之主，察芻蕘而無遺。誠不敢比藴古之《大寶箴》，竊亦自附九齡之《金鑑録》。用名《丹扆》，少裨淵衷。伏願致謹於不見不聞之天，屢省於有爲有行之際。張之便殿，用代忠諫之屏；留諸聖心，不忘敬義之册。三鎮聽命，益恢憲祖之弘規；四海歸心，永保文皇之丕緒。謹以所撰《丹扆六箴》，隨表上進以聞。

擬宋臣進羅從彦遵堯録表鑑案：「羅從彦」三字原闕，據唐選本補。

具官臣劉允濟謹以先朝名儒羅從彦所著《遵堯録》進呈者鑑案：此二十三字原闕，據唐選本補。伏以鑑案：此二字唐選本無道存經濟，遺言幸託乎簡編；義儆愆忘，忠悰獲輸於黼扆。成先賢未就之志，爲昭代不刊之規。名借放勳，政惟由舊。臣允濟誠惶誠恐，稽首頓首。竊惟人君之圖治，法祖爲先；儒者之立言，匡時是急。伊懋太甲，乃率攸行。周詠成王，聿修厥德。漢守三章之約，唐垂六典之文。蓋爲政不在多言，而得師莫若近取。故事條於魏相，功致中興；奏議採諸宣公，善同己出。伏念從彥望歸山斗，學溯淵源。養静羅浮，閲古今之變；傳心伊洛，探性命之微。恩授屢辭，行修且潔。江湖跡遠，雖絶意於功名；畎畝情深，猶未忘乎君父。仰圖獻納，爰效編摩。惟藝祖之開基，類神堯之啓運。天命歸而人心屬，德邁前王；大綱舉而衆目隨，功羞雜伯。三宗纂序，厚澤幾百年；四葉重光，太平如一日。子述父，父述祖，聖之相授，其道同；禹紹舜，舜紹堯，世之相後，其揆一。將遵堯而立極，乃稽古以名書。具陳開國之彝章，附載名臣之論建。大而郊廟宫掖，下逮州郡之儀，次則治理人才，遠及邊防之務。悉分條而寓諷，或釋言以辨微。紛更近戒於元豐，恭儉上循乎慶曆。始末釐爲八卷，反復奚啻萬言。憂時如劉向，而道固醇；論事若杜牧，而言則正。歲當丙午，載筆已成；地僻東南，食芹未獻。若人既遠，此志猶留〔一〕。史出名山，宜歸藏於秘府；經存古壁，終流播於儒林。道豈遂窮，事如有待。兹蓋伏遇云云〔二〕綏猷清穆，受命溥將。仁孝出於天成，忠厚本乎家法。陳師講武，誓清幽朔之塵；養士右文，期纘陶唐之緒。昔楊時載道，已見表章；而朱熹紹傳，亦蒙簡拔。學術既同乎師友，遭逢豈間於幽明？用陳巖穴之蠹殘，少補裳衣之神化。身雖不遇，言固可行。伏願陟降若思，儀刑如見，毋恃德澤而自逸，毋輕法度而屢更。主善無常，惟精惟一；典學有獲，乃聖乃神。讀其書，懷其人，滿朝布有德有言之君子；繼其志，述其

〔一〕猶留，三卷本、十二卷本作「未磨」。

〔二〕云云，十二卷本本爲四空格。

事，萬年固丕承丕顯之洪基。臣無任瞻天仰聖激切屏營之至。

恭題尚書何公被賜敕文後

右兵部尚書何公鑑受命鑑案：「命」字原闕，據唐選本補簡閲營伍時所賜敕也。公既夙夜祗奉以從事，間出以示臣玘，俾識於其後。臣玘竊惟世之言救〔一〕敝者，常患於君上之不知，然所患有甚焉者，知之而復不能去也；世之志於救敝者，常患其屬任之不重，然所患有甚焉者，任之而復不得爲也。今京營之兵，祖宗創業立制，所以爲居重馭輕之慮者至周且備，而籍於見伍者，曾不及什之三四，一有調遣，率彌旬而後辦。比者潢池小警，前後所遣，亦且數萬，遇敵不敢加一矢，甚者且不能受甲焉。乃復撤邊戍以勤内患，而所謂京營之兵，卒至於不可用而罷。夫幽冀，古稱强兵健馬所出，今其人性物力猶昔也，而戎備之弗競乃如此，豈不以積習之敝有如敕詞所謂賄賂買閒、權貴私占、疲弱事故者多而精壯慣戰者少之故哉？夫敕詞之所及，則宜無不知，以特敕之重，宜無不得爲者。而前此握〔二〕兵柄任簡閲者類有敕，敕詞固亦如今之云矣，而敝如故，豈其勢之卒不可去與？宋歐陽脩嘗言於仁宗曰：「數年以來，有點兵之虚名，而無得兵之實數。」則簡閲之敝，自昔已

〔一〕救，十二卷本作「政」。
〔二〕握，十二卷本作「本」。

然矣。夫仁宗，一〔一〕代之賢君，當西北有事，蓋嘗鋭意於兵矣，而其患猶若此。考之當時任事之臣，又皆天下之所謂賢且才者，其所變置，謗議紛如，故仲淹以裁倖濫而不終於用，富弼以漸易宿弊而人弗悦。以二臣之賢且才，其君所信而倚任者猶如此，則其難可知也。夫公之所病，私之所利，法之所加，怨之所叢，自非如敕詞所謂不徇權勢、不恤怨謗者，孰肯奮不顧身以先國家之急也哉？皇上英武天授，屢靖大憝，頃因四方多警，赫然欲振舉武事以復祖宗之盛，而公以夙德重望，樹勳三朝，奮不顧身，先國家之急，其素所蓄積也，知敝而必去，受任而必爲者，其在兹舉矣乎？昔詩人美周宣復古之烈，乃於選徒言之，説者謂一事之間而可以見王賦之復、軍實之盛，蓋所以明文武之功業者，實在於是。臣玘幸從史官後，竊以今日振葺紀綱，侔周宣復古之烈者，將自兹始。敢謹識其事，使後之欲明得失之迹者有考焉。

讀故方伯嘗齋魏公哀輓詩卷

嗚呼！嘗齋公之没且十年矣，而縉紳能言之士多爲詩歌悼惜其平生者，予蓋讀而悲之。方公居執法，自顧才雄一世，遇事亡所斂懾，陰嫉而沮之者，豈惟同臺？然彼樸遬處其上者，固眴然以且軋己也，遂以謫去。偃蹇州郡，躓而復起，位差顯矣。然其所挾負，卒鬱以老，以人往往以前

〔一〕六卷本「一」字上有「宋」字。

故指目之也。及其既没，愛憎不相及，是非定矣，知與不知，皆爲流涕，哀其鑑案：「其」字原闕，據唐選本補志業之不終。語曰：「女無美惡，入室見妒；士無賢不肖，入朝見嫉。」公之始終，非二人也，生則人擠之，死則哀歌之，惡其生而好其死，豈人情哉？然世乃有身取卿相，生無忤於人，死爲所笑者，彼其視公又何如耶？

跋陳石翁詩後

儒者之養德，考於終無亂焉，斯難也已。觀石翁五詩，皆疾革時所作，然而妙趣横出，不離於正，其所養固〔一〕不同哉。得是詩於翁者，中書舍人吴〔二〕廷介，開化人，年五十，即乞致仕去云。

書張儀部子醇白髮詩後

昔人以白髮形諸詩者多矣，遊絲之辭傷，村南之辭詘，長河之辭放，送隱之辭激，子醇此作，固無是也，意者如元亮榮木之感、少陵勳業之悲與？而子醇致身清時，所遇非二公比，且年力方壯，其於立德與功無難者，而何歎於白髮哉？夫君子所志者大，故恒患乎後時；自咎者切，故恒若有

〔一〕固，十二卷本作「信」。
〔二〕吴，六卷本作「吾」。本書卷十一有《子夜歌送吾廷介致仕詩》，亦作「吾」。按：當作「吾」爲是，見拙作《董玘交遊考》之「吾廷介」條。

所不及，予是以知子醇。

題飛霞道士敝履詩卷後

履之敝也，以足勞也。有貪積者，紉而鐍諸室，三年出之，履半裂矣，此不勞於足而亦敝。敝也者，固物之恒，豈獨履哉？所貴乎達者不留於物而已矣。不留於物，充其類而已矣。充其類，雖身世之大、死生之變，亦敝履而已矣。飛霞，神仙者流，方將久視而不敝，又奚取於此？

記桐城姚貞婦死事

桐城姚貞婦者，故參政旭之孫女，嫁同里生方説，生一男，曰荔兒。未幾，説病卒，姚哭奠不踰户，自誓必死。及葬有日，徐語其姑曰：「舅姑幸有叔與姒侍養，荔兒幸有舅姑撫養。」言且泣，姑弗諭其意也。是夕，沐浴衰絰而縊，家人怪兒啼不止，發户視之，則姚死矣。越二日，遂從其夫葬，聞者莫不流涕。姚死時，年二十八，有司以聞，詔旌其門曰貞烈。

史官曰：世之男子，畏一死失身者多矣，况女子乎？自傳記所稱，若皇甫規之妻，荀爽之女，其死事偉矣。彼或内迫於父母，或憯於賊，其勢不得不死，死以明節也。若姚貞婦之死，非有迫憯以死者而必死。語曰：「慷慨殺身易，從容就義難。」貞婦之死，可謂能其所難已。於乎，彼皆女子，猶知所死，况男子乎？

東遊紀異有序

予待罪考功，時逆閹之兄死，朝貴盡走弔，因私記此以遺黄司封應期。踰月而逆閹敗，應期笑謂予曰：「子前記遂爲讖耶？」蓋指記尾數語云。八月丙申識鑑案：此五字原闕，據唐選本補。〔一〕

正德庚午六月乙巳，予與南安黄子晨出遊，循玉河而東，見車馬旁午，由夾道直趨東華。東華者，天子之禁鑑案：「禁」字原闕，據唐選本補門也，外多富人居。予二人私訝遊者之衆也，乃連騎躡其後。是日微霧濡衣，黄子笑曰：「《詩》所謂畏行多露，殆不其然？」予曰：「彼女子也，丈夫而畏濡乎？」俄頃，霧四塞，咫尺不辨車〔二〕馬，行半里許，失所謂東華者。陰風襲人，鬼魅交道，予愕曰：「此非人居也，胡爲有是？」念已，不得歸路，復前行十餘步，見一巨宫，棟宇宏麗，金碧交映。方凝視焉，忽群狐躍出，若將邀予二人入者。即卻走欲避，然已爲群狐所持。予乃喟然曰：「霧雖不吾濡，然誤予者非霧也耶？」遂隨狐入，及〔三〕門，門者狐，狐人語曰：「錦衣不可以入吾舍。」不得已，復易素衣而進，及堂，堂者狐，狐拱而前，若與人揖遜狀。及室，則見數十狐呀呀環一狐而號。予

〔一〕按：此序六卷本在篇末，本是識語。董金鑑將其移至篇首作序。
〔二〕車，十二卷本作「人」。
〔三〕入及，底本作「及入」，據六卷本改。

微問旁立者，曰：「是老狐，今斃矣。老狐常人形出遊，見衣冠者流生有居，死有藏，有慶弔之禮，習而歸，欲以教群狐。其斃也，號曰：『若屬毋以狐死我也。』於是群狐相與謀以人禮喪之，然而狐也，卒莫幸弔焉。有白額虎，是穴之長也，電目而深居，好噬人，不食獸類，上帝命之掌百獸焉。群狐乃相與訴於虎，虎怒曰：「彼薄吾獸類耶？」於是不狐弔者輒噬之。今乃弔者如市焉，若已誤入，速與狐爲禮，不者虎且噬汝。」予二人方驚駭未信，俄見旋進旋退〔一〕繩繩然來者，盡衣冠流也，拜起左右，咸與狐爲禮。黄子顧予曰：「畏狐耶？畏虎耶？」始悟前所見遊者，盡狐客也。將出，一狐捧盤帛，階下招曰：「弔客前。」弔者趨而前，人問姓名，答曰某，若將以白於虎者，於是諸弔者亦忘其爲狐也，受帛而出，皆有德色。予二人益憤惋，然業已入狐穴中，亡可誰何。久之，得與諸弔者偕出，求得故道而歸。抵舍，則天欲暝矣。噫嘻，可怪哉！可怪哉！世其有是耶？彼深山窮谷，魑魅罔象之所游，虎豹狐狸之出入，乃其所也，禁門之側，胡爲而有之耶？且彼狐，狐也，求與人爲禮，吾人，人也，而與狐爲禮耶？豈非霧塞晝冥而虎與狐也乘時跳梁，如《傳》所謂「禽獸逼人，蹄跡交中國」者固其類耶？不然，太陽在上，雖深山窮谷之中，彼虎與狐也，亦且隱伏而不敢出，矧禁門之側耶？噫，是吾遊之非其時也，而又何怪耶？踰數夕，積霧開，初日旭，黄子復邀予往過焉，則狐穴隱滅，居民如故。

〔一〕旋進旋退，六卷本作「旅進旅退」。

贈張醫

乙亥春，予妻久病，遍求京師諸名醫藥之，弗效。有醫士張政鴻者，自徽來，或以語予，因延致之，纔數劑而愈。昔人有言，醫在識病，若以情度病，多其物以幸有功，譬獵不知兔，廣絡原野，冀一獲之，術亦疏矣。予觀今之醫，皆廣絡原野者也。若政鴻者，其知兔者哉。於其歸，書此贈之。

贈袁宗善

予省覲還越，時縱遊諸山，得一二奇勝處，以爲巖壑之美，越固甲於天下，而此一二山者，又巖壑之所會也，實甲於越。然考諸郡志與昔賢之題詠，皆未之及。間以詢好遊者，亦莫能識也。因竊歎夫山川所遇固有幸不幸於其間。使此一二山者遇子厚、永叔，豈直如永之黄山、滁之琅邪而已哉？袁宗善者，精堪輿術，自宣城來，因與觀焉。其言與予合，顧予之力不足以爲此一二山之重。而宗善方以其術周行天下，多從縉紳賢士遊，如有問越之形勝者，其試以此語之。

五禽圖銘有序

常熟陸進士以五禽配五倫爲圖，曰：「將以教於家。」予爲之銘。〔一〕

〔一〕六卷本「銘」下有「曰」字。

惟帝降衷，物各有則。大端惟五，天叙斯列。於人而通，於物而塞。繄人與物，貴賤攸别。人以其通，厥施具宜。克充其分，堯舜同歸。曾是弗爾，大道乃隳〔一〕。欲膠情牿，蹻蹻卒迷。物以其塞，冥然罔識。有炯其隙，厥性斯格。維兹五禽，式昭其德。絶利一源，靡貳以忒。嗟人之貴，以異於物。物塞而〔二〕明，人通而淈。弗克自異，曾是不如。物之不如，胡貴爾儒〔三〕？《緡蠻》有詩，惟聖斯惻。凛乎法言，立爾於極。作圖示戒，蓋取諸斯。百爾君子，厥初是思。

座右銘

天與爾何，而忍自棄？人謂爾何，而不自致？於乎，爾志若何，而負於天，而愧於人，而猶不勵？

硯銘

其石奇也，其形則常，人弗謂奇矣；其石常也，其形則奇，人弗謂常矣。噫，成器者售其僞，利用者敝其真，獨兹硯也與？獨兹硯也與？

〔一〕隳，底本作「墮」，據六卷本改，以押韻考之，當作「隳」爲是。
〔二〕而，六卷本作「有」。
〔三〕儒，六卷本作「軀」。

布袍趺坐圖爲孫處士題

奕奕高車，不如徒步。粲粲朱紱，不如大布。高車我傾，朱紱我錮。亦各有趣，伊潔伊汙。山者不川居，渚者不陸傅。麋不可任駕，鳳不可使筴。不共爾榮，亦服我素。公孫之諼，明逸之愆〔一〕。達以貽譏，隱以易度。清風在林，明月在户。布袍以遨兮，惟德之固。

牛封君贊同年牛主事之父，京兆人。鑑案：鈔本載此贊，失編目録，今已補。

辨卑覈元，以全其年。豐蒔綏履，以發其子。峨冠洩洩，山阿水涘。吁嗟乎，彼都人士。

李千户像贊有序

此武德將軍安寧守禦千户李君禋之像。君少遊州校，雅知儒書，予猶總角也。後二十餘年，而其子受代京師，乃不遠萬里，俾以像來求贊。予嘉其意，爲之贊〔二〕。

章甫有容，否且無文。介胄有色，否且無武。君也世介胄而像章甫。噫，其老而謝武，少而知

〔一〕愆，六卷本爲空格。以押韻考之，「愆」字不合。
〔二〕「贊」下六卷本有「曰」字。

文者與？

壽竹贊有序

直翁之廬有竹數竿，或曰此壽徵也。蓋昔之君子嘗比德於竹矣，而未有比壽於竹者。雖然，雪霜之交，百卉凋瘁且盡，而竹挺然其間，謂之壽可也。翁有竹之德，謂壽之徵亦可也。作《壽竹贊》。

樗之存，不可謂德。麻之直，不可謂壽。直翁之竹，直也常存。作朋於松，尚類於椿。風梢雨籜，其外固。霜根雪節，其内貞。《詩》曰：「維其有之，是以似之。」

名諸孫説鑑案：此下三首，鈔本不列卷内，目録亦無，今附編九卷末，并補目。

范文正之名諸子，或得其忠，或得其静，或得其略。予名諸孫，曰祖才、祖學、祖識、祖量，蓋竊取斯義以勖之，非敢自比希文也。先之以祖慶者，亦曰惟先人之餘慶是賴爾。

别少谷子

少谷子官户部，請告歸閩，爲書别其故人道其志，且將東循海岱，歷金陵，南尋天台並羅浮，窮瀠、霍而返，乃休於所謂少谷者。予壯其言，又私念少谷子年力方茂，才雋而好古，釋去官守，勇於歸求其志，豈真欲抒奇博涉爲子長者？　而好遊乃爾，或者情之所託，將闇焉而弗見與？　由天台而道剡溪，謝傅舊隱東山者，予家其下，少谷子倘迴棹過焉，其遊歷所得，尚幸聞之。

題玉泉詩卷後

右詩若干首，玉泉山人遊京師所得，有就其意美之者，有以迹疑其好遊者，有以正諷招之者，然上人不以逆於心，曰：「吾第好其詩耳。」其美我、疑我、諷我，我不〔一〕鑑案：此下有脱文，俟校補。

題院判蕭君父芝菴翁哀輓詩卷〔二〕

鑑案：此首鈔本與上條誤合爲一，細審之，上條「右詩若干首」至「疑我諷我」云云，爲題玉泉卷語，至「我不」二字止，其下不知脱漏幾何。自「余讀晉《郗超傳》」至「以諗觀者」，乃題蕭翁哀輓卷語，其文首尾尚完具，今特析爲二，并據文中詞意別擬篇題，補入目録，時戊子長夏中伏日。謹識。

余讀晉《郗超傳》，至死之日，執筆爲誄者四十餘人，嘗廢書而歎曰：「嗟乎，是豈其情哉？」蓋記所謂畏而哭之者與？　因以爲世所得哀輓之作大率類此。及太醫院判蕭君中立出此卷示余，有

〔一〕十二卷本「我不」下有「知也。噫，上人固不可易哉」數語，語義完整。

〔二〕此題十二卷本作「跋芝菴蕭君輓詩卷後」。

輓歌辭，有歌辭序，有後序，又有銘有表，皆一時達官名流爲其父芝菴翁述者。乃復歎曰：「世固有愛而哭之如公者乎！」夫翁之没久矣，生平又隱於醫，此豈有勢與力致之哉？獨其行義有可傳載者不宜泯滅，而院判君又能以其醫顯，生既致養，没而思永其名，其志亦誠足悲耳。余謂斯卷也，於情近之，故爲識其末，以諗觀者。

易生宗周字師文訓辭鑑案：唐選本有此篇，在《座右銘》之前，今補附此卷末。

爾名爾字，勿忘爾父師之志；曰宗曰師，豈貴爾名字之懿。勿以聖功爲難極，一行克誠〔一〕，是即文之儀式；勿以德命爲游〔二〕戲，一念作狂，是非〔三〕文之敬止〔四〕。

〔一〕克誠，六卷本作「允臧」。
〔二〕游，三卷本作「若」。
〔三〕非，三卷本作「弗」。
〔四〕止，三卷本作「忌」。

中峰集卷十

明會稽董玘文玉撰　族孫金鑑重校刊

賦類

易學正宗賦并序

弘治甲子，玘負笈西遊太學，復侍大司成楓山章公講席之下，始問《易》道之精奥，輒不自揆，上溯心學之傳，下述願學之志，爲賦一篇曰《易學正宗》以獻。其詞曰：

憶鴻濛之肇判兮，維太一之肇分。運施承而不息兮，涵真秘於氤氳。繄犧皇之神聖兮，感龍馬之負圖。妙契形於俯仰兮，爰立象以倣模。穴牖垣爲户牖兮，羌無文而用行。逮呿吁之質喪兮，民滋僞而愛其情。肆文明之蒙難兮，暨公孫之几几。惟吉凶之同患兮，宣卦義而闡爻理。揭日月於中天兮，合鬼神之前知。何奕世之教湮兮，竊僂句以成欺？懿尼丘之降神兮，廓人文以宣朗。誦韋編以三絶兮，悼群昏之罔象。發道妙以翼經兮，昭精藴於指掌。幸假年而寡過兮，見《易》道之沉茫。歷兩都以迄江左兮，胡論説之繁蕪？裂三家而立九師兮，嗟白黑之相渝。分卦直日以占候兮，觀互取象以爲奇。置本原於貿貿兮，誕徒億夫繁枝。或鄙象數而暢以理兮，固未造四聖之藩籬。迺昧中正之教兮，援《莊》《老》以爲辭。荒吾《易》於空寂兮，重爲世道之疵。具曰予聖兮，孰有辨其雄雌？偉先哲之挺生兮，迺夢文而揖義。肆天根與月窟兮，卓千億而探之。作傳以盡其藴兮，演義以索其旨。聳東嶽之崔嵬兮，形衆山之岣嶁。顧凝道之待人兮，夏蟲篤時而不悟。雖糟粕之幸存兮，孰求源以上溯？入闤市而無平兮，恨餘生之遲暮。願喻言於飢渴兮，徂東南而迹熄。因謦欬以開聾盲兮，望考亭而罔適。抱遺經而自誦兮，歎鄙吝之充塞。昔程門之多賢兮，羌親炙猶未彰。矧罠罠之困蒙兮，迺冀窺其宫牆。歷中夜而蘊結兮，思神明之再造也。方大明之當天兮，何云莫傳其道也？雖不及見古之人兮，猶克逢此芳草也。唯南柱之降靈兮，生哲人於吾鄉。矯思以深造兮，迥入室而升堂。翫辭考占兮，得開成之精意。盡象數之賾隱兮，法弘通而簡易。窮幽明與鬼神兮，邀涵泳夫聖涯。會萬殊於一原兮，析精微於繭絲。續墜緒之緜緜兮，允斯文之在兹。震春雷而身先兮，步玉堂而聲馳。攖龍鱗以無畏兮，期誠格乎吾皇。妙《易》道於踐履兮，候順時而行藏。鴻高舉於雲逵兮，詎好爵之可縻？肆講道於瀫水兮，聊深潛以覺夫後知。天錫時人之耳目兮，又豈專於一方？延三老於太學兮，俾模範乎俊良。雖幽岩之蟄蟲兮，仰北斗之餘光。斂容一見兮，曰予未有知。大道公天下兮，匪先正之攸私。叩洪鐘以大鳴兮，啓甕寶而悉睹。辨山徑之蹊兮，窒向牆之户。闢皋門引之入兮，指周行而使由。惠循循其善誘兮，心不殊於聖丘。觀雅樂於洞庭兮，審五音之雜比。習大射於矍相兮，見序點之揚觶。豁目爽而心怡兮，若大夢之忽醒。望海若而興歎兮，敢涯涘以自盈。幸圖徽之未晚兮，矢尊〔一〕聞而勿失。戒井蛙之拘虛兮，傚蛾子之時術。懿告往而知來兮，勖探蘊於七分。願就正以卒業兮，爰述意於斯文。

毅齋賦 并序

毅齋者，尚寶卿劉君藏息之所也。君名乾，字克柔，更以毅名齋，有相成之道焉，予嘉其意，作小賦以遺之。

於皇指象，元渾察兮。迭陰與陽，一氣比兮。君子何貴？誕不已兮。醜類章畫，曰乾其理兮。純粹正中，德統天兮。紛緼播物，膺無垠叶兮。氣質雜揉，吾性偏兮。泱驟翱翔，剛柔分叶兮。在昔《皋謨》，彰厥常兮。采采九德，反伊良兮。亦有箕疇，乂用克兮。高明沈潛，維以爲則兮。功不在舍，梗非善化叶兮。鍥以朝夕，金石易叶兮。木挺中繩，輮中規兮。維彼暴棄，乃不移兮。參魯任道，秉力毅兮。棖也維慾，剛迺躓兮。釋回修姱，要必强兮。于帝其訓，仰天行兮。過聖及賢，不及令名叶兮。嘉彼良朋，揭以爲柄兮。匪彼類假，繄德命兮。思義顧名，何不臧兮。知剛知柔，萬夫望兮。

〔一〕尊，十二卷本作「遵」。

詩類上

五言古詩

哀知己詞二章鑑案：此詞唐選本編入雜著中，非五古也，舊鈔本誤編耳。

繄獸有麟兮，希世之祥。士有厥類兮，邦國之光。振振其角兮，周道以昌。魯郊踣兮，世弗爾知。亦知爾異兮，巍其尤誰？吁嗟麟角兮，君不可作兮。

繄鳥有鳳兮，希世之瑞。士有厥類兮，邦國之壂。藹藹其羽兮，周椒以崒。楚篸困兮，世弗爾庸。幾庸而逝兮，詎爾之凶？吁嗟鳳毛兮，君孰爲招兮。

浴沂餘興

桐江趙慈佩先生，貳守錢君之師也。以春三月訪錢君於越，相與遍遊諸名山水。於其歸也，縉紳共爲《浴沂餘興》詩卷以贈之。

陽光次胃陬，牽牛貞厭旦。濯濯吐群芳，喈喈亮春唤。磊落沂上翁，感之思如翰。吾徒豈云遠？專城比閎閈。賁然及良光，流辰鳥驚彈。菁莪會師生，匪直童與冠。青絲繫玉壺，鏤篹鐻膴胖。

越地山水佳，尋盟盡娱翫。禹穴探幽蹤，秦望縱奇觀。修禊弔蘭亭，湍流自淠淠。迴楫鑑中遊，畫圖倬雲漢。極目越王臺，矗立俯溟瀚。驚濤忽湧峨，呺竅疑操縵。榮華委蟬蜕，滯吝豁冰泮。即寓倒金罍，式燕敖以衎。長嘯堪輿窄，浩歌雲霧散。真樂非分表，沖融無間斷。昔點志在兹，喟然宣尼歎。由求不能與，而況鄒與駻？事邈千載餘，斯心良共貫。嗤彼乖匡徒，胡分華山半？清興允矣輸，白駒不可絆。譽處播群公，奇文簇繡段。悠哉返吾廬，春風滿車幔。

西舍池蓮過時未開諸翰林分韻賦詩催之得時字

永日敞虚軒，半畝開新池。中有千葉蓮，根從泰華移。青錢疊圓密，羽扇排參差。高叢久已茂，奇葩發何遲。渾疑南海睡，空負廬山期。停杯泛緑水，吾將叩女夷。植物盈兩間，榮敷各有時。胡獨昧兹理，不爲薰風滋？女夷寂無言，微波起清飈。萬柯鳴策策，爽然啓予思。發生自物性，所嗟莫我葵。爭妍鄙桃李，故與春光違。幽獨聊自媚，逃名名乃隨。他年吐一萼，墨客競搜詞。朱顔續〔一〕六郎，冰盤浴西施。但騁語意巧，比類殊非宜。亭亭君子質，豈同妖冶姿？恥負冰雪潔，乃爲衆口緇。何如斂華耀，無譽亦無疵？冥會若有聞，爲爾發長噫。韜真信可尚，無乃類鉤奇。叔孫毁日月，

〔一〕續，稿本作「覿」。

明照曾〔一〕何虧。不見菊與蘭，失志亦若斯。年年山徑間，幽芳秋自披。真宰握元化，産物將有爲。念此雲錦段，天孫鏤銀絲。製爲虞帝裳，萬象涵春熙。云胡誇毗畏，甘隨秋草萎？屈伸由所遇，在人尚如兹。數奇無足歎，濂溪終爾知。葉動靈龜浮，玄衣暴晴曦。盤旋久不下，若喻招來辭。

送章以道謫判梧州鑑案：此題又有七絶五首，在下卷，唐選本合編於一處。

洩雲無定姿，望望向空没。迴城送遠行，鶯花况繁菀。向來同升友，日夕成燕越。繾綣不能言，車聲隔坌坲。

晨出史館馬上口占戲簡九和〔二〕

茅屋隴山子，心與隴山齊。失足塵網中，滄浪渺無期。朝如挺鹿逝，暮若籠鳥栖。浩歌强自適，引領意逾迷。曉來出禁闈，驅馬避沙隄。驚風動地至，倏忽忘東西。欲就故人語，熟路更多歧。况聞高宴會，雕俎雜翠鎞。徘徊獨返舍，矹硉春思躋。山翁不可遇，安得醉如泥？

〔一〕曾，底本作「會」，據稿本改，蓋「曾」、「會」形近而訛。
〔二〕稿本題下有小注云：「即顧鼎臣。」

輓王氏母

生别已堪悲，死别即永隔。婦人況多涕，丈夫且刺刺。卓哉王氏母，耿耿心如石。良人念靡盬，三川行遠役。素書戒勿顧，但願功名赫。君身不自有，妾身遑自惜？遘疾歲幾危，垂死意彌激。語兒即束橐，無以憂遠客。絶者不可復，徒使方寸情。義氣凛不磨，壯夫猶泚額。醉載戒懷安，遵墳閔魴赤。古來二三女，炳焕垂簡策。壽短可弗傷，榮名永無斁。

中孚陸鐵冶正郎投詩自歎和韻以慰

墨子悲素絲，匹夫戒懷璧。懷璧亦何罪？素絲多變易。不聞道上歌，由來歎弦直。春敷能幾時，晨光忽已夕。卞和不可遇，至寶同瓦礫。斗酒聊自娱，人生匪金石。

題畫

野水轉秋色，楚天霜露微。荷風扇殘緑，幽境人迹稀。沙禽時上下，翠羽弄寒暉。披圖意無極，蒹葭渺依依。

至日自警

碩果藏靈機，陽德忽更始。爾心豈不然？善端要無已。重泉一脉清，眇然異泥滓。陽來日已長，爾心旋復死。天人遂以乖，消息本相倚。寤歎感兹辰，沈迷抱深耻。閉關道無他，旋軥幸及此。會當陽壯時，考身視所履。

生女謝應期柬問

生男未可期，生女亦不惡。兩女當一男，聊足供藜藿。殷勤故人問，天涯共憂樂。吾生命如此，萬事付杯酌。

江南吟

扣角歌易急，採菱調苦沈。客子且緩轡，試聽江南吟。朔土多狂飆，三春半霧霿。柳條寒受束，花容如皺衿。渚居不慕原，陸植不産潯。江南春欲晚，百鳥皆好音。風晴緑野麗，日高松徑陰。淙瀉古壑，奇芬炫長林。浪滯青雲迹，空負滄洲心。任公屬巨鈞，戴子破瑶琴。金膏詎隱耀，良玉亦類簪。懷哉玄豹質，隱霧南山深。

問津圖

聖心如天地，吾道無緇磷。藏固非辟世，行亦豈辟人？顧兹行藏理，顔氏嘗有聞。由也亦失問，沮溺焉知津？

送張秋官璿理刑淮上

長淮日夜流，清澈直見底。波濤豈不興？風定旋復止。來往亦何情，妍媸物所視。欲問使君名，試看長淮水。

吴生棟卿舉進士之三月授工部主事遂以疾謝歸贈此識别

朝遊黄金臺，暮還黄山陲。豈無鴻鵠志？依依在南枝。浮雲起天末，卷舒各有時。知子抱心疾，身疾非所辭。

壽豐封君鑑案：此詩當入五律，原本似誤編。

玉堂清絶地，況復美江山。詩老來遊日，仙郎舞袖斑。松篁春色住，風雨竹輿閒。自是蓬萊島，何須藥駐顔。

壽陳封君分題得竹翻夏籜

仙家太湖畔，修竹羅層軒。南風動疏薄，錦籜何翩翻。剥故見新筠，玉龍拂霄騫。因之悟形蜕，故新若追奔。夜雨膏沐濕，曉看萬兒孫。紉葆製野冠，斸石薦山飧。補林隱蹊術，淑景遞朝昏。雪霜天地老，蒼然露靈根。會將葛陂杖，迅足遨崑崙。

魚繫柳

遊魚依淺渚，鼓沫安所希。芳餌一爲災，遂與烟水辭。空懷濠梁樂，永貞龍門期。江湖波浪深，蕩漾惟所之。託身一失所，修鱗竟奚爲？山鷄溺其影，樊鵲真自離。天生物已多，魚乎爾何知？

贈余子華

鳳雛五色儀，千仞下積石。朝日鳴堯庭，百鳥皆辟易。稀世見奇瑞，價重渭陽獲。貯以黄金屋，餐以琅玕實。如何舍此去，南飛欲安適？得非形影單，更念儔侶隔？丹山信窈深，恐難隱羽翮。君恩應重戀，回翔海天碧。

騏驥矜一躍，十步還自止。駑駟奮百駕，終然致千里。立功貴不舍，前修有遐軌。傷哉誇毗徒，沾沾意自喜。蜩范競爲珍，稰糕厭夙旨。枕穅終眯目，毀鐘空掩耳。同志欣有覯，冥探謝哆侈。多歧諒不迷，周道本如砥。出門贈以策，遠步從此始。

無題

良友不可遇，士林固多奇。喔喔鷄鶴群，終然非等夷。痛哉流俗鬨，指顧藏械機。同曹幸有覯，雅志探眇微。如聞空谷音，驚喜不自知。張弛理固然，諧謔豈善戲？所貴麗澤交，申規意無疲。斯道剥已久，賴君挈其維。再拜久敬章，藥石我所師。犇馬苦難制，涉世眩紛奇。反念狂作聖，弛閑夏變夷。誰云庸言易？慎哉此樞機。滃芷由漸漬，横流基細微。卓彼孔氏徒，有過恐弗知。云胡爾藐藐，覆用教爲戲？及此服銜轡，無爲等駑疲。六藝爲爾輿，三益爲爾維。千里苟不已，獵德有餘師。

送殷近夫年兄還壽張鑑案：「年兄」二字原闕，據唐選本補。

憶昔同登第，彬彬盡時傑。殊方一日親，歡會期切切。舉鑣絶九衢，飛鴻頏以頡。洩雲無定姿，蟾兔圓又缺。告歸未經年，漸作風花瞥。重來訂舊盟，落落晨星綴。求友感嚶鳴，我心徒藴結。殷君英妙年，神姿秋水澈。短軸徵余言，故園將返轍。驚走問何爲，忍又遠離别？告余非矯情，至理未昭晰。歸來冀有聞，不能耻就列。我雖升同朝，今始心見蔑。世人釜斛容，勺水易盈竭。不知泰山崇，乃爾恃丘垤。子若慊未信，仲尼固所悦。斯言慎勿欺，努力希前哲。況復桑梓同，洙泗日可啜。高風千古上，白日秋空揭。立功貴不舍，金石尚可鍥。嗟余晚業儒，宫牆苦未閲。千里羡良驥，顧自同跛鱉。心能膠漆投，迹任參商别。酌酒餞君行，莫辭金樽凸。相思頻遺札，庶以策蹇劣。

贈汪生

汪生泉山來，謁我雙江涘。俛僂衣弗勝，揮筆如振綺。驚揖問何爲，負笈歷千里？如子才藝良，甲科安足擬。自云少業《易》，一葦涉渺瀰。願借白室光，兀兀慚款啓〔一〕。子志信不凡，顧予何能爾？遺經久剥蝕，異説嗟蜂起。斆學日已非，多歧空自眯。蜩范競求珍，穮稽厭夙旨。我言徒强聒，孰辨朱與紫？譬彼清廟絃，不入里巷耳。感子故來意，欲默胡能已。聖道雖云遐，傳義此其軌。惟天有兩曜，如《易》有二子。歸哉自得師，冥探謝哆侈。

題避喧菴爲戴先生作

台郡有高士，幽懷洽隱淪。振衣雁蕩巔，卜居南海濱。遁世固不忍，皓皓詎蒙塵？棲雲絶徵命，渡澗謝來賓。虚室寂無闃，廬前萬物春。出壑孤松老，巡簷二鹿馴。和風山鳥唤，新雨石泉呻。欣然意有得，聊以終吾身。萬頃蕩波鷗，肯若籠中鶉？洗耳人已逝，皎月懸高旻。悠悠數千載，風節獨與倫。安能陶謝手，雄辭發天真。

題同聲詩卷并送掌教羅汝實行

進士徐世皞、冬官謝汝正於汝實爲同心友，兹汝實以事來京，相與聯句，得數十篇爲卷，索予題之，兼以贈别云。

〔一〕啓，底本作「胥」，據十二卷本改。

澆風涸淳源，交道日以熄。紛紛槿花心，落落歲寒植。幸此青雲交，横流立巨石。皜皜白玉姿，同出自垂棘。蚤歲持獻君，各負連城直。或琢爲連瑚，楚宫薦粱稷。或委泮水旁，和璞人未識。相失各一方，道遠不可即。端綺遥相遺，夙心誓靡忒。幾年如參商，重喜嘉王國。離合感今昔，耿耿何能默？矧兹坐上賓，卓犖咸我特？志意協金蘭，匪彼菊與薏。萬斛滚珠泉，無煩限三刻。韓孟倡城南，千載繼遺則。妙思徹萬微，閎辭窮六極。風雨白晝驚，蛟龍吸池墨。慷慨發浩歌，中心憯以惻。並轡欲長驅，逞志伊吾北。六月滄海運，萬里雲鵬陟。云胡際斯會，濉池尚垂翼？歡樂殊未央，翩翩征旆亟。相送出都城，踟躕衢路側。贈别亦何言，努力崇令德。天意固有屬，良寶豈終匿。荆石一以剖，千仞耀生色。屈伸諒有時，嘉會難再得。我願舉佩刀，斷爾黄金勒。浮雲互相踰，白日忽已昃。孰是十日歡，千里遽殊域？天空雁影遥，樹密蟬聲唧。載賦《白駒》篇，西望空歎息。

七言古詩

松鶴圖

千歲青松注靈液，根盤卓筆峰頭石。老幹崔嵬知幾尋，一枝横亘三千尺。屈鐵交迴涷蘚封，疏絃戛擊風濤洘。白雲鬱繞晝晦冥，應是神祇衛靈魄。玄鶴何年遼海歸，徘徊獨下棲高枝。鍊火融金形幾變，燕膺鴻頷背伏龜。丹頂熒煌火珠出，毛羽翩躚霜雪垂。戛然長鳴林壑震，昂藏勢欲凌天逵。薛公久亡韋偃逝，解寫高標真絶藝。半幅吴綃拂拭光，筆底長風回遠勢。雪山月白倒蒼虬，赤壁江深横縞袂。盤桓不必向柴桑，疑坐華亭聞曉唳。信安太守古誼深，千金買得遺同心。同心之友仁和裔，發身黄甲擁朝簪。政聲赫赫播人耳，高齡今已周甲子。吾知千里故人意，此物持贈良有以。松以勵貞心，鶴以勖素履。令德既相符，遐算應可擬。

南還過天津聞雅樂於施憲副所感而有作

正聲久埋滅，文舞隨飄零。趙瑟秦箏動繁會，優施飛燕充公庭。誰哉思返古，獨整平淡驅哇淫？八行肅民秀，奏鼓間摐金。《鹿鳴》廢復理，《南陔》絶更尋。引宫雜徵聲裊裊，細大相和珠在繩。羽干作止逐清響，玉山忽倒還高撑。鳳鳴鸞舞下復上，九官濟濟無争長。朱光耀翟動沖融，協風振木摩沆碭。玄酒淡，初嘗至味終心賞。波濤頓息水鏡平，浮雲散盡天虚朗。我生晚儒業，好古心孔紆。過魯欣猶在，聞齊本不圖。聽終觀罷意無極，斂襟獨對長噓吁。塵眸俗耳苦不一，崇用鵷鸃捐弁冔。千鈞引一髮，將恐紫奪朱。胡不以此上論列，《簫韶》九奏光姚虞？

田家行二首贈李明府

鑑案：「二首」兩字，據唐選本補。後一首原闕，亦據唐選本補。

山禽作聲春雨急，老農荷鋤轉愁泣。常年聞爾催耕忙，力耕剛見禾穗黄。吏來索租怒如虎，割罷秋田已空釜。嗚呼山禽爾莫鳴，年年誤我勤春耕。

草蟲機下聲唧唧，織婦停梭涕沾臆。爲爾促織無已時，幾回心碎續寒絲。今年三熟復何用，寸帛須向官家送。嗚呼草蟲爾暫息，歲歲誤我當窗織。

龍江歌贈史克明

九龍山下龍江流，世傳嘗有九龍遊。九龍一去古復今，龍山崒嵂龍江深。龍山有時出雲氣，江頭作雨大於筯。坐令枯槁回春滋，猶疑九龍未曾去。江山有澤能及人，何況昂藏七尺身。願君爲令同此江，孟雍名績未足雙。

題畫爲錢公浦作

蒼崖竹樹枝相樛，流水活活山澗幽。白雲萬疊不可極，生絹數尺開滄洲。石橋有客抱琴去，高人只在雲深處。平川歷歷林麓窮，咫尺雲間不相遇。當時曾絶伯牙絃，於今相去又千年。虚亭風起白雲散，高山流水空依然。

題畫

溪花如雲水如練，遊禽溪上色相亂。孤飛西來落斜電，雙入汀蕪半隱見。境偏未識春華變，羽毛翻翻若自衒。莫云此地無羅罥，樊中飲啄豈堪羡？

題松軒

高州有客獨愛松，十里清風結幽宅。佐藥千年苓滿地，釀酒三春花可摘。貞心獨許此松共，日對蒼髯成主客。酒醉熟眠松下軒，詩成緩躡松間屐。露下松梢鶴夢回，雲開松外茶煙碧。盤桓不減柴桑趣，梁棟猶思獻邦國。我家亦住萬松裏，三年北土飛營魄。感君幽事發浩歌，飄飄如聽風濤浯。

附編補目

兩典文衡賦

鑑案：此賦至《遺意寄八兄詩》，鈔本不列卷内，今附編十卷末，并補目。

侍御陳先生戊午嘗監試江西，辛酉又監試吾浙，四祀而兩典文衡，固世所鮮者。玘不佞，忝門下士，因述其事以爲賦焉。

繄皇風之清寧兮，廓人文以宣朗。迺涣號於九圍兮，張羅英之一綱。稽在昔之興賢兮，羌命官以裁制。周用樂正而造秀兮，隋載屬郡以較藝。迄大明而新乃制兮，總厥成而憲臣。謂重事之不易兮，恒簡命乎忠純。矧廬山之蟠鬱兮，在八垓而騁殊。會稽偉鎮乎火方兮，號天地之奥區。精秀毓爲俊乂兮，紛衆芳之畢在。雜菌桂與蘭茝兮，德馨允其蓋代。兹惟帝鑒於王國兮，俾天子之是祐。苟旁招匪其人兮，疇冀得才於羿彀？　嗟衡嶽之降神兮，生哲人於大荒。　重仁集義兮，中正以爲裳。　金石同其堅剛兮，冰玉同其潔清。　特簡於烏府兮，豺狼屏而山谷驚。　肆吾皇之懋乃德兮，爰寄之典衡。　歲戊午暨辛酉兮，賢科洊設。　按江右而吾浙兮，確秉心之一轍。　四更祀兩司文兮，期敷求乎人傑。　驅夙昔之敝法兮，遵舊典以作程。　風行而雷動兮，翕然咸以正。　徽儒集四方之彥兮，執事會百司之英。　武弁悉力以防範兮，供億駿奔盡獻其精誠。　霽陽告旦兮，奎星出晨。　烝我髦士兮，具見其天真。　既濟濟總總林會而丘聚兮，又詭詭鏘鏘翔龍而鳴鈞。　吐英發華光耀赫歘兮，洶波濤而放煙雲。　爰殫心以考較兮，式披閱之惟勤。　抑浮華而復古體兮，並歐陽氏之明。　黜豔麗以尚典要兮，又奚讓夫方平？　秉皐卿之剛正兮，奔競爲之輒斥。　豈達珣之任情兮，一怒而心易？　露桃隱隱其失豔兮，日杏陰陰而無華。　惟群芳之收采兮，餐杜蘅與蘭芽。　覓瑾索瑜兮，罔惑於珉。　騰幽壑之潛蛟兮，起北海之鯤鵬。　維先後而典衡兮，公與明其兼至。　肆二藩之貢士兮，率超先而出類。　登庸悉此知名兮，原闕〔一〕白續其芳塵。　才德咸萃於是科兮，邁程羽之得人。　學博文雄兮，追原甫子固之儔。　才如陸而直如杜兮，清光無替於前修。　彼龍虎之名榜兮，罔專美於唐世。　何玉筍之列班兮，足壯其秀異？　紛吉士之藹藹兮，棟梁榱桷之咸供。　占小善而率録兮，洒濫及於愚蒙。　信伯樂之一過兮，尤拔而群空。　亂曰：小子有造兮，惟國之楨。　滋桃樹李兮，固非公之衷情。　以人事君兮，遹求厥寧。　黼黻皇猷兮，萬方是貞。

〔一〕按十二卷本不闕，作「宋」字。

瀛海歌送李大參致仕歸任丘

若有人兮懷故園，秋風起兮思紛煩。玉麟藻綬不可以羈紲，招白雲兮旋征軒。渺瀛海之浩蕩兮，環危樓之矯騫。朝霞夕霧，杳眇以玄滑兮，若馮虛御風，移仙跡於崑崙，洪濤巨浪，穹隆雲撓，洶涌澎湃，摧山衝擁，吸日月而吐吞，忽風平以鏡净，涵萬象於胚渾。羡君之歸兮，據西北之雄勝。沛洪澤兮返息機，寄遐情於凝蒸。六月運兮隨鵬翼，八樹栖兮規鶴脛。君去來兮孔時，弔北山之荒徑。傲海若〔一〕以大方，動玄虛之幽興。巾華陽兮躡屐屩，集耆英兮醉吟嘯。釀碧波兮杓鸕鷀，窗暖翠兮枕菅蒻。棋聲寂兮蘆月高，沙擁籀兮潮夜落。荷夜香而泛舟，鱸秋肥而入籍。蒓浮紫而波縠，蓼翻紅而岸爚。汀鷺聯拳，沙鷗根格〔二〕，侶浴群飛，音殊色錯。信此樂之無極兮，感是非於今昨。望天際兮行艫，馺下上兮飄颯。騰超〔三〕嶢嵲兮，虹〔四〕鬬戈戳。神怪〔五〕隳突兮，鯨鼉怒盱。恟駭沈顛兮，以利易軀。使桎梏軒冕冥行以觸禍兮，亦何異乎海賈之爲愚？休亭亡而谷古，龍灘

〔一〕若，底本作「石」，據稿本改。
〔二〕根格，稿本作「报挌」。
〔三〕超，稿本作「趠」。
〔四〕虹，稿本作「洪」。
〔五〕怪，底本作「悭」，據稿本改。

嗚而社蕪。固將追蹤往哲，見幾以肥遯兮，夫豈徑絶而馬瘏？鴻舉兮千里，逝冥冥兮安可羅。

江南弄三曲送方坦翁還衢

舒芳耀緑花層層，玉缸春透紅霞蒸，上林多勝綵服成。綵服成，高門期，兒拜舞，樂無涯。
老翁野服任性真，蓬首不梳動及旬，暫出山林驚世人。驚世人，走波波，床頭《易》，貽謀多。
棠陵二月春事幽，鵁鶄鸂鶒媚晴洲，翩然懷歸不可留。不可留，兒心苦，望白雲，識歸路。

我有旨酒三章招同志也有酒弗私以敦好也

有湟萋萋，以雪以風。我有旨酒，伊誰與同？
風襲我户，雪灑我墉。我有旨酒，舍子曷從？
有客至兮，有酒旨兮。匪酒之爲旨，維我同志兮。

鐵柯詩爲劉司寇與清賦

磷磷澗中石，亭亭石上松。託根深且固，柯葉凝青葱。崚嶒剥苔蘚，屈鐵盤虯龍。扶植自元化，閲歷無春冬。誰哉揭嘉名？正性夙所同。野行欣有覯，願言結始終。清階起柏舟，勁色摩皇穹。磥砢亮多節，直道豈終窮？顯陟階丁夢，炎歊識蔡功。千仞明堂材，百鍊霜雪風。歲晚益凌厲，三徑揚清風。

送表弟婁尚德還越

燕山見汝來，如見吾母顏。汝今辭別去，惻然摧我肝。遊子倦行役，歲暮天風寒。望望不可留，江際孤雲還。殷勤託告語，欲語愁多端。倚門如有問，爲我報平安。

雪後九和枉過即席有作次韻

我本剡溪人，偏愛雪中景。況逢子猷來，茅齋慰孤静。無詩客定俗，有酒官豈冷。下馬顏已酡，呼筆意先騁。風流憶灞橋，梅信傳庾嶺。章成手八叉，星隘陂千頃。蟋蟀懷憂思，詼諧寓忠鯁。柄用卜他年，看君真虎頸。

蓬萊永晝慶西涯閣老六十

日出扶桑寰宇融，石柱晻靄呈高峰。百靈上竅貞元萃，降作羲和翊舜功。迅埽煙雲睹靈耀，鳳鳴亭午潛虩蟲。碧海周環渺無際，黄閣還與蓬萊通。車旋經柳瑶池啓，初霞閃映珊瑚紅。金節絳衣飄婀娜，手握元化游無窮。燭龍視瞑自昏旦，常侍三山太常宫。

遣意寄八兄

昔夢崆峒被奇服，翩翩仙侶雲龍逐。昂鶱忽在北斗旁，丹臺冥冥海日旭。絳節香駢引我前，鈞天樂動麟鳳崒。授我靈符制百怪，波谷豐沮坐超忽。俯視九垓雷雨濛，泰山牢龍碣石杌。天風颸颸衣袖單，一聲玉笛窗前寣。肆上懸壺還昧曚，洞口桃花猶恍惚。頗記青衣來海東，手把靈芝駕蒼鵲。蓬萊玉室漫相期，看君似有羊愔骨。

中峰集卷十一

明會稽董玘文玉撰　族孫金鑑重校刊

詩類下

五言律詩

送朱崇周尹五河

彈鋏青雲晚，之官墨綬新。循良今日望，湯沐帝鄉民。柳暗燕臺雨，帆開泗水春。傳家清白業，莫厭甑中塵。

輓陸大尹竹窗

哭憐仁父逝，天曷棄群黎？異政曾驚掾，真廉尚感妻。陸死之日，妻卻賻金，曰：「恐累吾夫平生。」月明琴絶響，露冷竹含淒。惟有聲名在，恭昆傳裏題。

贈平翁

翁居漳水上，時共白雲期。與物總無競，此心誰許知。鄉留君子澤，家散應山貲。寥落千年事，冥鴻見羽儀。

輓汪同知有本

昔我兒童日，從君滇水時。通家傳舊好，聳壑愧深期。去住猶疑夢，存亡獨繫思。長安逢令子，一寄《八哀詩》。

送潘儀部潤之南都

南國潘郎去，春風花正殷。清曹兼吏隱，勝地得江山。逸翮青霄上，書巢萬竹間。遊輿更將母，不比賦《居閑》。

贈温州劉揮使

草色生鄉夢，春風放凍舟。檀車看欲敝，金印志初酬。列宿因城轉，千山到海浮。東南須保障，長笑贈吴鈎。

芝秀堂爲盧侍御雍題

此草不常産，孤生信有靈。孝徵同孟笋，瑞氣應堯蓂。雨露新分葉，雲山近作屏。晝堂遺澤在，重勒《秀芝銘》。

歲暮日聞蓮峰轉文選走筆奉賀

舊歲猶新歲，新官異舊官。半生徒蠖屈，萬里信鵬摶。求友今無二，知人古亦難。百年真轉燭，留取汗青看。

送同年朱德嘉副郎再赴金陵

北地花猶少，南州春欲闌。殊方驚物候，此日羡征鞍。芳草幾人别，鍾山兩度看。離心逐歸夢，相送到江干。

正月三十日兒子周歲口占

生男亦不晚，喜見痘瘢收。月正仍逢晦，年更始浹周。未能離哺乳，已解拾琅球。是日先取珮及筆。歸棹娥江上，春來爲爾留。

送蔡侍御乃兄還鄉

六月初鐃雨，官河潦水生。高陽歸靖叔，洛下謝慈明。玉竇晴霏斷，箐山曉夢清。池塘如得句，北雁更春聲。

送章杏莊杏莊乃楓山先生之侄，兹來附，聞先生教言，故末語及之。

半生江海興，去住總悠悠。草色來香夢，春風放凍舟。片雲靈洞外，遲日畫溪頭。悵望河汾宅，何時負笈遊。

送雷州通判

試説雷州路，螺山並海馳。古來猶惡土，今日是通逵。界稻堪供賦，官言解變夷。九重有新政，爲報遠人知。

贈鄭上舍

新雨潞河漲，孤帆柳岸風。游蹤留冀北，歸夢遶江東。已脱囊中穎，休論吴下蒙。藝堂餘業在，轉翮赴冥鴻。

玉樹早多陰。

輓朱母侍御亨之祖母。

萬里收夫骨，百年爲婦身。艱危常有此，彤管獨何人？蔹葛千行浪，風波九死鄰。同藏復何憾，

送司勳王錦夫參政山西

攬轡從此去，雁門春已深。梁山連井陘，汾水帶雲林。未是兵戈地，寧忘蟋蟀吟？東曹舊亭竹，後夜只清陰。

輓項揮使兵部尚書襄毅公之子。

沙漠銘誰勒？封侯事已空。項公真有子，李廣豈無功？挾纊千夫淚，防身一劍雄。城西餘舊業，大樹日悲風。

顧九和詩才甚敏嘗與予退朝歸院睹景即成一律因次韻美之

群籍盡濡真，操觚若有神。渾雄才復古，儁逸語驚人。影落鶯過水，花飛柳送春。上林多勝景，應入品題新。

七言律詩

送王水曹表侄蔣上舍

虞衡席上識君顔，紆觀觀光正少年。吏道無常聊鼓篋〔一〕，天衢有志定揚鞭。烏群獨喜逢朱鳳，龍種從知異白顛。努力扶摇誰夭閼，賁郎曾是漢廷賢。

送周天兆乃翁南還

秋風忽憶蟹螯肥，禄養翻嫌與願違。蓬島綵衣春宴静，鑑湖紅蓼夕帆歸。石田雲外多心賞，玉樹階前蚤競輝。佇看杏花如錦日，上林還引二雛飛。

贈吴上舍江

姑蘇送我飛花日，京國逢君又暮春。志士乘時千里道，流光如許百年身。詩書門閥英聲舊，鼓篋圜橋侈袂新。鯤化定非池沼物，秋風海運見修鱗。

〔一〕篋，稿本作「笥」。

送吴大行巖使荆藩

新擢輶軒南楚去，吴門喜見錦衣行。禮周藩服金舄重，寵借皇華玉節明。風便不驚鬃磧路，雲晴〔一〕閑上岳陽城。信歸莫遣春光暮，曲水通家待續盟。

壽封少傅楊公公以僉事致仕。

已向彭門謝佩紳，鳳毛日下送恩頻。古來塵外人無比，今日山中相是真。橘柚園林殘奕在，蒹葭汀渚著槎新。清江應變葡萄緑，長醉芝蘭座上春。

送劉少傅歸展墓二首鑑案：其一蓋代人作。

曉日龍章出鳳城，台星夜指角虚明。殊恩獨慰瞻雲思，上相誰爲衣錦行。車蓋遠山迎瑞色，松楸幽壑帶餘榮。商霖正繫蒼生望，莫向耆英問結盟。

鳳閣聲名被草萊，野童争識相公來。直將正氣酬中嶽，暫許文星出上台。螭壓豐碑宸誥重，花明瀵水畫堂開。湍歸應念綸音切，虚宁方資濟世才。

〔一〕晴，十二卷本作「高」。

送黄門李志道使占城

共羡世家稱李揆〔一〕，中朝還數諫垣才。遠將雨露海東去，争識鳳麟天上來。鬱水風平槎斗近，扶桑日旭詔函開。應多圖志增《王會》，歸橐無愁海怪猜。

壽張進士母陳五十

鶴髮初生半百年，上林喜見綵衣旋。生兒已兆士行貴，屈節曾聞絡秀賢。慈竹陰生宜晚色，板輿遊處及春妍。白雲咫尺新安路，歲折梅枝奉壽筵。

送司業汪先生

幾年東觀淹良史，此日南雍借夙儒。不遣橋門常寂寞，故教賢路亦崎嶇。虞周禮樂尊三席，伯仲聲名在兩都。春草未須驚久别，還看鳳羽接雲衢。

霞道人生日以詩見示次韻奉答

脱屣浮名壯志堅，玄中十載得真傳。蓬萊弱水終何處，野服黄冠且自便。天上瑞徵歸白鹿，人間

〔一〕此句稿本作「共羡李揆家世事」。

去住總秋蟬。丹成若憶雲門客，爲報蟠桃再熟年。

送陳葦川先生赴南京翰林

南望瀛洲迥隔塵，此行還喜帶銜新。若除詩酒都無事，信是神仙别有真。雲起望家吴岫曉，花明繫馬秣陵春。十年門下追從地，杖履何時許更親。

送同年劉彦明知衢州

使君家世本劉寬，況是親民第一官。翕舌應憐東國病，選良不爲潁川難。春風路轉朱旛遠，越水雲多竹馬攢。桑梓地連鴻雁近，定將新政報平安。

壽涯翁

龍門高映壁光寒，每得先秦製作看。學本六經曾用世，望尊一代不緣官。清樽同甲人應少，白髮完名古亦難。廊廟江湖元不異，更將赤手挽狂瀾。

送張貳守正之赴汝寧

不辭湖海十年路，已見棠梨幾郡花。旱魃正愁中土病，遺黎争候使君車。玉梁泉動春行野，水雁堂深夜散衙。循吏祇今誰載筆？瀛西太史是通家。

寄賀晋江王處士受乃子評事封命處士有七子。

一經課子不辭勞，棘寺貤封未一毛。朝紱更兼林野逸，鄉評獨稱帝綸褒。庭分謝氏芝蘭好，門陋于公駟馬高。遥想朋山風水永，登堂安得薦春醪。

偕懋忠九和南苑候駕夜入正陽門次九和韻

夜深燈火擁重關，蹇步高低萬馬間。白幘胡兒那可問，黄金壯士忽無顔。飛塵空聽宫車過，危磴真疑蜀道攀。傳語同袍堪一笑，真成有事不如閒。鑑案：唐選本有此詩，在《賀王處士詩》之後，今亦補録於此。

壽南溪于封君南溪即《醉翁亭記》所謂瀉出南峰間者。

豸冠令子趨庭日，鶴髮封君七十時。春滿里門停駟馬，風迴玉樹出高枝。身常老健疑仙近，家住瑯琊與醉宜。咫尺吴山桑梓接，白雲還見照江湄。

下邳贈潘貳守次盧侍御師邵韻初，貳守邀飲，予辭之，貳守因道盧侍御阻風復還，嘗有詩，予漫應曰：「若風作，當如例行二十里。」予舟破，果復還，殆語讖也。

盧子當年乘興迴，笑予何事亦重來。可應戲語還成讖，賸有高情爲舉杯。飄泊不緣風浪險，淹留又送夕陽頹。廿年南北經行地，檣檝從今定幾回。

和張子醇病中述懷之作

茅齋斜傍禁城陰，宮柳高低翠色深。春到每驚鄰舍改，官閑不覺歲華侵。鑑湖片月多歸夢，龍窟孤雲寄遠心。原憲從知非病者，朱絃獨奏有遺音。

再疊前韻答子醇

暮春忽憶在山陰，一別雲門歲已深。鄉社更從今日定，詩名當與古人侵。溪山何處非吾土，風月相宜有此心。底事多情同越鳥，北枝猶自作南音？

送熊峰石先生代祀闕里兼岱嶽

東祀由來屬重臣，龍飛況值紀年新。地親玉署仍兼職，名覆金甌更幾人。漢代規摹猶過魯，《虞書》望秩不緣秦。石渠青史須專筆，計日旋軺覲紫宸。

戲贈李敬之

水部半生成浪迹，荆門此去聽徽音。脂膏不潤元非拙，冰檗有聲惟此心。夜月鳴榔巴峽近，秋風濯足漢江深。從今爲雪廉泉垢，不似貪泉變素襟。

送謝以中歸省

傳第慚同上玉除，青春詞賦屬相如。石渠風暖看縈筆，羅壁雲深悵倚閭。解纜綵鷁姜母鯉，賜袍繡映老萊裾。承歡卻憶當年語，五色曾期夢鳥初。

和温民懷送趙李二太史上陵鑑案：此題又有七絶二首，唐選本合編於一處，今另編於後。

雨過層巒入望寒，聯鑣西去羨同官。平林百尺龍碑出，落日千家社鼓歡。紫蓋山頭雲氣合，杜鵑花底鳥聲單。《陽春》此曲知誰和，留作詞林故事看。

壽蔣閣老六十

髫齡已作曲江遊，六袠黄扉尚黑頭。争仰台階依北極，信知天柱在南州。日旋暘谷輕陰盡，春入周原過雨收。喜得相門如水地，幾隨仙侶祝添籌。

壽孫九峰司徒七十

七十朝端獨此翁，東銓曾記舊顔紅。望疑衡嶽諸峰上，燕喜周詩六月中。衮職闕知囊疏在，蒲輪來與屬車同。只將滄海添春釀，況復賢郎有父風。

蓬萊秋霽圖壽毛閣老六十

黄閣上公東海宅，置身隨處是蓬萊。有山孰與鰲爲極，無地惟看蜃起臺。星動台階仙履下，露清蟾窟桂香來。新題合爲蒼生祝，燮理功成壽域開。

歲凶盜起西園老兄作詩以傷之因次韻二首

悲感還呼好時侯，倒傾懷抱翰如流。詩成只爲哀煢獨，泣下何嫌作楚囚。異世人思龔遂治，窮年腸熱少陵憂。漢廷不顧賈生哭，空使豪吟念彼周。

布惠無人繼夏侯，月生草竊潰横流。潢池自古飢操刃，泮水何時頌獻囚。里有朱沖應免寇，世希范老孰先憂。悲歌數闋形神瘵，隱几窗前忽夢周。鑑案：唐選本有此二詩，在《壽毛閣老詩》之後，今亦補録於此。

排律

賀楊少宰脩書加俸

金峨降靈秀，越境産儒英。正學宗東魯，雄文逼西京。秋風起巨鳥，春浪躍長鯨。繼燭金鑾晏，宣綸玉署清。參機陸贄敏，引類應麟精。爰擢銓曹貳，允爲南國楨。茹强從愿介，舉直退之明。考績遵《虞典》，敷功達帝城。淵衷恢典則，廷議推耆成。金匱啓秘藏，蘭臺萃鴻生。集成七葉制，刊定百王程。健筆馳天馬，宏辭浩滄瀛。瑶編呈御覽，葩藻愜天情。增禄視太宰，釐恩倍群卿。歐陽輕粟利，韓魏薄錦榮。舟楫需明主，甘霖望野氓。尹躬恥撻市，姬旦勤迓衡。但願志兹業，坐令泰階平。

和八兄詠樹影

隱隱重重散復原闕，去來長與月華偕。楊條瘦勁横闌角，柔杪低垂醮水涯。癡僕訝蕪勞擁篲，舞娘輸技懶開鬉。露零滿地屯雲濕，風定當簾列戟排。巴蜀寫生難著筆，瀛洲異木枉遐懷。細看不盡幽吟興，未許郎中擅句佳。鑑案：唐選本有此詩，在《賀楊少宰詩》之後，今亦補録於此。

五言絶句

題葵軒四首

開軒獨種葵，愛葵還扁軒。洛陽花縱盛，不入主人園。

孤根託下土，莖長僅盈尺。赤日九天來，爾心獨無極。

有花偏入夏，無樹不宜春。倚杖傷憔瘁，曉來清露均。

人憐葵衛足，吾愛葵在心。但教心不改，爾足有繁陰。

戲贈蓮峰五首

謫仙酒興豪，一飲須一斗。明朝我復來，借問有酒否？

各爲閩越人，氣味乃相好。東山此會來，蓬萊我當到。

寡合平生病，清標幸此同。誰知縮地術，移住小江東？

愛水不在水，愛山不在山。欲據山水勝，共子樂其間。

好爵不足驚，榮名乃能久。握手平生歡，相期同不朽。

子夜歌送吾廷介致仕四首

向曉鳥聲多，入夕花容淺。感此無心物，歸山常恐晏。

艤舟盤溪東，正聞漁父歌。别儂多不返，誰復黑頭過？

昔去春蘭長，今還江鱠肥。江膾當年味，春蘭隨草萎。

秋山夕更佳，秋水寒更緑。山翁醉似癡，能調《清平曲》。

湖山春曉圖

湖上見碧山，曉來浄如澡。不因喚起鳴，未知春意早。

梅窗讀易圖

兀坐四山静，柴扉曉半開。梅花忽横户，獨識一陽回。

萱

誰言忘憂物，真解忘人憂。試入少陵句，應同江草愁。

題畫白鷺

漠漠蒹葭裏，微風送影寒。群飛一片雪，迢遞落江干。

黄鸝

黄鳥來深樹，新聲傍曉多。春風已强半，睍睆意如何？

雙鶴

並立風林迥，高標不受羈。何年赤壁下，舊夢入幽期？

水禽

鑑案：唐選本有此詩，在《雙鶴詩》之後，今亦補録於此。

剡曲收殘雨，春流半没田。翠禽來復去，掉臂上遊船。

樵

上山日已高，未夕束薪歸。不憚斧斤苦，但恐露霑衣。

農

十年事畬菑，未與飢寒辭。農家亦有分，不敢尤天時。

圃

無雨畦菜死，多雨畦菜殘。苦辛看甲長，不薦富兒盤。

漁

無心羨巨魚，投竿得所欲。夕陽人已醉，鼓枻秋江緑。

畫菜

此味人不知，此色誰與憂。何事丹青者，猶爲食肉謀？

芥

乍食噎堪驚，銷煩功亦聖。豈無適口味？奈此芳辛性。

猫

乞得狸奴小，街前日買魚。策勳良不薄，好護案頭書。
蹲踞依山石，奇毛散玉塵。戰功輕細柳，未厭一簞貧。

畫犬 二首

輕身過翥鳥，倒尾落騰蛇。槃瓠如可致，萬里净胡沙。
代哺家稱瑞，生鼇政有名。祇今圖畫裏，猶見古人情。

梅雀

清淺臨寒水，春風次第開。游禽時下上，不爲暗香來。

鷺荷

敗葉不勝秋，淒風起暮愁。無情江上鳥，飛宿自悠悠。

東山卷爲永州許通判題

零陵初佐郡，山水得前聞。況有東山屐，煙霞總屬君。

醉中吟

有象皆爲濁，無形始是清。世間如許物，誰識太和情？

吴叙之夢界卷

松月夜冥冥，禪關定何許。不見夢中人，空留夢中語。

紀夢卷

夢鹿已云妄，夢蝶亦非適。問君何多夢？應爲詩成癖。

七言絶句

題白頭翁圖次匏菴老先生韻

白首生來總號公，高飛何意負培風。畫師莫作三孤認，毛鬢相同有魏翁。鑑案：唐選本有此詩，列於七言絶句第一首，今亦補録於此。

山水圖

應憐接構靄迷空，白水青山色絳宫。共坐無言春思滿，崑崙誰與叩三翁。

送張惟漸掌教改任棲霞

石匱山中舊是家，拜官猶得近煙霞。尼丘日夕岡巒接，莫歎當年苜蓿花。

送陸掌教之烏程

莫向春風惜壯圖，屈伸須信總非吾。大鵬自有垂雲翼，六月猶淹九萬途。

送沈驛宰之泉州

雨霽都門煙柳齊，除書晨領向金溪。泉山八月秋光好，千樹蟬聲送馬蹄。

顧九和能醫嘗需藥於余戲簡一絶

中流始信千金瓠，得雨應忘七月槔。寄語大方休自衒，杏林還屬廣川豪。

催梅限韻

幾回呼酒爲春催，二月長安未見梅。試向孤山問消息，好花應待主人開。

百鳥圖

百鳥枝頭不識名，一番春去禁無聲。只交二月風花暖，處處春山春鳥鳴。

送鄭文華判曹州

蒼蒼喬木越江東，鄉里衣冠説鄭公。去去南山頻駐馬，莫教薈蔚刺《曹風》。

送人之荆州

荆門雄枕大江流，吴楚江南第一州。五月送君從此去，秋風應上仲宣樓。

竹亭卷爲番陽胡京兆作

出土節多元自異，帶霜枝在老猶青。渭川千畝空稱富，輸卻番陽半畝亭。

《竹亭卷》裏詩千首，坐對滿窗風雨寒。可是先生真好事，不須隨處種琅玕。

往蘭谿

石隱灘高水亂流，不堪風雨寄危舟。癡奴怪問緣何事？猶説蘭谿是勝遊。

方思道以墨竹并詩贈侍御時按治淮揚索予題

鑑案：「侍御」二字原闕，據唐選本補。蓋是時方思道官巡按御史也。

半幅琅玕一曲歌，故人持贈意如何？繁陰千里維揚道，記取清風此地多。

新歲釀酒數甕一夕盡酸戲簡蓮峰

斸藥尋媒事轉違，空山獨夜夢魂飛。祇因薄命知音少，昨日劉伶今又非。鑑案：唐選本有此詩，在《題方思道墨竹詩》之後，今亦補録於此。

桂兔

月魄秋生桂影團，誰教失脚下高寒？奇毛曾起瓜畦戹，莫遣天香一夜殘。

錦鷄

紅觜渾疑醉碧桃，和聲晴日起蘅皋。上林燕雀知非偶，不向樊籠炫羽毛。

送祝文卿赴沭陽司訓

路入長淮煙樹稠，彭城初雨放輕舟。楓山回首宫牆近，從此文風到海州。

玘幼受學于滇南楊簡之後掌教青田寄玘以詩因次韻答之〔一〕

鑑案：唐選本有此題詩四首，在《送祝文卿詩》之後，今亦補録於此。

莫把操戈逆自憐，此情未必似雲煙。吴興弟子離群後，雅飭猶遵教所先。

蚩蚩侗子命誰憐，師悟方瞻續斷煙。休道上林春得意，桷榱那敢棟梁先。

〔一〕該詩題兩「玘」字底本作「圮」，據目録改。

闤市無平内自憐，書帷徒爾黑燈煙。何當與坐春風裏，執鈍攻堅事所先。
鴻鵠馳心亦可憐，正冠静坐對爐煙。始終聖學無他事，一字龍門覺我先。

題戴先生紅梅圖

誰將絳雪點寒枝，色麗香清分外奇？莫訝芳妍混桃杏，半梢明月映幽姿。

送章以道謫判梧州五首

鑑案：此題又有五言古詩四韻，在上卷。唐選本附此五首於五古之後，不另編。

南粤雲山天下奇，勝遊亦是百年期。錦囊怪底春來重？擬和東坡海外詩。
仙子尚求勾漏令，洞天此日是君家。臨岐不問飄蓬事，翠巘黄坡夢疊霞。
鐔江月好迴舟楫，赤水巖深識薜蘿。蘇李當年渾浪迹，山川應待若人過。
玉兔遺酥炎海變，老龍開逕峽天低。鬱林鵖鳩先春語，深谷靈麖清晝啼。
蒼梧雲暗弔重華，萬里煙波去國賒。卻笑陳詞漫多涕，浮生何處是天涯。

送趙李二太史上陵和温民懷韻二首

鑑案：此題又有七律一首在前，唐選本附此二首於七律之後，不另編。

浦樹經春半著花，桃花深處是誰家？停驂雜坐依苔石，出郭行吟到天涯。

玉屏嵐氣晚依依，幾度看花上翠微。信是多情三日别，春風收入錦囊歸。

六言絶句

贈吕仲木 二首

沁水遊人裔裔，平原獵騎繩繩。子雲豈空自苦，枚叟應病未能。

滌滌炎寰如灼，靡靡沃野生塵。山川出雲何日，蛟龍送雨當春。

鰕蟹小畫

嗜蟹空勞乞郡，飽鰕何必湘潭。試著小儸數筆，滿堂風味江南。

中峰集附録卷一

族孫金鑑謹編

佚文

重修譙樓記略

新修《上虞縣志》卷三十第八頁。

董玘

上虞故有譙樓，實維縣外門，久而圮。前令伍君汝真疊石爲基，營構未畢，而召爲御史以去。今令劉君汝敬繼之，爲樓五楹，周以闌檻，高廣與基稱，材取諸羨，力取諸隙，無廢前功，無侈後觀，經始於正德丙子春，至明年丁丑秋而落成。夫事有似緩而實急，觀人之政，有於其細而徵其大者。過其境而田萊辟，入其邑而牆屋固，宿其邸而更鼓明，此昔人之所以觀政，而齊之李崇、宋之張希賢皆以善政載在國史，所謂於其細而徵其大者。然則兹樓之作，可以徵君之政矣，記之固宜。縣有百樓山，層巒複嶂若樓然者，在其南，與樓相值，雲氣異物，恍惚萬狀，俯瞰清池，倒影浮動，而廛闠分布，沃野長袤，河流隱見，皆在履舄之下，所謂居高明、遠眺望，亦爲政之助，故附書之。君名近光，與伍君皆起江右進士，伍君名希儒，汝真、汝敬皆其字。君樸而有文，敏而有執，試之令者如此，其名位未可量云。

遊秦望山記

董玘

秦望山在越中最爲傑特，《史記》謂始皇東巡至此，故名。予昔以省覲歸，留五六歲，得縱遊諸溪山，猶未及所謂秦望者，恒以爲歉。今年冬仲，王邑侯道修過予山中，偶談及之，乃使人砍榛莽，除茅茷，蹊徑微露，報曰：「可以登矣。」甲辰之夕，以舟來迓，至望仙橋宿焉，鄉彦司馬邦柱、汪子宿、少尹趙惟衡皆會。次日早至雲門寺憩，遂命輿而登，循麓數百步，有泉鏘然，折而北，至小阜，疑在霄漢間。問樵者，曰：「此未及半。」又數十步，石益峻，徑益縈曲，輿人皆病。乃攝衣攀援以上，或後或先，或喘或顛，至山之絶頂而止。遥望東海渺瀰，一白雲起天末，隱若島嶼，俯瞰郡城，迤邐一帶，八山纍纍，僅如卷石，南接宛委諸峰，列若屏障，左右拱峙，勢如飛舞，禹陵在焉。西臨鑑湖，煙水浮映，帆影出没，若有若無，蓋一郡數百里之土壤與夫千巖萬壑之争競者，皆在履舄之下，一覽而盡。久之，落日漸低，暝色四合，崖谷黯黮，林木振動，乃尋舊路而下。是夕復宿於寺。子宿與邦柱相顧，歎曰：「大哉，觀乎吾越人生長於斯，有終身勿獲一至焉者，今日之遊詎非幸歟？」予曰：「《傳》有之，不登高山，不知天之高也，不臨深溪，不知地之厚也。秦望且爾，況所謂泰、岱、恒、華者哉？夫人之德與業，其廣大所極，亦有然者。顧予衰且病，無所於進矣，惟諸君子勖之。」邑侯曰：「是遊也，不荒於嬉而終以規，盍記之以示勿忘？」因書諸石。若乃始皇之事，固無足道。萬曆《會稽縣志》。

趙虞選注杜律原序從本書録出。

董玘

杜詩不易注，亦不易選。楊伯謙《唐音》不編杜，山谷欲取兩川夔峽詩，牋以數語，竟弗就，豈非以難故邪？此編出東山趙子常氏，獨取杜五言律，分類附注，詩家謂可與七言律虞注並傳，而未有梓之者，近始梓於鮑氏。然予嘗聞長老先生言，虞注亦後人依託爲之者，非伯生所自注。若此編所選雖略，然不爲剿説曲喻，篇纔數語而意象躍如，庶幾善注杜者，其出子常氏無疑。而宋太史景濂嘗叙子常所著書有《春秋屬辭》，有《師説》，有《集傳》，有《左氏補注》，而不及是編者，蓋所重在經也。子常名汸，歙休寧人，工古文辭，尤邃於諸經，隱居東山，學者稱爲東山先生。鮑氏名松，字懋承，亦歙人，雅好圖籍云。

越望亭詩集序

董玘

越望亭奚爲作也？存古也。紹興，古越地，爲勾踐故區，郡署依卧龍山，山之冢嶺，則亭所在也。亭初名飛翼樓，勾踐時范蠡所建，歲久寢圮，後人葺之，名望海亭，歲久復圮，正德間猶餘石柱者四，前守曳而仆之，古迹遂泯。篤齋湯侯自德安以能治劇來莅於兹，踰年政通人和，乃及斯亭，經工庀材，不浹旬而亭屹然以完。更名越望者，以龍山爲一郡之望，又前與秦望山相值也，其名義與地斯稱矣。蓋昔之稱勝概者，必於深山窮谷，如所謂羅浮、天台、衡嶽、廬阜，乃皆在乎僻陋之鄉，人迹所罕能至。維金陵、錢塘二都會，號爲盛麗，然其占形勝治亭榭者，亦必於郊野之外，而後好事者得以爲己功，未有直治城，挾闤闠，不踰庭閾而湖山林壑之美、煙雲潮汐之變、人物居邑之繁，一寓目而盡得之。遍行天下者，無與此亭比。顧傾圮湮没於榛莽間且千餘年，前後爲守者，不知其幾，莫或詢及，至侯而一旦復之，遂冠絶於他邦，雖博物辨口，莫能窮其狀者。《傳》曰：「賢者之興而愚者之廢。」非此類也夫？於是郡之父老扶攜聚觀，其士大夫之能言者，又形諸歌詩，輯爲巨集。諸僚佐春山孫君、彤齋周君、誠齋葉君、仰峰周君將刻以傳，而屬予爲序。予閲而歎曰：「詩人美復古斯亭也，侯以古迹之所寓，然且復而存之，況古人之善政善教有發於今者乎？苟其職之所得爲與時之所可爲，有勿究圖者乎？然則斯集也，豈徒以侈遊觀之勝？將俾繼侯之理者，即其細知其大也。」故不辭而書之。侯，蜀之安岳人，諱紹恩，字汝承，篤齋其號，嘗取聖祖《教民榜》注釋刊行，又有《勸善書》《養蒙條訓》，皆教令之著者，肇建三江經宿閘，尤有功於民云。嘉靖《山陰縣志》。

輓裕州同知郁忠節采五古從《郁忠節集》録出。

血戰守孤城，至死身方已。忠烈自昭然，張許方堪比。

致何太僕書從沈氏鳴野山房收藏名人墨蹟録出。

去秋勞遠餞，既而在告，久失通問，罪罪。承諭將有剡溪之興，凡百當面盡也。太翁老先生手書所及，敬奉命。邇以彼人有今日者，秋毫皆太翁力，一旦負義至此，又何足校？惟加包含，彼將自無所容耳。老父書因彼至此而發，亦親戚之體宜爾也，可否幸裁示。眷生董玘再拜太僕何親家先生執事。老太翁處不敢瀆啓，煩叱名道意。四月朔日柬。

右白鹿砑花箋行草十四行，款中蓋白文「文玉印」一印。

與張伯純書從沈霞西先生復燦鳴野山房收藏名人墨蹟録出。

近得教言，備悉悃悃。此事僕久知其必誣，是非之實終有不可掩者。所可深慨，獨以士風之壞，乃至此耳。邃學直節如執事者，今日何可多得？吾輩不能更相觀善，更相扶植，乃又從而擠之，此獨何心哉？貝錦之讒，古聖賢亦不能免，在執事誠無所損益，第此風日長，將不勝善類之憂，往事可驗也。喻及抱木自沈之説，此豈古人所得已？天若祚宋，必無此事。惟自寬譬，思《易》象「用晦」之義，不爲世慮所亂，青蠅何能爲白璧玷哉？努力努力，任重道遠，方別吾事也。僕欲圖歸省，爲家僮輩未到，尚爾留滯。承寄《玄玄集》，此書僕近已別録得之，獨少《皇極體要起例》一本耳，便中千萬寄下，録竟即返璧，倘因是矗有所聞，皆執事之賜也。別後曾數奉狀，不知曾達否？令弟還，草此布覆，餘惟爲斯文自愛。侍生董玘頓首有道張先生執事。四月廿六日。

右月白砑花箋行草二十四行，起行有「書與張伯純」五字旁注。

按黄氏《千頃〔一〕堂書目》五行類有吴琉《皇極經世鈐解》及《玄玄集》。

明名人尺牘集帖慈東費氏愛日軒刻以「江鮮帖」三字標題。

松江鮮即無能攜作情，且有沙隄氣色，照映虎林逋客，其扇頭戲臨米殊不似，喜不俗耳。笑笑。玘頓首。

童年詩

巡撫張公誥坐問命題新胡桃

形象如太極，剛柔内外分。劈開混沌殼，渾是一團仁。

爲黔國沐總兵題畫二首

萬里騰空性異常，生成頭角自軒昂。乘時力卷滄溟水，化作甘霖溥四方。題畫龍

根盤太華峰頭石，直上雲霄倚天力。蓋世長材十萬丈，一枝倒挂三千尺。題畫松

〔一〕頃，底本作「傾」，據文義改。

題馬都閫馬

紫雲摶影見飛龍，駿骨神眸自不同。騎過玉樓金轡響，一聲嘶斷落花風。

白扇歌

白鼉吹風翻海濤，藹雲翦出鮫人綃。天娥水仙不敢拾，光覆瑶臺增雪色。斜倚闌干十二行，摺成半月瓊素香。壯我題詩醉筆秃，黑龍蟠破崑山玉。

鎮東閣聯語山陰章大來《後甲集》。

鎮東閣之名，原於五代時錢鏐鎮東之軍門。渭南南公諱大吉重建時，董文簡公玘署一聯云：「日月東西户牖，江山南北圖書。」後文簡公甥汪青湖諱應軫者，改「東西」曰「天開」，「南北」曰「地列」。文簡曾孫日鑄懋策曰：「六字六義體也，且東西南北於地極切此閣，即一題署，亦不可苟若此。」鑑案：《府志·名宦傳》，南大吉字元善，正德辛未進士，嘉靖二年知紹興府事。

石鏡山在東山下二里。　見乾隆《紹興府志》。

石鏡崔嵬剡水西，尋芳勝日共攀躋。圓垂半壁山吐月，危墮千尋馬飲溪。江繞青縑斜渚露，煙浮翠蓋遠林迷。謝公兩眺晴霞接，萬古風流合與齊。

中峰集附録卷二

族孫金鑑謹編

贈言

贈董神童歌〔一〕

董家童子七歲時，常寫大字吾愛之。邇來不見又三載，聞人遠誦《胡桃詩》。都門喜覿風神異，獲觀《琴賦》《莔蘭記》。天姿信是夙生成，怪古清新出人意。再觀《雙鳳》《白扇歌》，開口下字便用鼂。萬竿煙竹雪獅象，就中險語何其多。本於鐵崖同鄉黨，《鐵笛》一歌氣相彷。鐵仙地下若有神，未必不爲擊節賞。猗歟童子有異材，不負三堂薦舉來。人言會稽山水秀，生此國器非凡胎。君不見韓文公與張童子，同是陸公門下士。到頭勳業與文章，區區科第何難耳。

〔一〕按：此詩底本不題何人所作，十二卷本題金鼒字時和。

送董君文玉歸省詩并序

士宦於朝六年，例得歸省，許將從隸，且賜鈔爲路費，是國家教人以孝，待臣下以禮也。夫察人子之情，假歸以遂其私，體下之道當然耳。事君者，致其身，禄足以代耕，兄弟足以備養，則亦已矣，胡不夙夜在公而汲汲於私家爲？曰：「君者，生之族也；忠者，孝之移也。情得其正，雖私亦公。父子，情之不可易者也，求忠臣於孝子，未有不孝其親而獨忠於其君者也。是故聖人緣情以立教，因私以制物，教家以及天下，俾各得其願，而王道畢矣。」左諭德董君文玉登第後，嘗乞歸娶，未幾以纂修先皇帝實録召還，迄今已十餘年。今年春，疏乞歸省，上可之，念講幄近臣，特敕有司給驛賜鈔以行，至厚恩也。惟文玉幼挺秀姿，發異知，父母愛之過常兒，周防善訓，靡所不至，是以德器不虧，文藝夙成，年未弱冠，歌《鹿鳴》，上春官。厥父頤齋公卧起與俱，常手摩而腋蔽之，文玉亦沈篤罔遷，依依如孩提時。察彼此之情，若頃刻不能離者，而能無慕望於十年之久也。夫以相親之至，相離之久，相望之殷，遂歸之樂既倍於恒情，寵予之典又溢於常人，則文玉他日所以奉公報禮者，又豈肯苟焉自同於庸衆人哉？或者曰：「董氏雖世宦家，環堵之宫蕭然，猶寒士也。君方盛年，陟青階，白晳華裾，輿騎後先，郁郁紛紛，照映桑梓，是歸亦榮矣哉！」曰：「不然。矜名衒能，耀富貴以加於宗黨，此小丈夫得志一時者之所爲。文玉既故家子，仕而彊學，方好德修行，思無忝其所生。今兹往也，經城邑，日覽凋殘之迹，創痍之故；居家庭，益聞忠貞之訓、匡濟之術，其所增益多矣。故入而事二人者，正出以事一人之資也。區區浮外之事，奚足以累其中乎？」於是館閣鉅公皆曰：「動而合道，必與美俱，兹行真不徒哉！」乃各賦詩贈之。而鼎臣與君同年，爰命爲之序，亦故事也。賜進士及第、奉訓大夫、左春坊左諭德兼翰林院侍讀、同修國史、經筵講官吴郡顧鼎臣拜譔。

青春南下綵衣輕，若比登仙是此行。報信高堂時定省，承恩隨地足逢迎。解舟遽得桃花漲，折柳猶聞御苑鶯。忠孝一生元自許，來朝肯負廟廊情？弋陽汪俊。

看雲十載憶晨昏，駟馬而今耀里門。仕路幾人能具慶，詞臣此日有殊恩。上林花鳥催歸興，東浙江山遶夢魂。應念講幃資啓沃，莫因桑梓戀鄉園。睢陽朱希周。

彩鷁凌風傳吏迎，宫寮異數百寮驚。還鄉正與青春伴，衣錦真成白晝行。季路有官翻自恨，老萊雖樂未爲榮。越王臺上題詩處，回首紅雲是玉京。上黨劉龍。

玉署青雲有歲年，寧親乘傳寵恩偏。船開春水多新興，路近江山了舊緣。戲舞未誇萊子樂，題名争羡董生賢。兹行亦是詞臣職，好采民風獻講筵。濮陽李延相。

數年冠佩侍經幃，萬里雲霄忽憶歸。剡水迴瞻鸞掖遠，稽山南下鷺行稀。斟來仙醖新頒酒，舞出宫袍舊賜衣。更有清風向黄閣，莫將晝錦説光輝。臨淮趙永。

是處青山共白雲，百年桑梓對晴曛。講筵暫假歸寧許，舞綵新看賜錦分。道聽越歌心已慰，傳乘春水曉生文。玉堂别向鶯花候，詩寄關河取次聞。華陽温仁和。

五雲冠佩下蓬萊，夢繞庭闈畫鵲催。天子特教乘傳去，鄉人争識侍臣來。碧梧翠竹圍書舍，綵服青春照酒杯。交誼獨憐坊署舊，東風離思倍難裁。瀛海李時。

獻賦歸來漢廣川，高堂應念髮皤然。皇情舊倚談經重，温詔偏教負弩先。剡曲泉香春釀酒，蘭亭風暖日開筵。綵衣正遂徘徊願，京闕遥看尺五天。北海翟鑾。

親庭屈指數年違，驛傳喜乘駟馬歸。玉署清坊多寵渥，稽山越水有光輝。渡江春草茸茸起，臨海晴雲冉冉飛。莫向郊門重分手，都人争歎此行稀。吴郡徐縉。

十年親舍白雲天，睿旨傳宣出講筵。春盡西湖逢雨漲，夜星南斗望星躔。宫袍且試斑衣舞，寶鏹留充壽酒錢。孝子忠臣俱在眼，報恩何似受恩偏。上海〔一〕陸深。

還鄉盡道寧親好，賜傳兼憐沐寵稀。東海一尊開壽域，春雲五色上斑衣。移舟花鳥供新句，遶郭峰巒照舊扉。璚樹風標人共憶，黑頭勳業莫相違。分宜嚴嵩。

與董編修文玉書《楓山集》。

章懋

南雍一别，闊焉數載，音郵不續，懷仰可量。適朱生回，備悉近况，出示手書，喻及讀書所疑，足見敏而好學，不耻下問之意，爲喜爲慰。湛元明書尚未得見。《中庸》「大本」之説，程子與吕、蘇問答，固

〔一〕上海，底本原爲空格，明李文鳳《越嶠書》卷十九有陸深《寧藩輔國將軍贈行詩》，題「上海陸深」，今據補。

有未明，而朱子於《中庸或問》及《語類》中剖析明白，可以參考。其得失其切要處，朱子又有已發未發之説，具在《大全集》中，試取而讀之，則曉然無疑矣。朱子與南軒辯論，初雖未能無疑，後與蔡季通問辯，復取程氏書讀之，渙解冰釋，然後知性情之本然，聖賢之微旨，亟以書報南軒，南軒復書，深以爲然，其説載在《大全集·中和舊説序》中詳矣。某竊以爲朱子晚年，定説與程子初無少異，雖孔子、子思復生，不能易其言，不必以諸説之紛紛而致疑，更欲復求他説也。老拙往時與吾友論讀書之法，凡諸説義有兩端者，各循其説而思之，到有窒礙處，卻回頭別思，必求其合而後已者，蓋欲求其所言合於聖經之本旨者爲是，其窒礙者則不可用，非謂諸説之各爲一端者欲求其合於一也。吾友錯會其意，欲求合一，無怪乎其意愈雜而理愈窒也。嘗觀朱子之序《中庸集解》有云：「讀是書者，毋跂于高，毋駭于奇，必沈潛乎句讀文義之間以會其歸，必戒懼乎不睹不聞之中以踐其實，庶乎優柔厭飫，真積力久，而於博厚高明悠久之域，忽不自知其至焉。」吾友能守朱子之訓而服行之，亦何患思之不得也哉？因便草此奉復，其纖悉曲折處，非楮墨所能罄也。尚惟勉進德業，必期遠到，以副友朋之望，則幸甚。

中峰書院記〔一〕

蓋聞天地以其至靈之氣磅礴凝峙而爲名山大川，而名山大川以天地之所磅礴凝峙者鍾而爲

〔一〕此文不題作者，然清抄本《會稽漁渡董氏族譜》卷二十七《古迹》收有此文，題唐順之作。

名卿鉅公，實山川與天地相輝映，豈非兩美之必合、相觀而益化者與？余性喜遊佳山水，千巖秀氣似終南，未嘗不在予寤寐襟袖間也。而會稽文玉少宰董公，於吾稱碩交焉，盛年膴仕，青綾賜漢署之香，載筆紀彤廷之史，顧以介節，不合於時，懸車而歸。而公之先世家近剡溪，剡溪於東山爲近，晉謝安石舊遊處也。東山唯東西兩眺爲最勝，而中有一峰獨兼兩眺之勝，兩眺之勝之所不能盡者，唯中峰爲能盡焉。公於其中間，闢地數畝，選勝卜築焉。前立講堂，後爲藏錦囊、鄴架之閣，環植名花怪石古松於旁，先生因屏跡塵囂，樂居斯堂，集宗人之好學及四方之來從遊者，讀書習禮於其間。與姚江陽明最契，時以手札往還，闡良知之微旨而發明之，以開示後學，教以躬行實踐之義，謂良知非良能不爲用，蓋體用固無殊途也。然而先生當擁臯玩《易》、茗熟香裊之餘，憑欄眺望，琵琶洲畔江流不舍，剡曲舟帆往來搖曳，誦昔人「布帆掛秋風」之句，先生其能無斯世之志而終爲深山之人也哉？嗟夫，古人之所有者，或爲今人之所無，而今人之所有者，或爲古人之所無，古今人奚必相師？時異道同，其揆一也。故擁旄秉鉞，揮麈破賊，勳業炳於當時，芬芳傳於後世，此安石之所有而先生之所無也。至若圍棋賭墅，不廢絲竹，洗屐清池，高詠薔薇，江左諸人風流逸韻大略如是，何似先生今日毅然以千古之絕學自任，修斯道於吾身，進而廷陛，務期致君堯舜，與斯世以唐虞之化，退而山林，講吾學於斯堂，俾白鹿、敬業之書復聞於安道鳴琴之宅，《蓮花》《太極》之銘重揭於程門立雪之舫，此固先生之所有而安石之所無者也。余適以使命羈於淮右，先生郵箋而令予爲之記，想見其勝而樂道其事，異日得鼓棹剡溪，登斯堂而竊聞先生之微言奥旨，寧僅千巖秀氣在余痦寐襟袖間乎？余敢從太守洪公之後，取蘭亭之片石，勒諸貞珉而紀其事。

按：此文仿蘇公《醉白堂》之意而爲之，大有微妙之致，舊有郡守洪公諱珠所書「中峰書院」四大字，蓋洪公善書，嘗從先生講學於其中也。《家譜》原跋。

此記從《家譜》録出，不知何人所作，蓋亦中峰公同時友也。《家譜》又識云：「張陽和先生所修《紹興府志·東山圖》有中峰書院，與安石並傳不朽，先生更有文紀其事，當鈔出載家乘中。」鑑案：張陽和嘗於萬曆間修《府志》，有序載《不二齋稿》。其《東山圖》及文，檢今本乾隆間重修《府志》不載，當再購萬曆志補録。族孫金鑑識。

跋董神童新胡桃詩《不二齋稿》。

張元忭

原序：董神童者，文簡公玘也。其詩曰：形象如太極，剛柔内外分。鑿開混沌殼，渾是一團仁。

董文簡公幼而穎異，時呼爲神童子。右《新胡桃詩》乃其七歲時手書也。公之子思近守尋甸，見之黔國所，乃請以歸，公之門人楊太史慎爲録金公詩於後，而公之孫祖慶因寶藏之。予觀史傳所稱神童子者多矣，大都所賦詠率風雲月露之狀耳，今公是詩曰太極，曰剛柔，曰沌混中渾是仁，則非見理之奥者不能道也，詩賦云乎哉！始公生歲餘，有異僧過之，摩其頂曰：「此吾家師也，宜善視之。」然則公之神解於斯理，誠亦有夙因者邪？惜公與新建同時而論學乃不相入，抱生知之禀而不得與於濂洛之統也。雖然，若公之博學簡行，高視一世，則會稽之美信不在竹箭矣夫。

鑑案：中峰公隨父頤菴公守雲南，有詠《新胡桃詩》五絶，巡撫張公座間命題，即此詩也。又有《畫龍》《畫松》七絶二首，爲黔國沐總兵題，並載前附録童年詩内，惟卷首《通志傳》以三詩皆爲黔國作。今讀陽和先生此跋，言公子思近守尋甸，得手書於黔國所，似當以《通志傳》爲正，但《文集》附録爲公後人所輯，標題分析甚明，決非譌誤，或題詩在巡撫座間而黔國藏之，未可知也。又《通志》云：「公六歲題。」是詩跋云七歲，亦小異。

上中峰母舅書見《青湖文集》。

山陰汪應軫

承手教，知感多矣。但甥欲改官者，非擇利南北，亦自有不得已之心，圖爲歸計也。故不鑒前事而冒爲之，以毁譽付之人而使之自定，惟高明察之。今國有師命，已不可言去，惟守己聽天而已。先生負天下之重望，身處於家，心存於國，必有奇秘以宏濟時難，豈宜遵晦而不出尺寸耶？顒俟顒俟。向以罪累，幾不復相見，幸存殘喘，尚容親炙。

賀學士中峰董公推封《亶爰子詩集》。

仁和江暉

天闕榮輝下，雲門淑靄翔。開先騏出渥，叶瑞鳳鳴岡。璺聳原鍾璞，蓬登早兆璜。琱鈴傳鶴廡，綵錦照鰲塘。署啓龍樓迥，旂依虎觀傍。彤庭推類錫，紫誥重稱揚。璧簡凝珠翰，金花襲綺囊。鸞音迴里閈，鵲喜溢闈堂。星粲芝泥色，霓飄竹徑芳。緋袍摇緑野，翠帔擁丹房。秩變熊幡舊，儀添象服光。珈鈿新壺奥，泉石儼巖廊。澤引初寒苣，芬承故植棠。沙鷗吟孔繡，簾燕賀翬章。列几逾華釜，張庭陋綵裳。月珪明桂嶠，霞錦拂梅梁。集栩懷應豁，循陔樂未央。行看白玉管，雙美載琳琅。

稽山歌壽董使君《亶爰子詩集》。

江暉

稽山蒼蒼入紫霄，香爐天柱參岧嶢。松篁錯落龍虬卧，琅玕杳靄虹霞飄。使君卜築臨山趾，白石爲床鹿爲几。謝安高卧東峰雲，賀監長吟鑑湖水。湖水浩浩雲門開，丹鳧朱雀從天來。金蓮桐柏粲可掇，恍如控鵠凌仙臺。仙卮對景摇華液，芝菌芬馨薦瑶席。千盤翠璧縈霏煙，百道飛泉漱晴碧。君家瓊樹舒奇芳，奕奕高標白玉堂。璃盤遥寄玄青露，吸此可以增顔光。顔光蔚蔚無衰改，少微南極揚朱彩。君不見若邪溪上薜蘿間，樵風靈鶴依然在。

董諭德文玉歸省其父太守德初詩以寄之德初余同年進士也

吴縣王鏊字濟之

瓊林三百英雄輩，海北天南復幾人。獨喜長庚陪曉月，更誇威鳳應昌辰。詞垣正印斯文遠，曲水浮觴禊事新。萬木青松何足羨，與君同閲八千椿。見《震澤先生集》。

壽董中峰乃尊八十

湛若水

我愛東山高，東山有佳色。匪愛東山色，中有幽人宅。昔爲謝公居，今下董子幃。丈人日夕往，斑衣此兒嬉。郎今侍仙府，壽以金莖露。丈人進一杯，我爲一歌侑。歌竟將若何，爲祝東山壽。《甘泉先生文集内編》。

董詹事文玉乃翁太守公壽八十以詩慶之太守致仕已三十餘年矣

鉛山費洪字子充

未艾歸休得自娱，秋園黄菊照霜顱。高年已過磻溪叟，樂地容專賀監湖。扶步不須飾鳩杖，承家惟有鳳爲雛。天留老眼看餘慶，新賜回鑾聖渥殊。《費文憲公摘稿》。

董文玉訪舊姚江聞謝汝正俱來山中得報與李醉夢出迓途次偶成小詩志喜

餘姚謝丕字以中，號汝湖，弘治乙丑進士第三人，授編修，與中峰公同榜，嘉靖初充日講，後晋吏部左侍郎。

石瀧自越來，訪舊仍展親。春風送鷁舫，冠蓋詫里人。桂峰仍與俱，晤對若飲醇。江山迎二妙，爽氣增嶙峋。賤子學釣者，汝水方垂綸。恒切暮雲思，詎意赴後塵？地主一何廣，醉夢非凡倫。剪韭續佳會，襟期聊再陳。見黄宗羲《姚江詩輯》。

臨清舟中寄董中峰侍讀

福建同安林希元字茂貞

執事才名滿天下，元從天下之士竊斗山之仰亦既有年矣。昨至京師，幸獲挹道範，聽德音，而所得乃有出於平生所聞之外者，此元之改心易目，益起敬稱盛德而不能已也。奉别以來，不盡馳戀。日者不量淺深，一見即以蔡虚齋不朽事相託，乃蒙欣然爲己任。夫述德昭善，固太史氏職，然不知其人，未有不反爲其人之累者。惟執事之賢，足以知虚齋，故元敢以其事請，幸爲之，百世之後，知吾清源有虚齋者，皆大賢之賜也。敢忘，敢忘。約以舟中紀其遺事備采擇，適其子思毅同南歸，備述其先人言行，託爲序次，乃據其所述及元前後所聞於人者，互相參考，撰《虚齋行狀》，因録奉寄，踐前約。極知淺陋，不足發虚齋之奥，塵大賢之覽，姑存其平生事以備采擇爾。《次崖集》。

謝董中峰宫詹

林希元

京師别後，弗久罪謫，信問遂稽，然懷德之私猶舊。退居來，分甘棄置。邇接伍進士，備道愛助至意，乃知菲才猶未見絶於君子，生死肉骨，恩何以報？夫吾人所持，惟公論爾，公論既伸於天下，飯糗茹草，終身甘之，夫復何恨？朝露富貴，迄歸於盡，人或以此喪平生，惑矣。道喪文敝，斯殆其時。宇宙内事，疇其任之？執事正論卓立，以扶吾道，元之望也。寸楮不能縷縷，餘惟心照是祈。《次崖集》。

中峰記

林希元

董子登中峰，林子從。董子周焉四顧，謂林子曰：「吾觀天地之間可以警學者，其此峰乎！夫矯然而特立，其君子之强乎！鎮然而不動，其仁者之静乎！出諸峰而獨峻，其賢而最秀者乎！脱然而莫附麗，其士之進以正者乎！興雲雨以澤物，其積學者之致用乎！故天地之間可以警學者，其此峰乎！昔吾託名於是，朝夕警心以比韋弦，顧未有記之者，非子而誰？」林子欣然喜曰：「賢哉董子，其善學乎！夫塞於天地，何莫非道；著於萬象，何莫非教；古之聖賢觸目警心，何莫非學。是故沐浴感而盤銘，户牖遇而置戒，川流指道，掘井取譬，皆古之善學者也。今董子悟學於中峰，其湯之盤銘也乎？武之户牖也乎？孔之川流、孟之掘井也乎？故曰善學也。今夫中峰，無極植其根，二五範其質，坤輿拓其基，積土聳其象，崑崙發其脉，神鬼作其靈，升澤厚其津，河海宣其鬱，金石固其筋，草木鳥獸焕其文，此中峰所以成德而有合於君子之道也。其可警學，奚啻盤銘、户牖、川流、掘井也乎？董子獨有契於是，其湯武孔孟之徒也乎？故曰善學也。董子生而神穎，長而積學，以文章魁天下，致位卿相，居身也静而群物不黨，道德功業爲世表儀，較其平生，於此峰若畫一焉，則所願學於中峰者，豈誣我也乎？然吾聞之，取法必於其上，學道必用其極。古以峰名者有三：曰五峰，曰九峰，曰雲峰。而峰之鉅者有二：曰紫陽，曰泰山。三峰，其枝也；紫陽，其幹也；泰山，其本也。沿枝以達幹，沿幹以達本，由小而鉅，進進不已，是乃善學。」董子聞之，喜曰：「起予者，茂貞也，是可以記矣。」林子曰：「唯。」遂再拜援筆而書之。《次崖集》。

中峰集附録卷三

族孫金鑑謹編

佚事

明晋陵蔣仲舒《堯山堂外紀》

董玘，字文玉，號中峰，初名元。弘治乙卯，張御史泰按雲南，會鎮守太監劉昶、總兵黔國公沐琮、巡撫都御史張浩〔一〕保舉神童：董元者，紹興人，知雲南府復次子也，八歲能詩，詠《胡桃》曰：「形狀如鷄子，剛柔實未分。劈開混沌殼，渾是一團仁。」《梅月》曰：「夢覺羅浮夜已闌，碧天雲静月團圓。玉人不學桃花面，净洗紅粧鏡裏看。」九歲以來，真楷草書、歌賦序記及三場文字亦皆能之，今十三矣，請查照李東陽、程敏政、楊一清、洪鐘事例，考送翰林院讀書。疏上，上召試，不如所言，命還籍，乃充會稽縣學生，更名玘，乙丑會元登第。

〔一〕據《本朝分省人物考》卷二十五，「浩」當作「誥」。

麻城王元楨兆雲《烏衣佳話續集》

董玘幼名元保〔一〕，浙之紹興人，舉神童。其八歲詠《梅花》云：「夢覺羅浮夜已闌，碧天雲静月團圓。玉人不學桃花面，净洗紅粧鏡裏看。」又有《核桃詩》曰：「形狀如鷄子，剛柔實未分。劈開混沌殼，渾是一團仁。」九歲即能真楷草篆，歌賦記序、三場文字亦皆通曉。

山陰田易堂易《鄉談》

董玘字文玉，幼不能言，七歲時，家人抱至府橋，見「鎮東閣」三字，即開口指認，嗣後無所不曉，有神童之名。八歲時，一御史聞其名，招至舟中，曰：「久慕汝神童也，今試一對，果佳，當奏至朝廷。」命對曰：「船載石頭，石重船輕，輕載重。」董應聲曰：「杖量地面，地長杖短，短量長。」御史大賞，奏之朝，賜入太學，後探花及第。按：玘初名元，雲南太守復之次子。弘治乙卯，張御史請照李東陽、程敏政、楊一清、洪鐘〔二〕事例送翰林院讀書。疏上，上召試，不如式，命還籍，充會稽縣學生，更名玘，乙丑中會元。

〔一〕按：董玘原名元，此處作「元保」，誤。

〔二〕鐘，底本作「鏟」，據《明史·洪鐘傳》改。

褚人穫《堅瓠集》

董玘字文玉，八歲時，一御史聞其名，招至舟中，曰：「久慕汝神童也，今試一對，果佳，當奏知朝廷。」命對曰：「船載石頭，石重船輕，輕載重。」即對曰：「杖量地面，地長杖短，短量長。」御史大賞，奏之朝，賜入太學，後榜眼及第。

《潘府傳》附録《府志·理學傳》。

《萬曆志》：府居南山踰二十年，闢南山書院，聚徒講學，布衣蔬食，不入城市，凡爲書二十餘種，所著《素言》，士競傳誦之。嘗識董文簡玘於髫年，妻以女，及文簡已貴顯，猶以未滿所期爲惜。

獨石軒

嘉慶《山陰縣志》：獨石軒在東中坊，明禮部尚書董文簡玘家塾，陶望齡、董其昌嘗譚藝於此，各存題句，庭前奇石兀立，名曰奎星，石傍有池，曰奎星池。

祁忠惠公彪佳《越中園亭記》：董中峰太史構軒讀書，立一石，甚奇，庭前更有松化石二枚，儼然虬鱗霜幹也，宅内建御書樓，以奉宸翰。

山陰田易堂易《鄉談》：余武貞諱煌，讀書中正巷之獨石軒。見池荷葉上有物跳躍，謂是蛙也，細視，乃一奎星，長寸許，握筆提錠，與世人所畫無異。獨石軒爲董文簡中峰公書室，其後陶石簣，再後余武貞，皆於此發元，其他讀書發科甲者不可勝記。

董文簡玘齋中一石，磊塊正骨，窋窊數孔，疏爽明易，不作雲譎波詭，朱勔花石綱所遺物也。文簡豎之庭除，石後種剔牙松一株，辟咡負劍，與石意相得。文簡軒其北，名「獨石軒」。

《陶庵夢憶》：越中無佳石。董文簡齋中一石，磊塊正骨，窋窊數孔，疏爽明易，不作雲譎波詭，朱勔花石綱所遺，陸放翁家物也。文簡豎之庭除，石後種剔牙松一株，辟咡負劍，與石意相得。文簡軒其北，名「獨石軒」，石之軒獨之無異也。石簣先生讀書其中，勒銘志之。

鑑按：族先太史中峰公宅在郡城探花橋，獨石軒在宅西北隅，面〔一〕有天井，天井内有小方池，池畔架有石橋，橋上一卷矗立，高可三尺許，奇古可愛，而趾稍剥落，即所謂獨石者也。宅中庭奉公肖像，庭外甬道左右雙石對峙，高與獨石等，即所謂松化石者，洵儼然虬鱗霜幹也，往年至郡中，曾瞻仰一過，得以盡悉。御書樓則無在矣。又按探花橋故宅，世稱華亭徐相國階割贈，相國爲公主應天鄉試所拔士。時公致仕，就東山兩眺間構中峰書院，與外舅潘公府講學其中，從遊甚衆，終公之世居漁渡里，獨石軒殆公行宅焉。《園亭記・考古》載有「日涉園」一條，注：「侍御董子行宅。」與此正合。惟園廢而軒尚存，相傳是軒爲周噩公、日鑄公、黄庭公暨陶石簣昆弟、徐天池先生讀書

〔一〕面，疑是「内」字之誤。

張時徹撰《陳約之傳》。玘乃與其夫人特來甬上《甬上耆舊傳》，呼束視之，束垂髫被儒服，繩趨而前，面如玉澤，睛如漆黑，望之非閭閻嬰兒子也。試之詞賦，食頃輒辦，語盡玄秘。玘遂目左右取日書以來，親爲期日而遣之張《傳》。既爲婚，伉儷甚篤《耆舊傳》。嘗泊淮代束答唐太史順之詩，爲一時所傳誦閩《志》。後束官至河南提學副使，年三十三卒，未幾〔一〕，董亦卒《明史》。初，玘托邦奇擇壻，邦奇以楊言及束應，董夫人謂二子皆非常人，但楊多壽而陳則正與吾女等，故字束焉閩《志》。

泊淮代外答唐太史

十年生事半同君，萬里傷心逐楚雲。遠浦維舟潮欲上，平林對酒月初分。逢人牛馬時堪應，到處鳧鷗漸作群。共是機情忘已盡，欲將通塞任斯文。

題董文簡宅魁星石

釋漢兆伴霞

昂其首，尖其角，玲瓏心竅不須鑿。右手伸兮左足縮，分明紫微垣中藍面鬼。踏片青雲陡飛落，乘風飛落董公家，來捉中峰奪榜花。中會元，成進士，有明至今五百有餘年，吾越鼎甲蟬聯發不止，一脉之秀從此始。見《妙香詩草》。

〔一〕據明張時徹《芝園定集》卷四十《明故河南按察司提督學校副使後岡陳君墓碑》，陳束於嘉靖庚子（一五四〇）年卒，僅三十三歲。又云陳束卒後八年，董氏卒，則此處「未幾」二字與事實不符。

重刻跋

右《中峰集》十一卷，附録三卷，先族祖文簡公譔。鑑前嘗訪得舊鈔本，用活字板排印若干部問世。近閲薛叔耘星使所編《天乙閣見存書目》，欣知唐荆川先生選本尚存天乙閣珍藏，爰向四明范氏借鈔閣藏唐選本，與昔所排印本合校而重付梓。唐選本《應制稿》編爲首卷，餘分編六卷，共七卷。首卷有荆川先生序一篇，首行標題「中峰應制稿」，次行標題「會稽董某文玉著」，餘六卷皆首行標題「中峰文選卷之幾」，次行標題「會稽董某文玉著」，第三行標題「武進唐順之應德選」，首卷無第三行標題，蓋應制詩文荆川先生不敢以選者自居歟？唐選本所編卷數雖較少而内容詩文實較排印本增減無幾，分類編輯亦大略相同，但排印本有目録而唐選本無目録耳。排印本卷一「應制類下」之前六篇、卷二「奏疏類」之前八篇與卷九「雜著類」之前二篇，唐選本合編爲《應制稿》。排印本卷三、卷四皆「序類」，即唐選本第一卷。排印本卷五「記傳類」即唐選本第二卷。排印本卷六「書札類」即唐選本第三卷之後半卷。排印本卷七「誌銘類上」與卷八「誌銘類下」之前二篇即唐選本第五卷。排印本卷九「雜著類」即唐選本第三卷之前半卷。排印本卷十「賦類」及「詩類上」、卷十一「詩類下」即唐選本第六卷。惟排印本卷一「應制類上」《廷試策》《經筵講章》《日講直解》三篇及各卷尾補目諸篇、後卷附録諸篇爲唐選本所無，餘者唐選本所有也。而唐選本中亦有爲排印本所遺，尚堪采補者。鑑因排印本昔年搜集考訂，網羅散佚，煞費一番苦心，亦多不可廢處，故重登梨棗仍以排印本爲底本，而補闕正謬取資於唐選本者頗多。如卷一《推衍睿訓以裨内治詩》之奏疏，篇首原闕二百九十八字，疏尾原闕二十七字；《内訓序直解》中段原闕三百二十一字，今悉據唐選本補足；又卷二《議郊祀疏》中補闕文四十七字；《請給誥命疏》尾補闕文三十字；卷三《送李士達歸養詩序》中補闕文十九字；《送王朝宗擢寧國通判序》中補闕文八字；卷四《贈黄希武督學南畿序》中補闕文二十一字；《送毛推府序》中補闕文十二字；《送謝少參序》中補闕文二十二字。卷五《雲崖書屋記》中補闕文十一字；卷六《與唐虞佐書》中、《寄楓山先生書》中各補闕文一字；卷七《毛用成墓銘》中補闕文二字；卷九《題尚書何公敕文》中、《讀方伯魏公輓詩》中各補闕文一字；卷十《送殷近夫還壽張詩》題補闕文二字；卷十一《題方思道墨竹詩》題補闕文二字，此皆零珠碎玉之足珍者也。唐選本全篇爲排印本所遺者，如卷三補《新編古表序》一篇，卷八於《謝參議墓銘》後補《又告文》一篇，卷九補《易生宗周字師文訓辭》一篇，卷十補《田家行詩》一首，卷十一補《候駕夜入正陽門詩》一首、《歲凶盜起詩》二首、《樹影詩》一首、《水禽詩》一首、《題白頭翁圖詩》一首、《新歲釀酒詩》一首、《答楊簡之詩》四首，此尤吉光片羽之可寶者也。排印本所據舊鈔似有改移原式處，而唐選本尚存原式者，如卷九《東遊記異》之序數行，唐選本在篇尾低一格寫爲附識語，故題下無「有序」二字，舊鈔移置於前，在題後低三格寫，而題下增「有序」二字，此形迹顯然也。又《五禽圖銘》之序，唐選本即以爲題，而「予爲之銘」下有「曰」字，舊鈔改題爲序，删去銘下「曰」

字，而於前增「五禽圖銘有序」六字爲題，唐選本無此六字，此又形迹顯然也。卷十《哀知己詞》唐選本編在雜著中，而舊鈔編入五言古詩中，實非五古。卷十一《送章以道謫判梧州詩》七絶五首，同題有五古一首，唐選本即以七絶附五古後，《送趙李二太史上陵詩》七絶二首，同題有七律一首，唐選本即以七絶附七律後，而舊鈔皆分編各類，此亦改移之形迹顯然者也。若此類者，雖唐選本較優，不復據改，但叙述於斯，以存其異而已。其他單文隻字，或明知顯誤而竟宜據改，或彼此兩可而不妨存疑，取資於唐選本者亦復不少，擬更作校勘表以徵信後人焉。光緒三十二年歲在丙午七月族孫金鑑謹識。

佚文補遺

文六篇

按：以下五篇奏疏見於三卷本《中峰文選》附録，原有六篇，其中一篇即本書卷二之《陳情乞恩給假省親疏》，故不録。各篇均無標題，筆者學識淺陋，不敢妄擬，今一仍舊貫，補録於此。文中亦有脱漏，惜無他本以資勘對，今姑爲之校點一過，其脱誤處，俟訪他籍訂正之。另，於十二卷本又輯得《聖節宴昭聖皇太后致語》一篇，一併附入。

一

詹事府詹事兼翰林院學士臣董玘謹奏，爲患病事。臣於本年四月二十四日偶感末疾，一向調理，未痊。伏聞皇上降旨，於盛暑中，特令講官以三八日輪講《大學衍義》，此蓋聖志日勤、聖學時敏之實驗也。伏枕之餘，深用慶幸。至六月初三日，輪該臣進講。念此盛事，不敢以病自沮，遂勉强出朝，敷陳愚悃一二。緣氣體尚虚，於初六日復患泄瀉，遂至困卧，仍注門籍。今者荷蒙聖恩，誤以廷薦，用臣於吏部，臣不勝惶悚，顧久泄傷脾，旦夕難愈，神昏頭暈，未能赴闕稱謝。伏望聖慈，容臣暫在家服藥調理，庶獲痊可。爲此具本，令本院孔目錢文齋捧，謹具奏知。嘉靖六年六月十六日奏。

二

吏部右侍郎兼翰林院學士臣董玘謹題，爲印信事。照得本部印信原係左侍郎孟春署掌，今奉欽依提問，所有印信缺官掌管，及照本部，新改尚書李承勛行取未到，臣玘見患眩暈等疾，調理未痊，伏望皇上於各部尚書或侍郎内簡命一員署掌印信，候李承勛至日交代，庶部事有所統攝，臣玘亦得專意調理，以候痊可。緣係印信事，理未敢擅便，謹題請旨。嘉靖六年八月二十日題。

奉聖旨：印著董玘署掌，便著赴部供職，吏部知道，欽此。

三

吏部右侍郎兼翰林院學士臣董玘謹奏，爲謝恩事。今日伏蒙聖諭，著安心照舊供職，欽此。臣猥以庸愚，叨侍講筵有年，近因憂思過多，情志昏憒，以致行立失序，罪當萬死，陛下不加譴責，特令内閣傳諭。一二三日間，戰慄隕越，莫知所措。復蒙降札，著安心照舊供職，聖恩寬大，不惟曲宥其罪，而又欲安其心，雖父母之於子，不是過也。臣敢不夙夜循省，以圖報稱於萬一。緣係傳諭事，理不敢隨例報名廷謝，爲此具本親賫，謹奏謝恩。嘉靖六年十月二十日奏。

奉聖旨：爾官在講讀之地，位列大臣，豈得苟失恭讓之宜？故朕未忍斥言，特諭内閣傳示，爾當欽體朕意，勉修職業，副朕任用，照舊用心辦事，欽此。

四

吏部左侍郎奏，爲明職守以慎體統事。本月十五日該本部尚書方獻夫奏稱有疾乞休退等因，奉聖旨：卿有疾，宜善加調理，部中事務著侍郎董玘掌行，該部知道，欽此。臣備員卿貳，豈敢辭難避事以負明主委用之意？顧惟六部之事，俱總於尚書，若侍郎之職，今不過佐成而已，故尚書雖或有疾，往往任事如常，惟陞遷去任，缺人管事，始命侍郎署掌印信。今獻夫在告未久，遽以部事屬臣，揆之事體，似非穩便。況獻夫在告以來，日逐推陞除授及一應題奏，或到部裁決，或在家區處，未嘗因疾少廢，使臣輒與其事，不惟臣之心不安，而獻夫之心亦或有未安者。伏望皇上俯鑒愚衷，仍命獻夫照舊總管部事，不妨調理，其他部中常行文移細務，臣當遵奉明旨，代爲僉書，庶於體統無嫌。臣不勝冒昧之至，謹具奏聞，伏候敕旨。嘉靖九年八月二十日。

奉聖旨：著照前旨行，該部知道，欽此。〔一〕

五

守制吏部左侍郎臣董玘謹奏，爲明誣罔以全名節事。臣守制回還，已於今年正月二十二日抵家營葬。間見去冬十二月□日邸報，該御史胡明善劾奏兵部郎中華鑰，内稱鑰乃臣私厚門生，旬月之間，求臣推點參議二次，又利啖臣改授翰林等因，奉聖旨：這所奏事情，著都察院從公查審明白，參奏定奪，欽此。次日，又該胡明善奏臣巧搆邪謀，陰陷善類，欲謀禮部尚書，則排侍郎徐縉；欲入閣，則排尚書李時；欲日講，則排詹事顧鼎臣；及聞親喪，遷延顧望，曲意彌縫以圖復起等因，節該奉聖旨：胡明善連奏董玘，内稱排徐縉、李時、顧鼎臣，都著他從實具陳緣由，勿得浮泛。董玘聞親喪，有無延緩彌縫以圖復起，著都察院一併從公查明，參奏定奪，欽此。臣再見報，不勝驚愕惶悚。竊思人臣之義，惟當引咎責躬，事之有無，終不可掩。今聖天子在上，明燭幽隱，若果虧枉，必蒙昭雪，有不必屑屑自辯者。又臣纍然在衰絰中，五内如割，與死爲鄰，遑

〔一〕按：三卷本「欽此」下尚有文字如下：「不肖在翰林久，同官資次居後者，遷侍郎已數人，而不肖以史勞得進詹事。舊例，詹事無轉侍郎者，不意乃有吏部之推，拙性惟處閑散可以寡過，吏部實非所願。蓋踰月而後謝恩，又再疏辭避，而譖言入矣，故附此於先集後，亦以見不肖當時所處之難也。末一疏，乃獲戾所由，而未敢盡言者，故亦附焉。」細詳文義，當是董氏在編選自己文集時的附言，不是奏疏中語，今附載於此以備考。

恤其他？但明善所奏，係干名節，臣去國日遠，竊恐投杼眩於三至，市虎成於三人，使臣含冤苦塊，無以自明，則死不目瞑矣。輒敢昧冒，即其所奏，一二言之，伏惟聖明垂察。華鑰二次陪點參議，一是尚書方獻夫在任時所推，一是侍郎徐縉署印所推，皆非臣所能與力，且亦非旬月之間，其推點月日可查。至於改授翰林，屢奉有欽依，會官考選充，非臣所可得專，況鑰今固未嘗改授也，臣何私厚之有？即此一節，其奏内誣罔臣之事，固可類推矣。徐縉、李時、顧鼎臣三人皆與臣同官翰林，縉與鼎臣又臣同年進士，而時在同官中，與臣尤厚，臣何自而排之？聖明在上，用舍予奪，斷自宸衷，誰敢謀進？今乃云欲謀某官，即排某某，不知此言何所自起也。昔年禮部尚書員缺，會推之時，方獻夫舉臣與李時，臣再三讓時，衆所共見，又曾到獻夫私家固讓，即臣欲讓時一事，其排與否，亦明矣，況今禮部無缺，臣已丁憂，又何所謀？即使臣在任時有缺，臣爲左侍郎，縉爲右侍郎，自有常資，似亦不須排縉也。鼎臣昔爲諭德，遭多〔一〕彼時臣省親在家已五年，及臣到京，不久鼎臣遂去，不知於臣何與也？臣登第時，與鼎臣名次相聯，鼎臣與臣頗相厚善，及鼎臣再入朝，臣以歷俸叙遷，名位在前，鼎臣内懷忌嫉，意欲傾擠，造謗百端，臣以故人情厚，失在鼎臣耳，未嘗敢於人前一言短之，竊欲附於自反之義，庶其少已，而鼎臣嫉臣滋甚，聞臣丁憂，喜動顏色，又日騰飛謗，有爲臣不平者，每每以語臣，臣亦弗之校也。今明善反爲

〔一〕按：此下當有脱漏。

此言，不知果臣之排鼎臣歟，抑鼎臣之排臣也？臣忝在吏部數年，雖事權自有主者，於善類或不能盡舉，有愧於其職，若謂臣陰陷善類，則冤矣。去冬十月二十九日，義男董貴齎執本府印信公文并臣兄家書到京，報臣父棄養，臣即日聞喪，十一月初四日具奏請給卹典。奉欽依：禮部查例來看。本月十四日，禮部覆題欽准祭葬。後遇冬至大祀，工部未曾覆題。至十二月初一日纔得旨，初二日侍郎今陞尚書蔣瑶令吏送照會公文到臣家，兼遇祈雪齋期，鴻臚寺不給報單，臣於初四日謝恩，初六日陛辭，是日晚，本部送到孝字號勘合，次日早即扶病出城，自聞喪至此，計三十六日，未嘗停滯。緣臣哭泣過多，加以應接勞憊，病不能支，動輒眩暈，兩足拘攣，血氣不屬，胸脇刺痛，口有血腥，恐無以終大事，不得已，延醫調治，買備藥餌，亦須數日，而幼子復病，僮僕以下病者二人，死者二人，數日之間，苦楚多端，難以盡舉。至二十日，行抵河西務，因值河凍，將家小寄住民家，臣仍輿病從陸路先回。時臣妻又感寒發熱，病勢頗劇，臣亦不能復顧。以此言之，臣果延緩否也？前此丁憂官員尚有久住守凍，俟河開方行者，人亦未嘗訾之，不知何故獨以此言加之於臣乎？聖明在上，何所用其彌縫？父死之謂何？若他有所覬，則非人類也。明善爲此奏，亦自有因，臣至此不敢不以實上聞。明善爲知縣，物議頗多，後以主事改御史，臺中之人無不鄙惡之。臣在部署印時，平凉知府缺，文選司郎中劉序持缺帖請臣推補，欲用户部郎中王松，臣云：「平凉極難做，王松恐不堪。」序云：「王員外替他説要求陞。」臣云：「户部近已陞二人矣。」「可於各衙門中用。」序文〔一〕云。當時還要薦他做温州知府，今只爲不曾了事，臣執不可。序復舉數人，因及明善。臣偶云：「此人該陞出久矣，但巡按未回，此缺且可遲遲。」序遂持缺帖回司。及臣丁憂後，平凉竟用王松，此言亦不知爲何人所泄，明善遂謂臣欲害之，不知彼時乃是泛論人才，初出於無意也。近明善回京來吊臣，執禮甚恭，且云：「昔年由主事改御史，多蒙老先生扶持，厚恩不曾報得。」又談叙舊故，再三傴僂稱謝而去。臣固已心疑之，不意其遽發也。臣爲學士時，明善曾與臣往來，今特惑於人言，謂臣欲害之，故釋憾於此。奏内乃云平昔無識，又云無纖芥之怨，亦欺矣。吏部乃進退人才之地，日常議論可否，必不能免，使人皆如明善，有聞即懷恨，則爲吏部者不已難乎？且提學，臺中之極選，明善堪任與否，臣不敢復論，但因攻臣，遂有提學之推，則其誣害臣之迹，亦甚瞭然矣。臣父平昔懇懇教臣以忠孝之義，今遭大故，不能躬親殯殮，吁天號慟，悔無所及。臣尚有老母在堂，此回勉襄大事，幸而未死，方將終伏田野，奉養老母，以盡人子之心，外此皆非臣愚所知也。若果如明善之言，有所彌縫，是臣不惟上負明主之恩，亦且下負先臣之訓，真不忠不孝罪人矣。臣荒迷中語言無次，瀆天聽，伏望聖慈特垂鑒察，俾臣孤危之蹤得以保全，實天地父母罔極之恩也，臣不勝哀號迫切之至。爲此具本，差義男董興齎捧，謹具奏聞，伏候敕旨。嘉靖十年正月二十七日奏。

〔一〕文，當作「又」。

明善回奏謂嘉靖初年御史成英劾顧鼎臣，對人云得之於臣，前年給事中劉世揚劾鼎臣，人問之，亦云詳於臣。此蓋皆出於鼎臣之口，英與世揚必無是言也。凡英所劾，多係鼎臣在正德年間與陸完交通事情，其劾鼎臣，亦是正德十六年，非嘉靖初年也，彼時臣省親在家，此等事皆未之聞。至正德十六年六月二十六日，臣纔到京，今仍謂英得之臣，於理通乎？世揚因劾鼎臣，陛下嘗下之獄，拷訊之矣，患難之際，雖兄弟親戚，不能相顧，使果由於臣，世揚肯爲臣隱乎？世揚在拷訊之下，並無一言及臣，而人問之則云云，又非人情也。且言官論劾鼎臣者，前後累十數人，非止英與世揚也，彼亦皆臣使之歟？身爲言官，乃爲人所使，其自視爲何如人？假令欲有所排，彼萬一不見信，其視我爲何如人？似亦不應若是之愚也。蓋鼎臣自知不爲公論所容，每被論劾，輒歸咎於臣以藉口。今英與世揚皆見在外任，陛下試以嚴旨詰問之，則有無自明矣。明善奏内又謂去年給事中陸粲劾李時，後或咎之，粲云：「董謂未盡時罪狀。」又引方獻夫、霍韜每對人云：「董謂粲本出於徐子容。」其言尤妄。一日臣與李時自郊壇回，步出西天門，李時謂臣曰：「陸粲當初劾的原不是我，崦西改入我名字，邃翁見粲本，一驚説：『何故換了他。』」又曰：「先生你好造物，若不是曾教庶吉士，粲恐怕干名犯義，幾乎也添上你名字了，這等同僚，怎麽相處？」崦西，縉號，子容，其字。邃翁指故大學士楊一清，縉與粲皆一清門下。即時此言，則謂粲本出於徐子容者，時也，非臣也。排時者，縉也，亦非臣也。縉欲於粲本添臣名字，是縉排臣，非臣排縉也。粲但以臣曾教書，不添臣名，則臣蓋亦幸免耳，又敢與粲私有所云哉？

陛下試召時，以此言問之，天地鬼神臨之在上，質之在傍，豈可欺也？ 其引方獻夫、霍韜云然，蓋以二臣既去，無所於證耳，不知今二臣尚皆家居，陛下固可密問之也。 陸粲雖遷謫，其事固可窮究也，安可妄以加之於臣乎？ 臣雖無似，數嘗奉教於君子長者矣，平居尚耻言人過，即時所言，亦未嘗敢以語人，今乃以聞於九重者，豈臣之心哉？ 讒人罔極，不得不以時之言自明耳。臣父以嘉靖九年九月十九日申時故，次日臣長兄即令義男董貴赴本府陳告。 臣家去府一百四十餘里，二十三日領本府印信公文齎執起程，至本年十月二十九日到京，臣即日聞喪，今明善乃誣臣云久不發喪，不知月日道里一一皆可查也。 臣義男與本府經歷同到京，其人固可證也。 明善肆爲誣害之言，一至於此，殆亦無復人心，無復天理矣。 且其初奏則曰：「聞喪之後，遷延彌縫，以圖復起。」再奏則曰：「因吏部尚書員缺，久不發喪，意有所圖。」其前後之言，自相牴牾如此。 又臣以十月二十九日聞喪，三十日本部已題本請官署印矣，今乃云十一月初一日發喪，即此日期尚記寫不的，其他可知。 蓋明善屢奏，其意惟主於報怨，其事皆出於摭拾，其誣害臣之迹固自甚明，不然，明善居言路已久，臣在任時，不聞有言，一旦乘臣去後，連奏不已，亦獨何歟？夫不孝不忠，大罪也，使果如明善之言，則罪不止於罷黜。 若皆出於誣罔，又豈可使臣蒙此不根之謗，甘此不韙之名哉？〔一〕

〔一〕按：三卷本附録此下有「右第二奏」字樣，但未見「右第一奏」字樣，疑上一篇即爲第一奏，而漏標「右第一奏」耳。

臣初以明善所奏，特一人之私言，都察院風紀所寄，宜有公論，不意鋐以私憾，亦從而和之，誣臣滋甚。邇者奉旨推提督團營官員，係是兵部掌行，原不由吏部。會推之日，兵部侍郎陳洪謨首推汪鋐，户部尚書梁材、禮部尚書李時即應聲推洪謨陪之，又並不由臣。是日會推罷，適賜纂修官員宴於禮部，有語鋐者曰：「董某怕你過吏部，先把你推在團營，使你動不得。」鋐急於進取，遂惑於其言，謂臣實沮之，故肆爲下石之計如此。夫提督團營，重任也，鋐何不悦於此？皇上總攬萬幾，因才授任，非臣下所能干預，即果欲用鋐，則自團營復轉吏部，亦何不可？況會推實不由臣，何乃遂以此致憾於臣哉？以一念争進之私，遂誣人以背逆不孝之名而不顧，噫，亦甚矣。鋐引奔喪之禮，曰：「始聞遂行，不俟終日也；成服而後行，不出三日也。」此在《禮經》固有之，鋐以責臣是也。不知國朝之制，京官丁憂，必須奏聞請給孝字號勘合，今百六十餘年以來，凡丁憂官員，寧有不俟終日、不出三日而即行者乎？況臣又例該請給卹典，自當待命而後行，即欲不俟終日、不出三日，得乎？又謂臣十年不一歸省，自嘉靖元年南畿主考回京，未嘗南往。臣自弘治乙丑入仕，至今二十六年，嘗再給假歸矣，後次歸省，臣父每促臣北上，臣不忍離别，家居侍養者五年有餘。恭遇皇上登極，臣始以父命到京，及嘉靖元年南畿之行，則因便耳。今鋐於臣歸省緣由，略不之及，乃曰「十年不一歸省」，何歟？況臣自嘉靖六年以來，歸念甚切，屢騰奏牘，臣父聞之，責臣以大義，乃不敢言歸，豈臣忘親固位乎？鋐之心，待欲以此撼動聖意，亦不計其言之非實矣。又云：「朋儕有勸其速行者，則曰如天寒地凍何，如少妻嫩子何。」不知此言鋐聞之於誰？朋儕勸者爲誰？况臣妻子見今留河西務，臣已從陸路回家，則其言妄矣。又謂臣「於情何安，於心何忍」，夫是非之心人人皆有，好惡之情宜不相遠，鋐豈不知臣之平素固非背逆不孝者乎？特進取之念，熾如猛火，故發爲害人之辭，毒如螫蝮。臣亦竊謂鋐於心何忍，於情何安也？鋐爲布政時，以書干臣，辭極卑諂，臣昨署部印，鋐亦每對人稱許臣之公，以臣一人之身而鋐之毁譽前後頓異如此，其情狀亦可識矣。臣抵家後，追想臣父音容，不可復逮，一慟幾絶，此身之生死尚未可知，則人之毁譽又何足卹？但蒙此不韙之名，恐無以自白於天下也。君門高遠明照，或有所遺，是以敢昧死言之，不然以臣之愚，亦何能與鋐争勝哉？〔一〕

聖節宴昭聖皇太后致語

伏以萬國咸寧，璣衡見七政之循規；兩宫多慶，岡陵頌三壽之作朋。眷祐隆於一人，達孝光於四海。節逢聖作，福自天申。恭惟昭聖康惠慈孝皇太后陛下賢並高、曹，澤踰陰、馬，受蕃禧於九廟，膺顯號於三朝。風始《關雎》，瑞鍾《麟趾》。伏惟皇帝陛下大德受命，宜謳歌訟獄之歸；至誠感神，睹玉帛車書之盛。置酒長信，雲擁彤墀萬户開；趣駕廣寒，月臨華蓋中秋近。玉觴盈醴，均施《湛露》之恩；翠虡摐金，合奏《洞庭》之曲。慈顔喜動，三千歲一會瑶池；化圖景舒，億萬年常開鳳

〔一〕按：此下三卷本原有「右第三奏」字樣，蓋以上三奏均爲董玘替自己辯誣而發。

曆。惟頌禱不足，豈歌詠之可無？聖孝通天萬福來，秋風閶闔御筵開。瓊枝拂佩承香輦，若木流霞薦壽杯。雙闕星辰瞻太乙，九重雲霧接蓬萊。瑶池奏罷《霓裳》曲，問是蟠桃第幾回？

詩歌十一首

按：以下七律諸詩抄自紹興圖書館古籍部藏稿本《董中峰公文選》。該書由董玘十世孫董瑞書輯，卷末附其自撰《璞亭詩稿》一卷。原爲三卷，現已不全，前兩卷已佚，只存第三卷，收賦、歌、五言律、七言律詩若干，以下九首七律詩即爲董金鑑刻本所無，今補録於此。又於明李文鳳《越嶠書》卷十九輯得《寧藩輔國將軍贈行詩》一首。另於《明詩紀事》丁籤卷十輯得五律一首，一并附入。

送九江王君之任

遥分符竹向潯陽，曉日都門紫綬光。南嶂雲峰連五嶺，小孤煙水帶三湘。風餘巖閣名驅虎，月浸湖堤澤在棠。九江有清風閣，思宋均去虎之異而建，又有甘棠李渤所築堤、白樂天建浸月亭其中。循吏由來多此郡，奏功應不負清郎。

和李序庵講筵拜賜之作

講罷傳宣走近臣，驚看蕃錫出楓宸。彝章猶按先朝舊，睿學方勤曆數新。仙仗下時瞻日表，袞衣重處識堯仁。班聯惟籍淳夫重，要語三經取次陳。

奉和石齋相公夢中之作二首

雲瑞清夢若爲來，樓閣分明異境開。旟旐有占知瑞應，池塘得句似天裁。憂存廣厦千間庇，力挽狂瀾萬折回。名相本朝誰第一？麒麟功次不須猜。

早向商巖入夢來，中興勳業自天開。弛張文武餘詩興，旋轉乾坤識化裁。鵞鶩庭前雲氣住，星辰閣上履聲回。託名獨愧門牆末，莫作陽春郢曲猜。

洞庭春宴圖爲徐子容太史題

七十二峰環翠屏，玉簫吹處版輿停。春回福地先萱草，日近雲臺見鳳翎。駟馬門高留赤節，蒲萄酒熟引滄溟。仙家風景開圖畫，卻説瑶池是洞庭。

又送賈鳴和

春來又作秣陵行，江上風生畫鼓鳴。三月鶯花天不惡，六朝形勝眼偏明。官名學士於今重，身在瀛洲盡日清。更有人間真樂事，過家先慰倚門情。

壽李司空夫人七十

一品已從夫子貴，七旬不負白頭期。古來到此應無幾，大造於人似有私。紫闥褰帷通禁謁，綵鸞迴錦共温絲。東床況是瀛洲客，歲又筵開擬獻詩。

送楊修撰用修代祀江瀆

少年玉署倫魁重，聖代岷江秩祀存。最羡故山乘駟馬，直從萬水識真源。文傳蘇氏多家學，業屬儀公是相門。思到青城頻北望，白雲天際幾晨昏。

至後一日和李序庵宗伯齋居之作

一陽動處節初更，露禱憂民仰聖明。夜迴南郊神若在，春回東作秩方平。光依日月隨黄道，履近星辰接紫清。耿耿齋居應不寐，虞廷律吕待夔鳴。

寧藩輔國將軍贈行詩

南極春隨旌節回，遠人争識鳳麐來。路經漢柱苔封篆，雨過秦林荔潑醅。夜浦風生槎斗近，海門日出詔函開。應多圖志歸《王會》，莫負能遊太史才。（明李文鳳《越嶠書》卷十九，明藍格鈔本）

彭城有懷

清夜棹歌發，高秋客思生。綿綿鄉國夢，歷歷水雲程。老樹危蟠石，衝波怒齧城。白門樓上月，偏傍海東明。（《明詩紀事》丁籤卷十，清陳氏聽詩齋刻本）

資料補遺

按：以下材料是筆者泛覽明清文獻時搜集到的關於董玘的材料，對研究董氏的生平事蹟和學術思想有一定的參考價值。董金鑑校刻的《中峰集》附録卷二卷三即是材料彙集，今一仿其例，補輯於此。筆者讀書不多，類似材料必定還有很多，當俟日後再補。

昭遇録序

薛甲

嘉靖甲午秋七月，甲晉謁予師少宰中峰董公。坐有間，公出一編示甲，曰：「此吾所刻《昭遇録》也。其名則採之制詞，其事則天子之恩與吾父之德也。以吾知子，盍序諸？」甲謝不敏，則請所以。公曰：「始吾之甫授詹事也，未有封，以例請，天子俞焉，以封吾親。吾親之封，蓋特恩也。今吾見制詞，則如對吾君焉，何敢忘也？吾父爲人伉直不苟，雖仕多齟齬，而所至輒見思，所爲輒傳誦當世。今雖不幸往矣，無可盡吾心矣，而去思之碑與當代諸賢所爲記誌銘傳暨於送往慰存之章，炳然具在，吾誦其言，亦如面吾親也，庸有忘乎？吾惟不忘吾君與親，是以有是録也。」甲起再拜曰：「公於是乎賢於人已。夫人臣之事君，於其乘輿服御，不敢忽也，而況奎翰宸章乎？人子之事親，於其飲食嗜好，不敢忘也，而况懿行嘉言乎？ 宜哉公之爲此録也。 雖然，論學以成君德，立身以揚親名者，不在公之孝與忠乎？ 夫惟公之忠且孝，而後天寵昭，世德顯，則斯録也，雖微董氏梓之，天下亦將梓之矣。 録一成，而忠與孝傳法天下，兹世之臣子所爲勸也，甲何敢以不文辭焉？請僭書之，以告世之爲人子、爲人臣者。」（《藝文類稿續集》卷二，明隆慶刻本）

昭遇録序

徐　階

少宰中峰先生既葬厥考頤菴公之明年，彙次所得誥敕及諭祭之文與諸士夫所爲銘狀序記之屬以爲録，而取制詞所謂「昭遇賢之典」者，題之曰「昭遇」，泣以示階曰：「先君子之賢，天下莫不聞，今不幸至於大故，孤竊懼夫文之不足，後無所徵也，將於是託不朽焉，子其爲孤序而傳之。」階辭不獲，則遂讀而歎曰：「嗚呼，君臣之際，其相遇豈不信難也哉？」惟昔成化、弘治，在本朝最爲盛時，士有所挾，舉獲自見，而公爲御史，獨以忌出。 出未幾，又被讒以罷。 及今上嗣統，求舊任賢，幽遠必達，而公則既耄老，徒以封命之及其身以爲遇，故至聰有所不聞，至明有所不睹，則雖憲、孝之朝而公不克大其施，事有不相值而幾或有所尼，是以今上之仁聖而不獲及公之壯以究其用，蓋凡讀公之制詞者，未嘗不三歎於斯也。 今距公始封之歲，未及十年，而公既没且葬，所遺於人間者，又獨此綸綍之音、金石之刻可以考見公之爲賢而已。 典刑日遠，在縉紳舉悼惜焉，矧爲之子若孫者耶？ 然則先生兹録，殆非直以爲文獻之資也。 階不敏，幸出先生門，於先生所以處父子之間者，知之爲詳，故爲述彙次之意如此。若公行實履歷與先生顯親之孝，則録所載已備，不復贅云。（《世經堂集》卷十一，明萬曆徐氏刻本）

昭遇録序

張邦奇

封詹事府詹事兼翰林院學士頤齋董公既没之三載，其子吏部左侍郎中峰先生玘以公所得誥敕諭祭之文及諸縉紳叙述哀誄之作與其治所碑頌紀誌之屬彙次爲録，題曰「昭遇」，蓋取諸制詞云。間以書徵序於予。於戲，遇不遇，非公心之所存也，是故無心於遇爲也。無心於遇，則於世未必恒遇，而天卒吾遇焉。天不可以有心遇也，天吾遇矣，人則奚問焉？夫以公剛大正直之節，真確仁厚之心，覃澤累功，駸駸大用，而一旦以直言落職，殆可謂不遇矣。然而令於黟，黟人德之；守於滇南，滇南人德之；教其子，學成而名立。天子推德報功，錫之顯秩，褒封有敕有誥，贈恤有典有章。四海之内，苟知公者，去思有記，生祠有碣，紀績有碑，壽有祝，奠有文，葬有銘，述德有狀有誄，祠於鄉社，有公評焉。上自九重，下及閭巷，無弗樂其生而哀其死者，公於是則何所不遇，而世之突梯骫骳圖詭遇而已者，常不能及之。吾嘗求之矣，人有僞而天無欺，勢有窮而道不變，遇不遇交相代乎前，而吾之中自定，既其天之克定也，而無乎不遇，賁、育不能離，儀、秦不能眩，是故君子之酬物也，不以一人之遇易天下，不以一日之遇易百世。於戲，此《昭遇録》之所爲作也。（《紓玉樓集》卷一，明刻本）

柬董文玉

張邦奇

去冬奉告鄙懷，欲勞於石翁老先生借一鼎言，幸荷垂諾，銘佩。可涯大抵親老而至於多疾，家貧而至於積貸，身無兄弟，而又上有孀居之嫂，旁有無告顛連之親屬，終夜耿耿，視日如年，孱羸一軀，百憂叢集，其何以堪此？欲累吾兄與子華同往一言，必不得已，得一教授於蘇、松間，亦誠所樂也。昔者韓愈上宰相書，心誠耻之，彼其以妻子之不獲其所動其心，而僕今所爲者，則吾親也。若僕妻病無子，則未暇以掛齒頰，使愈也如僕，又當若何爲情哉？且愈實進是求，而僕寧退處，則又未知於愈何如耳？抑天下未有求退而不得者，求退而不得，當道者莫吾察也。執事於相君厚，門生也，於僕非一日之辱愛也，通二者之情，使獲所處，似亦不可以已也。伏惟早留意焉。（《環碧堂集》卷四，明刻本）

寄董中峰

張邦奇

久處荒野，何意得親光霽，欣慰不可言。第大洋臨睡，未遂而去，不知何日復了此緣耳。比與子華相約晋拜，爲日已久，適老母小恙，不能果。敢先以書啓，幸賜照察。屬者伏見執事忘地位之高，親臨海隅，將覓壻於白屋之下，其遠識高誼，豈區區世俗之見可同日語哉？駑馬不登於伯樂之厩，碔砆不入於卞氏之手，他日今居之歡，照相攸之美，固不筮可知也。邦奇雖暗劣，亦竊以所聞見，非自思惟，敢用一言，贊成高誼。倘賜諾陳氏，所將禮儀，請侍者直命，幸幸。時化晚進，恐不敢深探，以奇素在愛下，敢僭爲言之。萬萬亮督，勿有所疑也。（《環碧堂集》卷三，明刻本）

寄董老先生

張邦奇

比久欲晋拜，牽於私顧，未克如願，不勝企悚。伏唯執事正直仁明，天佑多福，輒恃愛僭有瀆聞。敝邑陳氏有子，夙禀令資，年方十三，儼如老成，藏敏慧於沈重，藴精鋭於謙抑，豐姿秀茂，動止詳雅，其爲之大之器〔一〕，似無可疑。近蒙令嗣文玉年兄臨視，雖曰成於東床，尚俟言於廷府，然陳氏以齊大非偶，深懷悚仄，謂生繆辱通家之末，托爲先容，幸唯慨賜金諾，則豈唯陳氏之知感哉？舍親戴時化行，謹此代面啓，敢希鑒念。不備。（《環碧堂集》卷三，明刻本）

具慶榮封詩序

費　宏

聖天子踐阼以來，日御經幄，孜孜以講學爲事，蓋即古帝王遜志緝熙之盛節也，故一時勸講之臣，蒙荷恩寵，往往出於常格。先是，侍讀學士温君民懷用薦進吏部右侍郎，爲其父菊莊先生豫請封典，既有詔與之，比者侍講學士董君文玉以史勞進詹事府兼翰林院學士，又具疏言：「臣幸暱就旃厦，與温某同，而臣之父視其父加老，臣母亦漸迫耄齡，其應得封典，乞如温某例，先期與之。臣

〔一〕此句疑有脱衍。

徼陛下之寵，得慰臣父母於生存，爲幸多矣。」上復詔與之如例。於是文玉之父頤菴公由中憲大夫進封三品，如文玉之官，其母婁恭人則進淑人。問公之年，蓋已八十有三，而淑人亦七十有六矣。談者以爲人莫難於有子，有子矣，未必能逮其榮，有能逮其榮者，未必伉儷之偕老也。今公與淑人，有文玉爲之子，早以奇才博學魁多士，列甲第，華法從，而又並躋壽域，與受封誥，福如此其盛，豈人間所易得耶？是足以爲公與淑人賀。或曰：公以名進士知黔，有惠政，其去也，黔人思之，至俎豆公於名宦之間。及衣繡冠豸，按行郡國，持憲體，棘棘弗徇，中臺稱才御史，必首公。其後擢知滇郡，所理雜氓若獠，公鋤梗植弱，各得其宜。諸夷之構亂者，諭以逆順，無弗帖帖，實古之良二千石也。而乃竟坐前在言路以抗直爲柱所忌，會内宫災變，讒而中之，遂罷郡以去。自人衆勝天者觀之，公宜通而窒，雖賢，亦安所利？然未食之報，卒酬以子，若分所當得而不容已者。淑人素以勤儉，成公之德，今亦偕榮而胥樂焉。夫固知天定之終勝也，是足以爲公與淑人頌。既又相率爲詩，以致其賀且頌之情，文玉聯爲巨軸，來屬予序。夫賀徵諸福，頌本諸德，固皆爲公喜且幸之心。予竊度公之喜且幸，殆不止於是也。公志大而才高，方其被讒而歸也，年僅五十有三，才與志用而未究，鬱而未遂，江湖之憂、畎畝之忠，蓋有惓惓而未釋者。兹文玉遭際聖明，以其得諸庭趨者，從容獻納，輔養君德，天子方念其勤勞而推恩以及其父母，蓋必有味乎其言而契乎其心者。啓沃之功，贊襄之澤，且將覃被於天下矣。若然，則公之未究者，文玉能爲公究之，而公之志於是乎可遂，兹非公之所謂喜且幸者乎？予伯父少參公之成進士也，與公同年，今予又與文玉同館閣，契誼之厚，將世講焉，故推公之心，以廣賀且頌者之意。文玉負雅望，方進未已，其所以增公之重，固將有大於此者也。（《費文憲公摘稿》卷十四，明嘉靖刻本）

明黄瑜《雙槐歲鈔》

弘治乙卯，張御史泰按雲南，會鎮守太監劉昶、總兵黔國公沐琮、巡撫都御史張誥保舉神童：董元者，紹興人，知雲南府復次子也，八歲能詩翰，詠《胡桃》曰：「形狀如雞子，剛柔實未分。劈開混沌殼，渾是一團仁。」《梅月》曰：「夢覺羅浮夜已闌，碧天雲静月團圓。玉人不學桃花面，净洗紅粧鏡裏看。」九歲以來，真楷草書、歌賦序記及三場文字亦皆能之，今十三矣，請查照李東陽、程敏政、楊一清、洪鐘事例，考送翰林院讀書。疏上，上召試，不如所言，命還籍，乃充會稽縣學生，更名玘。予按：敏政、一清及鐘皆由翰林院秀才登進士，而鐘授中書舍人，夭死時年十八，惟東陽雖受上知，然爲順天府學軍生登第，未嘗讀書翰林也，今爲學士，與敏政、一清俱將大拜矣，玘其可量邪？（卷十《保舉神童》，清嶺南遺書本）

萬曆《會稽縣志》

董豫，字德和，舉進士，爲刑部主事，以言事忤當路，謫壽州同知，遷知茶陵州，益廉勁峥峥，無所阿避。其大者，治嚚訟，釐敝政，改創學宫，擇師傳教其子弟。時太保張公治年弱冠，尚未知書，其父爲州胥，豫見而奇之，令就衙署中學，且曰：「是子他日不在吾侄玘之下。」時文簡公已及第爲翰林矣。其後張發軔一如豫言，每爲縉紳言之，服其藻鑑云。（卷十一《禮書三》，明萬曆刻本）

董復，字德初，以進士知黟縣，爲民寬徭賦，捍水患，卹孤乏，抑兼并。奏最，徵拜御史。孝宗登極，首疏斥貴倖數十人，直聲大起，然以是爲用事者所擠，出知雲南府。其治一如黟縣時，民夷德之。復性坦直，無它腸，居官務盡職，無顧避，是以所至輒奮。晚歸，衣無紈綺，屋數楹，僅蔽風雨，足跡罕入城市，日惟課諸子讀書，故其子玘卒能大其業。玘當武宗朝，在翰林，忤閹瑾，出爲縣，及遷，復苦以刑曹。瑾誅，還舊職，其後轉徙多在翰林、春坊中，至吏部左侍郎而罷。爲文雅莊，得西漢作者之髓，居鄉嚴重寡交，即大吏造廬，罕覿其面。生而穎絶，以神童稱。年十九〔一〕，會試第一人，廷試復第二。卒後二十年，追贈禮部尚書，謚文簡。有《文簡集》行於世。（卷十一《禮書三》，明萬曆刻本）

《本朝分省人物考》

董玘，字文玉，會稽人。弘治時會試第一，畢力問學，綽有聲稱，入翰林院編修，歷官至吏部左侍郎。玘在翰林時，嘗請重修《孝廟實録》。及嘉靖議郊祀大禮，玘獻議曰〔二〕……玘有文集六卷，

〔一〕按董玘中會試第一時已二十三歲，此處記載有誤。
〔二〕以下略，見《中峰集》卷二《議郊祀疏》。

唐荆川爲序以行。（卷五十，明天啓刻本）

明凌迪知《萬姓統譜》

董玘，字文玉，會稽人，弘治乙丑舉禮部第一，登進士及第第二，授翰林編修，歷諭德、詹事。嘉靖初，修《武宗實録》，玘因上言曰〔一〕……疏上，士論愜然。其諸經筵陳奏，據經議禮，亦多類此。官至吏部左侍郎兼翰林學士。以憂制歸，爲胡明善、汪鋐論劾，遂不復出。（卷六十八，清文淵閣四庫全書本）

明黄景昉《國史唯疑》

《孝廟實録》經焦芳筆，如葉盛、彭韶、何喬新等海内名卿長者咸遭詆誣，他日刊其謬誤，歸之雅馴，得董玘力多。（卷五，清康熙三十年鈔本）

獨石軒記

趙文華

夫事有所合，而後有所植。方其未合也，雖殊異之觀，隱而不可見，若鬼神呵禁然。迨其合也，雖湮埋之久，忽一旦遇之，而談笑舉之，更枕藉賞玩之。蓋其顯晦自有其時也。越有石，其狀

〔一〕以下略，見《中峰集》卷二《校勘實録疏》。

類人負載而獨立中道，而外潤琅琅然，聲應伶鳩氏之拊。人曰：「此勾踐之遺砥也，禹會諸侯，同律度，見黄帝氏之經，寶而寘之，承以文璧，覆以美石，宛委之佳祥也。」顧其説藐未可據。宋南狩會稽，寘蕺山麓以充京觀。遭兵燹，竟没蓁莽者數百年。中峰董太史徙於蕺之麓，嘗瞻禹穴之形勝，覽秦望之佚路，訪勾踐之霸跡，慨三臣之雄圖，把謝傅之玄規，慕蘭亭之遐舉，乃悵然曰：「蔚哉，丘乎！蓋必有神物出没於其間而終之合也。」既得兹石，石巨路遥，力難以致，不虞匠氏談笑舉之，植之所居燕息之軒，屹然南屹，因名其軒曰獨石，於是宇内奇逸之士靡不來觀，靡不歎賞，以爲洵古今希有之奇觀，非太史其誰能致之？嗚呼，是果游衍出没於千百世之上下而卒有合者耶？抑太史公之德適與之契而物固呈見而景從耶？何前此潛隱之久而今兹致之之易？要時有顯晦使然耳。然物之爲物，運之則轉，寘之則滯，顛之則泐，若此石殆有異焉。更千百年而莫之舉也，是不易轉也。遇太史公於千百年之後而卒舉之也，是終不滯也。經千百年自全其制，雖顛之莫傷，是不泐也。夫是之爲獨石，爲其衆異也。太史游息是軒而寄情於兹石者，蓋其凝重之質、變通之才、純全之節適相符契，朝夕容與之不置耳。爰誌其石之晦顯遇合乎契而爲記。（清趙文華《趙氏家藏集》卷一，清鈔本）

明駱問禮《萬一樓集》

風俗日薄，不特大者，即士人業舉，少年自詫其英發，視前輩蔑如。嘗聞嘉靖年間山陰郁寧野公文少年俊才，正爲當道所重，同輩所推。張晋，野公牧，初罷府同知歸，具贄請教，後雖蹭蹬數年，終第進士。同邑陳州同公仕華，徐華亭督學時，以爲兩浙奇才，薦爲董中峰侍郎館客。居半歲，閱其文，因爲改竄二十餘篇，曰：「如我作，方成舉子。」陳不以爲意也，晚年始得一貢。夫一府同視會元、吏侍遠矣，郁公知師張而陳忽董，後竟何如，小子可以警矣。（卷五十五《士習》，清嘉慶活字本）

明李樂《見聞雜紀》

嘉靖來，浙中儒臣可爲輔弼者，王文定公瓚、董中峰先生玘、張文定公邦奇，皆不得用。中峰文學藴藉，行誼修潔，竟爲永嘉中傷，一廢不復起，善類甚惜之。王官至禮部侍郎，張南京兵部尚書。中峰與張，余嘗接其言論，正人君子也。（卷一，明萬曆刻清補修本）

明陳錦《勤餘文牘續編》

吾鄉學派，自有元韓明善上承閩洛，下啓明初潘孔修南山聚徒，董中峰東山講道，昌明正學，各守師承，獨陽明先生以心得定指歸，力排衆論，一時群彦聞風景從。（卷一，清光緒四年刻本）

明王同軌《耳談類增》

會稽董侍御頤齋公，始卒業太學，家無僮奴，婁淑人亦侍御女，躬執炊爨，常乏薪，拾穢遺，暴而爇之。仲子中峰公玘年二十三，當弘治乙丑會元及第，猶與父共寢。始婚之夕，鷄鳴猶侍側，屢遣乃去。至少宰負謗歸，自簡重，藩臬猶執屬吏禮。華亭徐相以學憲入謁，設饌，魚蔬淡薄，盛以大盂，黑白相錯，數舉筯而别。先輩風度如此。董玄宰談。（卷二《叢德篇二》「董頤齋、中峰」條，明萬曆十一年刻本）

明王世貞《弇州四部稿》

嘉靖間，吏部左侍郎董公玘將有爰立之命，而父喪至，初不知也，爲忌者所發。上以其匿喪，大怒，下詔不復用。玘卒，家乞贈謚，上特斥其事，不許。（卷一百七十七《説部》，明萬曆刻本）

明張萱《西園聞見録》

侍御會稽董公頤齋，宦遊十餘年，貧不能治産。始卒業大學，家無僮僕，其妻淑人亦侍御史女也，躬執炊爨，常乏薪，拾穢遺，暴而爇之。仲子中峰公玘年二十三登弘治乙丑會元及第，猶與共寢。始婚巹飲之夕，鷄鳴猶在側，屢遣乃去。自編修至少宰，負謗歸，清苦猶父。晨夜治蔬粥，躬奉太淑人，甘之，色澤日腴。華亭徐相公以門生入謁，設饌，魚蔬淡薄，盛以大盂，黑白相錯。萬石滫腧之風，首陽茹薇之節，可照千古矣。（卷二十三，民國哈佛學社鉛印本）

明張朝瑞《皇明貢舉考》

昨會試之士三千八百有奇，取董玘等三百人，刻程文二十一篇。來氏汝賢曰：「玘一生學問在熟

朱子《大學中庸或問》，蓋於理窟中鑽研得力，故其行文不事雕刻而自成大家矣。（卷六，明萬曆刻本）

明馮夢龍輯《智囊補·上智部遠猶》

《武廟實録》將成，時首輔楊廷和以忤旨罷歸，中貴張永坐罪廢。翰林林立山奏記副總裁董中峰曰：「史者，萬世是非之權衡。昨聞迎立一事，或曰繇中，或云内閣。誅賊彬，或云繇廷和，或云繇永。疑信之間，茫無定據。今上方總覈名實，書進二事，必首登乙覽，恐將以永真有功，廷和真有罪，君子、小人進退之機，決矣。」董公以白總裁費鵝湖，乃據實書。慈壽太后遣内侍取決内閣，天子繇是傾心宰輔。宦寺之權始輕。（卷二「林立山」條，明積秀堂刻本）

明王驥德《曲律》

董少宰中峰先生，亦吾邑人也，幼舉神童，年十九魁南宫第一〔一〕。在翰苑時，曾有《應制駕幸西湖南北調詞》一闋，今存集中，即限於體裁，亦勝楊南峰數等。（卷四，明天啓五年毛以遂刻本）

明張弘道《明三元考》

會元董玘，浙江會稽人，字文玉，號中峰，治《易》經。玘生而穎絶，以神童稱。年十五中辛酉

〔一〕按：董氏中舉時十九歲，中會試第一時二十三歲，此處當是作者誤記。

鄉試第二名，及登第，年十九〔一〕，尚未娶。在翰林，忤逆瑾，出爲縣。及還，復苦以刑曹。瑾誅，還舊職，歷官吏部右〔二〕侍郎而罷。爲文雅莊，得西漢作者之髓。居鄉嚴重寡交，即大吏造廬，罕覿其面。卒贈禮部尚書，謚文簡。有《文簡集》行於世。父復，成化乙未進士，雲南知府。伯豫，戊戌進士。弟瓏，嘉靖壬午舉人。子思近，知府。曾孫懋史，萬曆庚子舉人。懋中，癸丑進士，刑部主事。從曾孫啓祥，辛卯舉人，知縣。啓祥子成憲，壬子舉人。董與第二名湛若水、第三名崔銑、第四名謝丕、第五名安盤俱入翰林，亦一奇也。（卷八，明刻本）

清王士禎《分甘餘話》

明詩人多有早慧而年不得四十者，如高季迪、何仲默、徐昌穀、鄭繼之、高子業數公，卓爾不可及矣。薛君采、王舜耕、孫太初、殷近夫、梁公實、宗子相次之。至陳后岡、董中峰、常明卿之屬，汗血方新而筋骨未就，秀而不實，殊可惜也。（卷三，清文淵閣四庫全書本）

談遷《國榷》

（嘉靖二十五年六月）辛亥，前吏部左侍郎兼學士董玘卒。玘字文玉，會稽人。弘治乙丑進士，授

〔一〕按：董氏中舉時十九歲，中進士時二十三歲，此處當是作者誤記。

〔二〕按：董氏官至吏部左侍郎，此處當是作者誤記。

編修，忤瑾，謫成安令，補刑部主事，改吏部。瑾誅，復官，進侍讀，歷諭德、侍講學士、詹事，博學能文，性峭直，佐銓絶請託，多賈怨，坐聞喪落職，已事白。隆慶初贈禮部尚書，謚文簡。（卷五十八，清鈔本）

《董中峰稿》卷首題識

成、弘二朝，會元皆能名世，文之富者，爲守溪、鶴灘、中峰三家。守溪長於議論，鶴灘善於刻畫，故高古典碩，望之有色，聽之有聲；至於遊行理窟，自成大家，莫如中峰。中峰融會傳注，鑽研《或問》。理足則達，愈樸愈淡，而愈不可及；芒鞢破衲，中有仙骨，非識者不辨。故王、錢之文易讀，中峰之文難知。王、錢體正大，中峰格孤高。王、錢之後，衍於荆川，終明之世，號曰元燈。中峰以後，其傳遂絶，三百年來，未嘗有問津者。」（《可儀堂一百二十名家制義》本，清康熙刻本）

清何焯《義門先生集》

乙丑會元董文簡公文清粹渾穆，而淵然之光如玉有色，文格與守溪爲近。門人來斐泉稱其生平尤潛心朱子《或問》，其析理之邃密，宜非近科來前峰所及也。（卷十《雜著》，清道光三十年姑蘇刻本）

中峰公傳

公行彰十六，諱記，字文玉，號中峰，頤庵公第三子，育於徽州黟縣之官署。夙世英奇，生有神護，異香滿室，母婁太淑人秘之，不欲舉賀，僚屬皆不與聞。先時，村落山中有老僧焚修山舍，每夜談經，見一白蛇常在蓮座下，暮則馴聽，昏旦避之，與僧爲伍者數載。一夕，夢就僧舍言别，謂詣縣署托生，僧寤，疑信相半。次夜，即不見。明日，躬行至縣，午牌堂事畢，尚拱立顧盼不去，因傳至内署，屏去左右，僧備述其事並夢寐見聞，重賞使去，遂知其産不凡。年五歲，未發一語，若喑啞不能言者，弘治元年戊申元旦，仆人抱至泮宫，時方六歲，忽指堂上匾曰：「好明倫堂三字。」家人奇訝，歸至途，見群兒執羌桃環射，視中否以爲去取，即吟詩曰：「形象如太極，剛柔内外分。劈開混沌殼，渾是一團仁。」邑衆喧異，以爲大量寬仁，他日必爲館閣之器。七歲舉神童，御前召對，口無間言，面無阻色，敕命讀《一統曆》，寓目無舛字，朝野播聞，由是天下知會稽有董神童云。吾郡賢達，功名未可枚舉，而吾家獨擅會稽之盛名，此造物不吝至寶以輝映寰區，乃特簡吾宗以錫之福也。然雖夙具聰穎，而幼年又能勸學好問，嘗閉户讀書，至雷震不聞，婢攜湯沐至，併襪履而濯之，夜分咿唔不倦，燈火燎巾幘，略不自覺，有無愧敏而好學如宣聖之贊歎孔圉者也。十餘歲，就山陰葉師講《中庸》，三月即歸，曰：「吾從此無漏義矣。」嘗於坊間取房書一部，登舟而歸，每閲一篇，即投諸江，師友怪之，曰：「吾胸中已了然矣，何事再閲而更留焉？」及舉他編詢之，詞義不爽。年十九，登辛酉賢書第二，乙丑舉會元，廷試賜一甲第二，授翰林院編修。武宗時内豎劉瑾擅權，公上疏彈劾，謫直隸成安縣知縣，赴任勤政恤民，治行稱最。瑾敗，復原職，累遷至吏部左侍郎兼翰林院學士，日進講筵，格非致正，世宗以師禮待之，諫行言聽，稱爲先生而不名。九年庚寅十月，聞頤庵公喪，請乞卹典，賜祭葬。十五年丙申，丁妻淑人憂，復給卹典，賜祭葬。恩綸疊頒，至優至渥。服闋後，不復起用。致仕十餘年，足迹不出閭閈，得公音容，如睹日月，如聆雷霆。享年六十有四，元配潘氏，贈淑人，繼室程氏、錢氏，俱封淑人。子一，諱思近。穆宗即位，大學士徐階上書陳請，贈禮部尚書，賜謚文簡。公有所著文集，梓行於世，門人茅坤、唐順之爲序。敕建御書樓於山陰東中坊之探花橋，今子孫居於是焉。紹郡會元四，其子孫富貴蕃衍、於茲爲盛者，惟公一人。卜葬大善海螺山，即隆祐山。國朝康熙二十六年學使王公檄府置榜特祠，顔曰「直道儒臣」，亦曠典也。

（光緒丙午重修《漁渡董氏宗譜》卷二十五）

酬董文玉宫諭過訪用前韻

謝　遷

三徑秋風草亂生，候門連日訝官旌。雲霄回首十年别，甲第聯名兩世情。剩水殘山宜老朽，玉堂金馬屬豪英。海鄉昨夜人争道，南斗文光燭地明。（明謝遷《歸田稿》卷七，清文淵閣四庫全書補配清文津閣四庫全書本）

送董内翰文玉歸娶

潘希曾

鄉闈識我同升日，翰苑逢君及第時。青鏡朱顔年獨妙，蟾宫仙侣喜相期。班衣著錦光生國，玉樹臨風潤照楣。此去西湖梅正發，好憑征客寄南枝。（《竹澗集》卷一，清文淵閣四庫全書補配清文津閣四庫全書本）

同留克全丁文範董文玉西湖泛舟遂歷湖上諸山

鄭善夫

天畔雲煙清不了，仲春風日浄巾袍。春坊能事稱杯斝，刺史風流擁節旄。青柳歲時臨澤國，白鷗早晚到江皋。西湖野意元相識，拄杖中流興自豪。（明鄭善夫《少谷集》卷七，清文淵閣四庫全書補配清文津閣四庫全書本）

會稽寄董太史文玉

鄭善夫

太史東歸着錦衣，白魚青笋傍庭闈。十年芸閣春秋定，五月錢塘燕鷁飛。乘興偶過安道宅，憂時未息漢陰機。小舟歲暮將行李，報爾看山到會稽。（《少谷集》卷七）

東山東董文玉諭德

鄭善夫

東山中峰天漢連，紫筇丹屐共雲煙。高卧正懷謝太傅，莫令小草後人傳。（明鄭善夫《少谷集》卷八）

贈董宫諭

嚴嵩

揚帆别潞渚，鳴騶指越鄉。恩輝馳滿路，顔色奉高堂。賜錦裁春服，宫醪獻壽觴。五色文章貴，天池待鳳凰。（《鈐山堂集》卷四，明嘉靖二十四年刻增修本）

壽董頤齋郡伯宫諭中峰之叔〔一〕

林俊

憶昔伯仲稱通家，朝回臺馬催公衙。馳道相隨各醒眼，洒洒意氣凌青霞。别後分符各南服，民恫吏蠹時更僕。才名留滯翁若慳，膝下天酬清勝玉。齠年詩格驚入神，丹籙已注黄扉人。拂拭塵衣賦《歸去》，看起虞鳳遊周麟。小江江前東山下，水石烟花重無價。鏡湖白老不待乞，蠟屐謝公許相惜。薔薇洞裏開隙光，文史亦作閒中忙。辟穀赤松問年紀，種菊五柳空醉鄉。八旬已過領殊福，草堂更致南飛鶴。當年鑒識翁得知，要共中峰開獨樂。（《見素續集》卷一，清文淵閣四庫全書本）

同崔子鍾過董文玉宅

何景明

崔生亭伯興，董子仲舒才。不爲相鄰近，那能數往來。霜天留把菊，風檻促行杯。尚憶秋參落，酣歌送我回。（明何景明《大復集》卷二十一，清文淵閣四庫全書本）

過覺真寺次董中峰韻

倪宗正

野寺孤僧何處尋，寺門寥落倚城陰。百年佛像俱歸土，九日花枝半帶金。獨抱禪心成久坐，閒看雲影動微吟。悲歌一曲西風裏，未得高丘望遠岑。（明倪宗正《倪小野先生全集》卷七，清康熙四十九年倪繼宗刻本）

〔一〕按：董頤齋即董復，乃董玘父，非叔，當是林氏誤記。

明發渡江赴石洲張會稽約往吊董中峰座主

邵經濟

江上秋風落夜潮，隔江烟樹遠相邀。孤帆小揭懸東渡，五馬平臨出野橋。爲憶故人情好別，還憐知己夢魂消。海門初日扶桑近，百丈紅光射斗杓。（明邵經濟《泉厓詩集》卷十，明張景賢、王詢刻本）

介溪宗伯得董中峰書有作辱示次韻

張邦奇

停雲長識越山居，千里纔通尺素書。人事漫憐蕉鹿在，世情誰諗棘猴虛。將軍疑虎終開石，渭水非熊卻餌魚。文似相如寧寂寞，薦雄無路實慚予。（明張邦奇《四友亭集》卷十二，明刻本）

幽居見雪呈學士董中峰座主

劉棟

幽齋空鎖類禪關，眷戀學士迥碧山。仰觀宿雲釀成雪，倏忽縱横遠近間。隨風鬖鬖驚素縷，窺牖落鏡銷朱顔。茶鐺净洗燃火急，酒價減澀當壚閒。粗豪興發卒難遏，浩歌席地藉草菅。兔園持簡未成召，陶穀滋味先援攀。旋看籬落莓苔後，欲起遮護荒蕪删。衰柳向來弄玉筯，飢烏飛墜抛銀環。意者凌寒有仙骨，掩卧不覺月重彎。顧我山陰泛棹客，駑馬不慣泥塗慳。明發太陽融釋盡，扣衣函丈訂愚頑。（清張豫章輯《四朝詩》卷四十四，清文淵閣四庫全書本）

整理後記

丁亥秋，予卒業四川大學，獲博士學位，承乏紹興文理學院越文化研究中心，人事鞅掌，歲月蹉跎，忽忽數載，迄無所成。辛卯春，中心副主任潘承玉教授力倡「越地稀見文獻整理」之役，邀予加盟，予欣然受命焉。潘君學富才雄，精力過人，壯歲即遊學南北上庠，轉益多師，斐然有成，又飽覽國圖所藏珍稀文獻，尤於明清集部如數家珍，可得娓娓而談也。予觀潘君所列越地稀見文獻整理目録，無一非吾越緊要之書，治鄉邦文獻者所亟宜措意者也。然潘君所列諸書亦頗多卷帙浩繁者，非學殖荒落、腹笥儉薄如予者所克承辦，故不辭畏難就易之譏，擇董玘《中峰集》十一卷以塞命焉。

董玘，字文玉，號中峰，會稽漁渡里人。幼有神童之名，及長，高中弘治乙丑會元，以榜眼及第。爲官二十餘年，多輾轉於翰林院、史館、詹事府，雖官終吏部左侍郎，其實乃一介文學侍從之臣，立德、立功既已無望，而立言差可近之。董氏經術湛深，世罕其匹，然其治學一本先儒，不爲異説以惑世，雖博極群書，而以輕自著述爲非，故生平文字無多。晚年又遭讒毁，落職家居，《明史》不爲立傳，著述亦未能收入《四庫》，故其名其集日就湮没無聞，今世知有董玘及《中峰集》者蓋已罕覯。然有明中葉，吾越大儒以陽明子、中峰子爲稱首，世有定評，中峰子之名蓋不在甘泉湛氏之下，衆所知也。蓋吾越學派，自元末韓性上承閩、洛之學，下開明初潘府南山授徒，中峰子東山講道，昌明正學，各守師承，獨陽明子爲學力求新變，勇破程、朱藩籬，以心得定指歸，力排衆論，一時群彦聞風景從，故有明中葉後，王氏心學駸駸乎執學壇之牛耳矣。中峰子、陽明子論學各守一途，扞格難入，各師成心，其異如面。然愚意中峰子、陽明子皆命世英儒，陽明子文治武功，一時無兩，立德立功立言，庶幾無憾。而中峰子博通群經，世罕其倫，久侍經筵，啓沃上心，蓋亦不可謂無功。至其恪遵程、朱遺軌，遊行理窟，精思實踐，多所自得，故亦能卓然名家，而無陽明子末流之弊。要之，中峰子、陽明子同爲鄉邦光寵，斷無可疑矣。以此言之，不佞校輯《中峰集》，或於弘揚鄉邦文化不無小補，當功不唐捐，故亦頗以自喜云。

予於儒學所得甚少，至其宋明理學變遷之背景，更與盲瞽無異，無能爲役，實不敢贊一辭。今妄作解人，勉力草成整理前言，於其儒學思想只能隨文敷衍，自知貽笑大方，殆不能免，姑妄言之，姑妄聽之，學者一笑置之可也。所幸中峰子文字俱在，學者自可覆按。至於張皇窈眇，發潛德之幽光，尚有望於來者，予將拜百朋之賜焉。歲在甲午冬仲古剡錢汝平識。